MORD IN MAYFAIR

DETEKTIVIN MIT STIL, BUCH 5

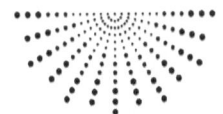

SARA ROSETT

Übersetzt von
ANNA DRAGO

MORD IN MAYFAIR

Buch 5 der Detektivin mit Stil-serie

Veröffentlicht von McGuffin Ink

ISBN: 978-1-950054-57-2

Copyright © 2022 by Sara Rosett

Coverdesign: LLewellen Designs

Lektorat: Historical Editorial

Übersetzung: Anna Drago

Deutsches Lektorat: Katrin Dolle

KAPITEL EINS

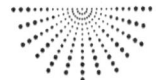

*I*ch ging die South Audley Street entlang, mein Kinn zum Schutz vor dem scharfen Novemberwind in den Mantelkragen geschmiegt, in der einen Hand mein Koffer und in der anderen der Vogelkäfig. Es gehört sich nicht, dass ein Hausgast mit einem Haustier anreiste, doch es war nicht zu ändern – ich musste den Papagei mit nach Alton House bringen.

Ich war zufällig durch eine interessante Reihe von Ereignissen einer Dinnerparty in der Parkview Hall in den Besitz von Mr. Quigley, einem afrikanischen Graupapagei, gekommen. Ich hatte kein Haustier gewollt. Eine berufstätige Frau zu sein, ließ in meinem Leben nicht viel Platz für mehr, doch es war meine Aufgabe, mich um Mr. Quigley zu kümmern, bis ich ein neues Zuhause für ihn gefunden hatte. Er war ziemlich unterhaltsam. Sein vorheriger Besitzer war Missionar gewesen, und Mr. Quigley krächzte gelegentlich Bibelzitate.

Meine frühere Vermieterin, Mrs. Cutler, hatte Mr. Quigley sehr gemocht. Sie war mehr als glücklich gewesen, während meiner letzten Reise nach Warwickshire auf ihn aufzupassen. Doch Mrs. Gutler hat ihr Haus verkauft, und ich hatte eine winzige Wohnung zum Mieten gefunden. Ich hatte vorgehabt, an diesem Morgen in meine neue Wohnung zu ziehen und Mr. Quigley dort unterzubringen, bevor ich zu meiner Schulkameradin Gigi aufbrach, die in Mayfair lebte. Meine Wohnung war etwa eine halbe Stunde zu Fuß entfernt. Ich könnte jeden Tag vorbeischauen und nach Mr. Quigley sehen, bis ich das Problem gelöst hätte, das zu Gigis Einladung geführt hatte. Doch als ich in meiner neuen Wohnung angekommen war, um die Schlüssel abzuholen, hatte der Portier mich über die Entschuldigung des Vermieters informiert, und mir einen Umschlag mit meiner Kaution ausgehändigt. Jemand hatte dem Vermieter ein besseres Angebot als ich gemacht, und der Vermieter hatte es angenommen.

Ich sollte zum Tee bei Gigi sin, und ich hatte die Stunden dazwischen damit verbracht, eine neue Bleibe zu finden, doch es war mir nicht gelungen. Ich hatte an einer Telefonzelle haltgemacht und meinen guten Freund Jasper Rimington angerufen, in der Hoffnung, dass er Mr. Quigley übernehmen könnte, doch Jasper war auf dem Weg, die Stadt zu verlassen.

„Einer meiner halbjährlichen Appelle vor Vater. Ich könnte Grigsby bitten, sich für dich um Mr. Quigley zu kümmern."

„Oh nein. Noch ist die Lage nicht so dramatisch. Grigsby mag mich schon jetzt nicht, und ich möchte ihm keinen Grund geben, mich noch weniger zu mögen."

„Zu dumm, dass dieser Vermieter dir die Wohnung unter dem Allerwertesten weg vermietet hat, altes Mädchen."

„Ja, es ist ausgesprochen enttäuschend."

Ich konnte tatsächlich nicht darüber sprechen, ohne dass sich meine Kehle zuschnürte. Als ich den Umschlag vom Portier entgegengenommen hatte, war meine Sicht verschwommen, weil ich in Tränen ausgebrochen war. Ich hatte ziemlich lange nach einer neuen Unterkunft in London gesucht, nachdem Mrs. Gutler, eine Witwe, angekündigt hatte, dass sie heiraten und das Haus verkaufen würde. Nach so vielen erfolglosen Versuchen, eine Unterkunft zu organisieren, hatte ich geglaubt, ich hätte endlich eine Bleibe gefunden. Zugegeben, die Zimmer waren klein und dunkel gewesen, aber zumindest waren sie sauber und schimmelfrei. Es hatte für mindestens zwölf Monate meine Wohnung sein sollen.

Jasper fuhr fort: „Ich sollte innerhalb von ein oder zwei Tagen wieder zurück sein. Dann kann ich Mr. Quigley gerne nehmen."

„Danke, Jasper. Das ist nett von dir."

„Ich rufe dich in Alton House an, wenn ich zurück in der Stadt bin. Aber ich bin sicher, alles wird gut. Gigi scheint ein nettes Ding zu sein."

„Es ist nicht Gigi, wegen der ich mir Sorgen mache. Sie wird nichts dagegen haben. Es ist die Reaktion ihrer Großmutter, die ich fürchte." Gigi, auch bekannt als Lady Gina Alton, stammte aus einer angesehenen Familie mit altem Geld, und ich war mir nicht sicher, welche Art von Empfang ich mit einem Papagei im Schlepptau bekommen würde.

Ich hatte mich von Jasper verabschiedet und mich dann zu Fuß auf den Weg nach Alton House gemacht. Gott sei Dank hatte ich meine Truhe mit den Kleidern direkt nach Alton House geschickt, so hatte ich nur einen kleinen Koffer und den Vogelkäfig mit mir herumzuschleppen.

Nach ein paar Minuten zu Fuß erreichte ich Alton House, ein imposantes vierstöckiges Beaux-Arts-Herrenhaus im Herzen von Mayfair. Kein Rasen oder Gebüsch trennte das Haus von der Straße, nur ein Pflasterstreifen und eine niedrige Steinbalustrade. Die elegante Fassade mit Steinmedaillons und kunstvoll verzierten Giebeln ragte über mir auf, als ich die Glocke läutete.

Als sich die Tür öffnete, sah ein großer Butler mit vollem silbernem Haar unter schweren Lidern hervor auf mich herab. Ich erinnerte mich an Elrick von früheren Besuchen bei Gigi in Alton House während unserer Schulferien. Ihre Eltern reisten oft, und wenn sie weg waren, kam ihre Großmutter, um Alton House zu beaufsichtigen, und brachte ihr Personal mit, zu dem auch ihr Butler gehörte. Auch wenn sich sein Gesichtsausdruck nicht veränderte, spürte ich, sobald sein Blick auf den Vogelkäfig fiel, eine Welle der Missbilligung.

„Hallo Elrick."

Bevor er antworten konnte, hallte eine Altstimme hinter seiner Schulter. „Wer ist da, Elrick? Ist es Olive?" Gigis Elfengestalt erschien an der Seite des Butlers, dem sie kaum bis zur Schulter reichte.

Ihr schwarzes Haar, das in einem Eton-Crop gestylt war, glänzte wie poliertes Ebenholz. „Sie ist es! Elrick, lassen Sie Olive rein."

Der Butler trat zurück, und Gigi zog mich in das beeindruckende Foyer mit der weißen Marmortreppe. Das schmiedeeiserne Geländer schwang sich elegant bis zur darüber liegenden Etage. Die Wohnung, in der ich zu leben gehofft hatte, hätte bequem in das Foyer gepasst. „Es ist einfach wunderbar, dass du hier bist, Olive. Und du hast Mr. Quigley mitgebracht. Wie schön! Genau das, was wir hier brauchen, um dem Haus ein bisschen Leben einzuhauchen, nicht wahr, Elrick?" Sie schlug die Stoffabdeckung des Käfigs zurück, und Mr. Quigley neigte den Kopf zur Seite.

„Das kann ich sicher nicht sagen." Anstelle des gedämpften Tons, den ich von einem Butler seines Kalibers erwarten würde, hörte ich in Elricks Antwort einen an Gigi gerichteten Ton der Missbilligung. Entweder hatte sie es nicht bemerkt, oder sie hatte sich entschieden, es zu ignorieren.

Gigi beugte sich vor und spähte in den Käfig. „Sag was für Elrick. Zeig ihm, wie schlau du bist, Mr. Quigley."

Mr. Quigley trappelte auf seiner Stange zur Seite, plusterte sich auf und stieß ein Kreischen aus, das wahrscheinlich unten in der Küche zu hören gewesen war. Ich schlug das Tuch wieder über den Käfig. „Vielleicht später."

Gigi richtete sich auf. „Oh sicher doch. Komm, ich zeige dir dein Zimmer." Elrick hatte einem Diener ein Zeichen gegeben, worauf der meinen Koffer und den Vogelkäfig nahm.

Gigi schlang ihren Arm um meinen und zog mich zur Treppe. „Ich bin so froh, dass du da bist." Sie drückte meinen Arm. „Es war deprimierend allein mit Granny hier."

Das Klappern einer Schreibmaschine war zu hören, als wir die Treppe hinaufgingen. Es erinnerte mich an Jasper vor einer Woche im Hawthorne House, als seine Finger über die Tasten geflogen waren, während er ein Kunstinventar für mich getippt hatte. Ich hatte entdeckt, dass Jasper ein verstecktes Talent besaß – er beherrschte das Zehnfingersystem. Doch im Gegensatz zu Jasper, dessen Finger kaum eine Pause gemacht hatten, wählte diese Schreibkraft bedächtig die Buchstaben aus und hielt dann inne.

„Mein Cousin Felix. Er arbeitet an einem neuen Stück", sagte Gigi und legte einen Finger an ihre Lippen, als wir an der offenen Tür vorbeigingen. Ein junger Mann saß mit dem Rücken zur Tür an einem Schreibtisch. Er trug einen Umhang, der auf jeder Seite seines Stuhls bis zum Boden reichte. Der Umhang verbarg seinen Körperbau, doch wenn sein dünner Hals ein Hinweis war, war er ein ausgesprochen magerer junger Mann. Er war nicht über die Schreibmaschine gebeugt. Sein Kopf war erhoben, und er schien aus dem Fenster vor dem Schreibtisch zu starren. Er bemerkte uns nicht, als wir vorbeigingen.

Nachdem wir ein paar Schritte den Flur hinuntergegangen waren, sprach Gigi weiter, hielt aber ihre Stimme leise. „Armer Felix. Er hat eine schwere Zeit hinter sich. Sein erstes Theaterstück hatte letzte Woche Premiere. Die Kritiker waren nicht gnädig. Ich denke, er sollte bei Romanen bleiben. Er hat einen „Schocker" geschrieben, den er mir zum Lesen gegeben hat. Ich fand ihn großartig, aber er will Theaterstücke schreiben."

Gigi hatte gelegentlich ihren jüngeren Cousin Viscount Daley erwähnt, doch mir war neu, dass er ein Theaterstück hatte aufführen lassen. „War sein Stück gut?"

„Keine Ahnung, Darling. Ich bin vor der Pause eingeschlafen, also weiß ich es wirklich nicht."

„Gigi, das ist furchtbar!"

„Ich hatte die ganze Nacht davor durchgetanzt. Und man kann kaum von einem Mädchen erwarten, dass es wach bleibt, wenn es nichts zum Lachen gibt. Felix ist ein Schatz, aber seine Geschichten sind eher trist.

Granny hat ihm verboten, seine Gedichte über das Blut in den Schützengräben beim Tee laut vorzulesen."

„Oh, er war im Krieg?" Sein dünner Hals hatte mir den Eindruck vermittelt, dass er sehr jung war.

„Oh nein. Er ist drei Jahre jünger als ich, aber er sagt" – ihre Stimme wechselte zu einem tieferen Timbre – „die beste Literatur ist ernster Natur." Sie grinste. „Ich ziehe ihn schrecklich deswegen auf. Er ist so ein ernster kleiner Käfer. Ich sage ihm, das Leben ist gemein genug. Er muss sich nicht mit den dunklen Seiten befassen." Ein Schatten schien über Gigis Gesicht zu huschen, und ich war mir fast sicher, dass sie an ihren älteren Bruder Jeffery dachte, der in den ersten Kriegstagen gestorben war. „Ich sage ihm, dass jetzt nicht die Zeit ist, sich auf Tod und Sterben zu konzentrieren. Jetzt ist die Zeit zu leben." Ihre Worte waren heftig, und jemand, der sie nicht kannte, hätte sie vielleicht für gefühllos gehalten, doch ich wusste, dass die Nachricht von Jefferys Tod sie am Boden zerstört hatte. Ich war mir sicher, dass ihre Begeiste-rung für das, was manche eine zügellose Existenz nennen würden, ihre Art war, das Leben beim Schopf zu packen.

„Und Felix wohnt hier in Alton House?" Auf den kurzen Blick, den ich im Vorbeigehen erhaschen konnte, hatte das Zimmer abgesehen vom Schreibtisch ordent-lich ausgesehen, doch es hatte auch eine bewohnte Atmosphäre mit Stapeln von Büchern und Zeitungen, die auf den Nachttischen lagen, und Bildern, die auf der Kommode aufgestellt waren.

„Ja, es war Grannys Idee. Sie sagt, es sei nur ange-messen, dass der Erbe hier bei Daddy ist. Egal, dass Daddy und Mummy das halbe Jahr weg sind."

„Und wie geht es deinen Eltern? Haben sie eine gute Reise?"

„Großartig, jetzt, wo sie das Schiff verlassen haben. Mummy leidet an der grässlichsten Seekrankheit. Sie sagte in ihrem letzten Brief, dass sie so froh ist, an Land zu sein und dass ihr die Hitze in Indien nichts ausmacht." Gigi öffnete eine der getäfelten Türen, die doppelt so hoch waren wie wir. „Hier sind wir. Mrs. Monce, die Haushälterin, hat dieses Zimmer für dich vorgeschlagen, da es abseits vom Straßenlärm liegt."

„Oh, es ist schön." Die Tapeten waren blassrosa, was einen schönen Kontrast zu den kunstvoll geschnitzten und vergoldeten Zierleisten der Rokoko-Möbel mit handgemalten Blumen bot. Geblümter Brokat hing wie Schwaden von der Decke, um das Himmelbett zu rahmen, und Vorhänge aus dem gleichen Material zierten die Fenster, die auf einen geometrisch angelegten Garten hinausgingen. Im Kamin knisterte ein Feuer, und mein Gepäck war bereits zusammen mit Mr. Quigleys Käfig heraufgebracht worden. Das entzückende Zimmer war geräumiger als jede Wohnung, die ich mir mit meinem mageren Budget leisten konnte.

Auf der anderen Seite des Flurs öffnete sich eine Tür, und eine rundliche Frau mit strohblondem Haar kam heraus und zog ihre Handschuhe an. In dem Moment, als sie Gigi sah, stürzte sie durch die offene Tür in mein Zimmer und drückte Gigi die Hände. „Rollo hat mir wieder geschrieben. Es ist *zu, zu* göttlich." Sie schwang ihre Hände hin und her, während sie sprach.

„Meine Güte, Addie. Das ist jetzt seit vierzehn Tagen täglich. Sehr beeindruckend. Ich denke, du hast ihn wirklich süchtig gemacht."

„Das hoffe ich doch." Addie drückte Gigis Hände,

bevor sie sie losließ. „Er ist der entzückendste Mann. Ich gehe mich jetzt mit ihm treffen. Er geht mit mir zu Gunter."

„Wie schön. Darf ich dir meine Freundin vorstellen, bevor du gehst?" Gigi drehte sich um, sodass ich in das Gespräch einbezogen wurde, und stellte uns einander vor. „Olive, das ist Addie Inglebrook, die Schwester von Captain Inglebrook. Addie, das ist Olive Belgrave, eine gute Freundin von mir." Addie wippte auf ihren Zehenspitzen, als sie sich mir zuwandte.

„Das ist *zu, zu* wunderbar! Mehr junge Leute!"

„Schön, Sie kennenzulernen, Miss Inglebrook." Als wir Begrüßungen austauschten, musterte ich ihr apfelwangiges Gesicht und ihre sanften braunen Augen, doch ich konnte keine Ähnlichkeit mit dem schneidigen Captain Inglebrook erkennen, der in letzter Zeit viele Herzen zum Flattern gebracht hatte. Meine Cousine Gwen gehörte zu dieser Gruppe, doch ihr Interesse an Inglebrook hatte nur kurze Zeit angehalten.

Addie lächelte, und auf beiden Seiten ihres Mundes kamen Grübchen zum Vorschein. „Wenn Sie nach der Familienähnlichkeit suchen, fürchte ich, dass es davon nicht viel gibt. Thomas ist mein Stiefbruder."

„Verzeihen Sie, falls ich gestarrt habe."

„Und du musst mich Addie nennen. Gigi hat so liebevoll von dir gesprochen, dass ich das Gefühl habe, dich schon zu kennen. Ich hoffe sehr, dass wir die besten Freundinnen werden."

„Dann musst du mich Olive nennen." Angesichts dieser entschlossenen Begeisterung gab es wirklich keine andere Antwort. „Ist dein Stiefbruder auch hier?", fragte ich Addie, während ich Gigi einen verschmitzten Blick zuwarf.

„Nein, er wohnt bei einem Freund in der Nähe."

„Das ist gut so", sagte Gigi. „Granny würde niemals einem alleinstehenden Herrn erlauben, hier zu bleiben, selbst wenn wir andere Gäste haben. Sie ist ein ziemlicher viktorianischer Drache."

Die Uhren im Haus begannen zur vollen Stunde zu schlagen, die Standuhr mit einem tiefen Bass und die kleineren Kaminuhren mit trällerndem Glockenspiel. Addie trat ein paar Schritte zurück und ging durch die Tür in den Flur. „Es tut mir leid, dass ich mich verabschieden muss, aber ich muss mich beeilen. Rollo hasst es zu warten." Sie sagte den letzten Satz, als wäre Ungeduld die liebenswerteste Eigenschaft, die ein Mann haben konnte. Sie eilte mit federnden Schritten davon und summte „Ain't we got fun".

Gigi seufzte, als sie sah, wie Addie die Treppe hinunter verschwand. „Sie ist hingerissen. Dieser erste Liebesrausch. Es löscht so ziemlich jede Fähigkeit aus, rational zu denken." Gigi warf mir ein freches Grinsen zu. „Ich will das auch."

„Du willst immer verliebt sein."

„Wie Addie sagen würde, es ist zu, zu göttlich'."

„Ist Rollo genauso hingerissen von ihr?"

„Ich denke schon. Kennst du ihn? Roland Weatherspoon? Gute Familie aus den Dales. Er hat eine Leidenschaft für Automobile. Lass dich während einer Party nicht von ihm in die Enge treiben. Sein Geschwätz über Motorteile, Kolben und Pferdestärken endet nie."

„Das werde ich mir merken." Ich bewegte mich, um die Abdeckung über dem Vogelkäfig zurückzuziehen. Ich war überrascht zu sehen, dass Mr. Quigleys Wassernapf voll war. Der Diener, der ihn in mein Zimmer gebracht hatte, musste sich darum gekümmert haben, bevor er gegangen war. „Und ist Captain Inglebrook nicht auch *zu, zu göttlich*? Oder interessiert er dich nicht mehr?"

Gigi liebte es, verliebt zu sein, aber sie verliebte sich schnell und entliebte sich noch schneller. Sie schlenderte durch den Raum, inspizierte das Blumenarrangement auf dem kleinen Tisch neben dem Sessel und hob ein verwelktes Blatt auf. „Mit Captain Inglebrook passiert nichts Interessantes. Ich bin nicht Hals über Kopf verliebt wie Addie."

„Aber seine Schwester ist hier."

Die Schranktür war nicht ganz geschlossen. Gigi ging hinüber, legte eine Hand auf den Zweig aus Rosen und Gänseblümchen, der in der Mitte gemalt war, und drückte sie zu. Ein kleines Grinsen umspielte ihre Mundwinkel. „Das gibt ihm viele Gründe, uns zu besuchen."

„Und mit dir zu flirten."

„Ich habe nie etwas gegen Flirts. Und Addie ist ein Schatz. So begeistert und fröhlich. Es ist schön, sie um sich zu haben. Sie ist ein schöner Ausgleich zu Felix' Schwermut."

„Sein neues Stück läuft nicht gut?"

„Ich glaube, es läuft gar nicht. Das ist das Problem." Gigi neigte ihren Kopf in Richtung der immer noch offenen Tür. Kein Geräusch von klappernden Schreibmaschinentasten durchbrach die Stille. Gigi verzog das Gesicht. „Ich werde heute Abend mit ihm reden, damit er sich beim Abendessen von seiner besten Seite zeigt. Er ist ein Griesgram, wenn er nicht mehr als eine Seite am Tag schafft."

„Er kommt nicht zum Tee?"

„Das bezweifle ich. Er wird den ganzen Nachmittag

dasitzen und aus dem Fenster starren." Gigi schüttelte den Kopf. „Ich verstehe es nicht. Wie kann er so lange regungslos sitzen?" Gigi, die zum Fenster gegangen war, um den Vorhang zuzuziehen, und dann wieder zur Tür gegangen war, blieb mit der Hand auf dem Knauf stehen. „Ich überlasse es dir, dich frisch zu machen. Möchtest du zum Tee runterkommen und Granny sehen, oder würdest du lieber warten und sie vor dem Abendessen treffen?"

„Ich komme zum Tee runter. Deshalb bin ich schließlich hier." Gigi hatte mir nur erzählt, dass ihre Großmutter dachte, jemand wolle ihr etwas antun. Anfangs hatte ich den Eindruck gehabt, dass ihre Großmutter etwas schrullig war, doch das passte nicht zu Gigis Beschreibung von ihr als viktorianischer Drache.

„Ausgezeichnet. Wir treffen uns im Salon."

„Warte. Willst du mir nicht sagen, warum sich deine Großmutter Sorgen macht?"

„Ich denke, ich sollte sie es erklären lassen."

Ich sah stirnrunzelnd die Tür an, nachdem Gigi sie geschlossen hatte, und wünschte, sie hätte mir wenigstens ein paar Details verraten. Es war nicht ihre Art, schüchtern zu sein – nicht mir gegenüber. Sie zeichnete sich durch schüchternes Flirten aus, doch sie war nie schweigsam gewesen, wenn es nur um „uns Mädchen" ging.

Ich wandte mich wieder dem Käfig zu und öffnete die Tür, denn ich hatte in den letzten Wochen gelernt, dass Mr. Quigley gerne um meinen Schminktisch herumging, während ich mich frischmachte. Er stolzierte darüber und bog seinen Kopf in Richtung seines Spiegelbilds, als ich meinen Hut abnahm und mein kurz geschnittenes Haar kämmte. Ich stäubte ein wenig Puder auf mein Gesicht und trug dann eine dünne Schicht Lippenstift auf. Ich vermutete, dass Gigis Großmutter, die Witwe des Duke of Alton, Schminke missbilligte.

Ich streckte meinen Arm aus. Mr. Quigley stupste meine Puderquaste an und widmete sich dann wieder seinem Spiegelbild, während ich versuchte, ihn zu überreden, zu mir zu kommen. Nachdem er an meiner Schmuckschatulle herumgepickt hatte, kletterte er endlich auf mein Handgelenk. Er neigte den Kopf, damit ich die Federn an seinem Hals streicheln konnte, als ich ihn zurück in den Käfig brachte. „Ich gehe mich mit dem viktorianischen Drachen treffen."

Er sprang hinein und landete auf der Stange, kreischte und verkündete dann: „Kauf die Zeit aus."

Ich erkannte den Vers – schließlich war ich die Tochter eines pensionierten Geistlichen – und antwortete mit: „Denn die Tage sind böse."

Ich schloss die Tür des Käfigs. „Das hört sich nicht gerade hoffnungsvoll an. Könntest du dir nicht was Fröhlicheres einfallen lassen?"

Mr. Quigley hüpfte hinüber zu seiner Wasserschale, und ich nahm mir vor, ihm ein paar weniger düstere Sätze beizubringen.

KAPITEL ZWEI

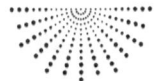

ie Witwe des Duke of Alton sah nicht aus wie ein Drache. Der riesige barocke Salon ließ sie winzig wirken. Alles, von den Möbeln bis zu den Gemälden, hatte einen kunstvoll geschnitzten Goldrand und war entweder weiß, goldfarben oder kristallklar. Die Witwe, deren schwarzes Kleid im Kontrast zu den Alabastertönen des Dekors stand, saß auf einem Chesterfieldsofa auf der anderen Seite des Raums. Sie hatte den gleichen zierlichen Körperbau wie Gigi und erinnerte mich auf den ersten Blick eher an eine Amsel als an einen Drachen. Doch als ich Gigi durch den geräumigen Raum folgte, revidierte ich meine Einschätzung.

Die Witwe sprach mit einer schlanken jüngeren Frau mit hängenden Schultern, die uns den Rücken zukehrte. Das Haar der jungen Frau hatte die Farbe von schwachem Tee und war im Nacken zu einem schlaffen Knoten zusammengebunden. Die einfallslose Frisur stand im Widerspruch zum eleganten Schnitt und Material ihres Kleides. Einen Moment später wurde mir klar, dass es ein Kleid war, das ich Gigi ein paarmal tragen gesehen hatte. Die junge Frau murmelte etwas, dann hörte ich die Worte der Witwe durch den Raum. „Ja, und sagen Sie Lady Alice, dass ich absolut anderer Meinung bin. Es ist zwingend erforderlich, dass wir nur drei im Komitee haben. Das ist alles, Clara."

Die junge Frau ging zur Tür. Ich glaube, sie wäre nur mit einem Nicken an uns vorbeigegangen, aber Gigi hielt sie auf. „Olive, darf ich dir meine Cousine und Grannys Gesellschafterin Clara Clack vorstellen." Ich lächelte die Frau an, als Gigi fortfuhr: „Clara, das ist eine alte Schulfreundin von mir, Olive Belgrave."

Clara trug weder Puder noch Lippenstift, und auf ihrer hellen Haut zeichneten sich Sommersprossen ab, die reichlich über ihre Nase und ihre Wangen verteilt waren. Ihre kurzen blonden Wimpern waren frei von Wimperntusche. Sie sah älter aus als Gigi, doch ich war mir nicht sicher, um wie viel. Ihre blasse Haut war bis auf ein paar Fältchen um ihre Augen glatt, doch jetzt, wo ich ihr nahe war, konnte ich ein paar silberne Strähnen sehen, die sich durch ihr hellbraunes Haar zogen.

Sie murmelte einen Gruß, und ich musste mich anstrengen, um sie zu verstehen.

„Freut mich, Sie kennenzulernen, Miss Clack." Ich lächelte sie an und hatte Mitleid mit der Frau. Das Leben einer Gesellschafterin war schwierig. Sie verband zwei Welten und passte in keine von beiden ganz hinein. Obwohl sie keine Dienerin war, stand sie eindeutig für die Witwe auf Abruf, und ich war mir sicher, dass ihre altmodische Frisur und der Mangel an Kosmetika entweder dem Wunsch entsprangen, der Witwe zu gefallen oder Befehl der Witwe waren. Auch in den Räumlichkeiten der Dienstboten würde sie nicht ganz akzeptiert werden, vor allem, weil sie Gigis abgelegte Kleider trug.

Die gebieterische Stimme der Witwe erklang und war laut und deutlich durch den riesigen Raum zu hören. „Und bringen Sie meinen Schal mit, wenn Sie zurückkommen, Clara."

„Ja, Durchlaucht." Clara eilte davon, den Kopf gesenkt und den Blick auf das kunstvolle Muster im Teppich gerichtet, als Gigi und ich uns zu ihrer Groß- mutter gesellten.

Während das schwarze Seidenkleid der Witwe nach der neuesten Mode geschnitten war, strahlte sie eine viktorianische Sensibilität aus, von ihrem dicken hoch- gesteckten Haar bis zu ihrer makellosen Haltung und der Kamee an ihrem Kragen. Als Gigi mich vorstellte, musterte mich die Witwe, und ich konnte verstehen, warum Gigi sie einen Drachen nannte. Der Blick der alten Frau, kalt und kritisch, glitt über mich hinweg und verweilte auf dem Hauch roten Lippenstifts und meinem wadenlangen Rock. Sie schnupfte und richtete ihre Aufmerksamkeit auf das Teetablett. „Eine weitere moderne junge Frau, wie ich sehe."

„Granny, du darfst nicht so spießig sein. Olive bleibt ein paar Tage bei uns. Sie ist hier, um dir zu helfen." Gigi ähnelte ihrer Großmutter sowohl in Aussehen als auch Statur. Es war ein bisschen unheimlich, Gigi und ihre Großmutter Seite an Seite auf dem Sofa zu sehen. Sie waren wie eine seltsame Art von Spiegelbild mit mehreren Jahrzehnten Abstand. Wenn ich mich gefragt hätte, wie Gigi in fünfzig Jahren aussehen würde, brauchte ich nur ihre Großmutter anzusehen. Ich würde wetten, dass die Witwe in ihrer Jugend bemerkenswerte Ähnlichkeit mit Gigi jetzt gehabt hatte.

Die alte Frau konzentrierte sich darauf, einen Löffel-
biskuit vom Teetablett auszuwählen. „Was meinst du
wohl damit, Gina?"

„Olive wird dir hinsichtlich deiner Bedenken, dass
jemand versucht, dir Schaden zuzufügen, helfen."

Die einzige Reaktion der Witwe war, dass ihre
Nasenflügel ein wenig bebten. Ihr Ton, der abweisend
gewesen war, als Gigi mich vorgestellt hatte, hatte jetzt
einen Hauch von Kälte. „Das steht nicht zur Diskussion." Sie drehte sich zu mir um. „Ich hoffe, Sie haben
einen angenehmen Aufenthalt hier in Alton House, aber
ich versichere Ihnen, ich brauche keine Hilfe."

Die Worte *„besonders von jemandem wie Ihnen"* hingen
unausgesprochen in der Luft. Sie hatte mich ordnungs-
gemäß in meine Schranken verwiesen.

„Granny! Also wirklich! Du kannst natürlich so tun,
als bräuchtest du keine Hilfe, doch das macht es nicht
wahrer. Ich weiß es." Gigi reichte mir eine Teetasse,
während sie zu ihrer Großmutter sagte: „Du machst dir
Sorgen. Das kann ich sehen, und ich habe Olive speziell
deinetwegen hierhergebeten. Du kannst ihr vertrauen.
Sie ist ausgesprochen diskret."

Ich nippte an meinem Tee und hielt meinen Gesichtsausdruck neutral, ignorierte die herablassende Haltung
der alten Frau. Ich war zu sehr eine Lady, um mich dafür
zu revanchieren. Es wäre unhöflich, es ihr in gleicher
Weise zurückzuzahlen. Gigi hatte mich um Hilfe gebeten, und ich würde es ihr zuliebe versuchen. „Ich bin
sicher, Sie können mit jedem Problem fertig werden,
Durchlaucht", sagte ich. „Doch wenn Sie darüber sprechen möchten ... ganz gleich welche Sorgen oder Bedenken, ich höre Ihnen gerne zu."

Gigi reichte mir einen Teller mit einem Stück

Kümmelkuchen. „Olive hat Lady Agnes bei diesem grässlichen Gerücht über den Mumienfluch geholfen."

Ich bemerkte, dass der Name bei der Witwe Gewicht hatte, weil sie mich wieder ansah, doch sie sagte nur: „Wie freundlich von Ihnen, ihr zu helfen. In Alton House ist jedoch alles in Ordnung." Sie warf Gigi einen strengen Blick zu, doch das schien Gigi überhaupt nicht zu stören. Sie legte ein Stück Kümmelkuchen auf ihren Teller.

Mit einem Tonfall, der klarmachte, dass die Diskussion beendet war und wir zu einem neuen Thema übergingen, sagte die Witwe: „Nun, Gina, ich erwarte, dass du heute Abend im Salon bist, bevor der Gong ertönt. Sie sind auch eingeladen, Miss Belgrave", fügte sie beiläufig hinzu.

„Danke. Natürlich würde ich mich freuen –"

Die Tür flog auf, und Felix schritt durch den Raum. Sein Umhang wehte, als er sich bewegte, und ließ seine schmächtige Figur männlicher erscheinen. Sein dunkles Haar war in der Mitte gescheitelt und nicht mit Pomade nach hinten gekämmt. Es fiel auf beide Seiten seiner Stirn, wippte und tanzte gegen seine Schläfen. Er hatte einen blassen Teint, abgesehen von zwei leuchtend roten Flecken, die auf seinen Wangen hervorstachen. Er stürmte auf uns zu, und ich dachte, sein knochiges Bein würde gegen das Teetablett stoßen und es umwerfen, doch er blieb kurz davor stehen. Er wedelte der Witwe ein Stück Papier entgegen. „Ist das wahr? Hast du Randolph dafür bezahlt, dass er diese schreckliche Rezension über mein letztes Stück schreibt?"

„Felix, wir haben einen Gast", sagte die Witwe sanft.

Gigi stellte ihren Teller ab und stellte uns einander

vor. Felix und ich sagten: „Sehr erfreut", dann wandte er sich sofort wieder der Witwe zu. „Ist es wahr?"

Sie stieß einen leisen Seufzer aus, der demonstrierte, dass sie das Thema langweilig fand. „Da du darauf bestehst, es zu hören, ja. Ich habe Mr. Randolph geschrieben und ihm gesagt, dass du wichtigere Dinge zu tun hast. Ich habe ihn wissen lassen, dass es zum Vorteil aller wäre, wenn du diesen lächerlichen Zeitvertreib aufgeben würdest."

Als Gigi mich vorgestellt hatte, war jegliche Farbe aus Felix' Gesicht verschwunden, doch jetzt kehrte sie zurück. „Du hast es wirklich getan! Du hast ihn bezahlt. Diese vernichtende Kritik war dein Werk."

Der ohnehin schon kühle Blick der Witwe wurde geradezu arktisch. „Ich würde so etwas niemals tun. Ich habe Mr. Randolph lediglich wissen lassen, wo deine besten Interessen liegen." Sie winkte mit der Hand zum Salon. „Hier in Alton House. Du scheinst nicht zu verstehen, dass du einmal der Duke of Alton sein wirst. Du solltest deine Zeit damit verbringen, zu lernen, wie man die Güter leitet, anstatt dich auf ein nutzloses Hobby zu konzentrieren."

„Granny, bitte sag, dass du das nicht getan hast!"

Die Witwe schien von Gigis empörtem Ton nicht im Geringsten beeindruckt zu sein oder von der Tatsache, dass Felix so schwer atmete, dass die Ränder des Umhangs bei jeder Bewegung seiner Brust Wellen schlugen. Das Papier, das er in der Hand hielt, war vollständig in seiner geballten Faust verschwunden.

Die gesamte Aufmerksamkeit der Witwe konzentrierte sich jetzt darauf, sich eine Tasse Tee einzuschenken, ihr Gesicht völlig entspannt. „Doch, das habe ich." Sie stellte die Teekanne ab. „Wie ich schon oft gesagt habe, Felix, musst du deine wahre und angemessene Rolle akzeptieren – und das ist *nicht* die eines Bühnenschriftstellers." Sie legte ein gutes Maß Verachtung in das letzte Wort.

Die Tür öffnete sich, und Elrick verkündete: „Captain Inglebrook."

Groß und breitschultrig sah Inglebrook so schneidig aus wie eh und je. Zuletzt hatte ich ihn vor ein paar Wochen in Parkview Hall gesehen, wo er Gast einer Dinnerparty gewesen war. Mit seinem nach hinten gekämmten, nachtschwarzen Haar, dem dünnen Schnurrbart und seiner charmanten Art hatte er die Aura eines Filmstars an sich.

Falls er die Anspannung im Salon bemerkte, ignorierte er sie – wie man es eben tat. Mit einem breiten Lächeln kam er über den dicken Teppich zu unserer Gruppe. Er begrüßte zuerst die Witwe, dann schenkte sie eine Tasse Tee ein und hielt sie Felix hin. „Setz dich doch, Felix." Ein Hauch von Tadel floss durch ihre Worte, die auch den unausgesprochenen Befehl enthielten, keine Szene zu machen.

Die Farbe war wieder aus Felix' Gesicht gewichen, doch seine Haltung war nach wie vor angespannt und wütend. Er starrte einen Moment lang auf die Tasse Tee, dann schien er in sich zusammenzufallen, als sein Blick über die Gruppe schweifte.

Inglebrook nahm Platz. Felix nahm die Tasse entgegen, die die Witwe ihm entgegenhielt, und ließ sich dann etwas abseits vom Rest der Gruppe auf einen Stuhl sinken. Er sah erschöpft aus. Gigi warf Inglebrook einen koketten Blick unter den Wimpern hervor zu, als sie ihm seinen Tee reichte.

Ich kannte Gigi lange genug, um zu wissen, dass

ihr ihre kokette Art in Fleisch und Blut übergegangen war, wenn jemand so Attraktives wie Inglebrook in der Nähe war. Ein anderer Mann wäre vielleicht von Gigis Aufmerksamkeit überwältigt gewesen, doch anscheinend erkannte Inglebrook, dass an Gigis Koketterie nicht mehr war als der Wunsch nach ein bisschen Spaß. Ich vermutete, dass ihm und Gigi ihr Geplänkel Spaß machte. Es war fast so, als wäre ihr Austausch eine Übung, um ihrer beider Flirtfertigkeiten zu schärfen.

Nachdem er sich kurz mit der Witwe und Gigi unterhalten hatte, wandte sich Inglebrook mir zu. „Miss Belgrave, so sehen wir uns wieder. Welche finsteren Machenschaften führen Sie nach Alton House?"

Ich hätte es nicht für möglich gehalten, dass die Witwe ihre Haltung noch weiter straffen könnte, doch sie tat es. Sie wirkte wie eine Katze, die angesichts einer Bedrohung ihr Fell sträubte. Ich richtete meine Aufmerksamkeit auf Inglebrook, doch ich konnte das Gewicht ihres Blicks auf mir spüren. „Ich bin hier, um Gigi zu besuchen."

Die Witwe mischte sich ein. „Ja, für die Dinnerparty heute Abend. Sie kommen auch, nicht wahr, Captain Inglebrook?"

„Natürlich."

Inglebrook bemerkte über meine Schulter hinweg jemanden und stand auf. „Guten Tag, Miss Clack. Bitte nehmen Sie doch Platz."

„Oh, nein – ich meine, danke, aber ich bin nur hier, um Durchlaucht ihren Schal zu bringen –" Ihre leisen Worte verstummten, als sie zur Witwe ging und ihr das Fransentuch um die Schultern legte.

Clara entfernte sich, doch Inglebrook trat ihr in den

Weg. „Bitte, ich bestehe darauf." Er deutete auf seinen freien Platz. „Wie geht es Ihnen heute, Miss Clack?"

Clara setzte sich, und eine hübsche rosa Farbe, die vorher nicht da gewesen war, färbte ihre Wangen. „Sehr gut, Captain." Sie griff nach einem Handarbeitskorb. Inglebrook lächelte sie an, und um das, was eine andere Frau mir als seine „schwelenden" dunklen Augen beschrieben hatte, tanzten Lachfältchen. Er machte Clara ein Kompliment für die Handarbeit, die sie aus dem Korb genommen hatte, und sie murmelte eine Antwort.

Ich hoffte, Inglebrook würde seinen Charme ein bisschen weniger dick auftragen. Clara war eine ganz andere Kategorie als Gigi. Sie flirtete nicht mit Hingabe wie Gigi. Wenn er Clara weiterhin so anlächelte, wäre Addie nicht die Einzige in diesem Haus, die sich Hals über Kopf verliebte.

Gigi fragte Clara, ob sie eine Tasse Tee wollte, und die Witwe übernahm das Gespräch. Wir sprachen über das klare Wetter der letzten Tage und die bevorstehende Dinnerparty. Dann erzählte Gigi von einer Schnitzeljagd, die ein Freund für den nächsten Abend plante. „Ich bin sicher, sie wird genauso unterhaltsam wie die Kostümparty gestern Abend. Alle sind in viktorianischer Kleidung gekommen. Zum Glück habe ich auf dem Dachboden ein passendes Kleid gefunden. Ich bin heilfroh, dass diese schrecklichen Korsetts aus der Mode gekommen sind."

Die Witwe räusperte sich, und Gigi ließ das Thema Unterkleidung auf sich beruhen. „Edith plant für nächste Woche eine Party mit den alten Griechen als Motto. Jeder bekommt bei der Ankunft einen Lorbeerkranz. Der Ballsaal wird in weiße Seide gehüllt, und sie hat einen Künstler beauftragt, eine riesige Kulisse des

Parthenon zu malen, die eine ganz Wand des Ballsaals bedecken soll. Ich hoffe, ich finde etwas Passendes zum Anziehen. Vielleicht verkleide ich mich als Athene."

„Das wirst du ganz sicher nicht tun." Die Witwe stellte ihre Tasse abrupt ab.

Felix, der seinen Tee ausgetrunken hatte, stellte Tasse und Untertasse auf einen Beistelltisch und stand auf. „Es tut mir leid, aber ich muss mich um wichtige Dinge kümmern. Bitte entschuldigt mich."

Gigis Blick folgte ihm, als er den Raum verließ, eine Falte erschien zwischen ihren Brauen.

„Was für eine schöne Stickerei Sie da haben, Miss Clack", sagte Inglebrook. Clara hatte ihren Stuhl so verschoben, dass er etwas außerhalb unseres Kreises stand, und sie war so still gewesen, dass ich fast vergessen hatte, dass sie da war.

Sie hob den Kopf von ihrer Handarbeit. „Danke, Captain." Ihre Worte waren gehaucht.

„Solche Konzentration auf so winzige Details", fuhr Inglebrook fort. „Ein Mann hätte nicht die Geduld dafür. Ich verstehe nicht, wie Sie das machen."

„Einige von uns können das auch nicht", sagte Gigi.

Inglebrook drehte sich zu ihr um. „Sie sticken nicht?"

„Ich bin ein schreckliches Beispiel dafür, was man *nicht* tun sollte, Captain Inglebrook." Gigi warf ihm einen Blick zu, der ihren Worten eine provokante Note hinzufügte.

Die Witwe runzelte die Stirn. „Anders als meine Enkelin behauptet, Captain Inglebrook, wurde Lady Gina in allen damenhaften Künsten ausgebildet."

„Ich finde sie einfach langweilig."

Die Miene der Witwe wurde finsterer. Mit Gigi in der

Nähe stellte ich mir vor, dass die Witwe ziemlich oft die Stirn runzelte.

Captain Inglebrook verabschiedete sich, und kurz darauf stand die Witwe auf. „Komm, Clara. Sie müssen sich Notizen machen." Die Witwe segelte durch den Salon davon. Clara stieß ihre Nadel in den Stoff und legte die Arbeit dann in ihren Korb. Sie machte ein paar Schritte, dann zögerte sie einen Moment neben Gigi. Sie schien etwas sagen zu wollen, doch die Witwe blickte von der Tür zurück. „Clara, trödle nicht."

„Ja, Durchlaucht." Clara eilte der Witwe nach.

Gigi griff nach einem weiteren Stück Kümmelkuchen. „Armer Felix. Ich muss nach ihm sehen. Er ist so eine sensible Seele. Wenn Granny nur aufhören würde, ihn so zu gängeln. Je mehr sie ihn drängt, das Schreiben aufzugeben, desto sturer wird er." Sie hielt inne, ihre Gabel in der Luft. „Sturheit liegt in der Familie. Granny hat sie in sich. Ich hatte gehofft, sie würde heute mit dir reden, aber mir hätte klar sein müssen, dass sie ein paar Tage brauchen würde, um wieder zu sich zu kommen. Das ist eines dieser Dinge, die Zeit brauchen."

„Gigi, das ist etwas, wovon ich nie gedacht hätte, dass ich dich das sagen hören würde."

„Ich gebe zu, ich bin ein sehr ungeduldiges Wesen, aber ich kenne meine Großmutter. Wenn du ein paar Tage bleibst und sie sieht, dass du diskret bist, wird sie mit dir reden."

„Es sieht nicht so aus, als würde sich deine Großmutter wegen irgendetwas Sorgen machen."

„Oh doch, das tut sie. Sie spürt, dass etwas ‚Unheilvolles' auf sie gerichtet ist."

„Was genau ist passiert, dass sie sich Sorgen macht?"

Gigi legte ihre Gabel auf den Teller. „Es hat einige

Zwischenfälle gegeben, doch es wäre besser, wenn sie dir davon erzählen würde. Ich bin mir sicher, dass sie nichts bedeuten, aber sie machen ihr eindeutig Sorgen."

„Gigi, sag es mir einfach."

„Also gut. Es hat eine Beinahekatastrophe mit einem Automobil gegeben."

KAPITEL DREI

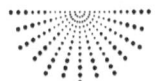

„*E*ine Beinahekatastrophe mit einem Automobil?", sagte ich mit lauterer Stimme. Das war überhaupt nicht das, was ich erwartet hatte. „Das klingt ernst, Gigi."

„Es ist nicht so besorgniserregend, wie es scheint, das versichere ich dir. Ich war bei ihr, als es passiert ist, und ich bin mir sicher, dass es nur ein inkompetenter Fahrer war. Er hat einen Schlenker gemacht, bemerkt, dass er gefährlich nahe am Bürgersteig war, und seine Richtung korrigiert."

„Also hast du den Fahrer gesehen?"

„Nein, es war alles verschwommen."

„Aber du hast gesagt, *er* hat einen Schlenker gemacht."

„Nun, ja, aber ich konnte nicht wirklich etwas erkennen. Es ging alles so schnell. Und kurz darauf ist Granny nach dem Abendessen krank geworden. Sie hatte gesagt, dass ihr Essen seltsam geschmeckt hat. Sie war während der Nacht ziemlich krank, aber Dr. Benhurst meint, es sei nichts weiter als ein schlimmer Anfall mit der Grippe. Die ist zu der Zeit herumgegangen."

„Ist noch jemand im Haus krank geworden?"

„Mir war ein bisschen mulmig im Bauch, aber nicht wie Granny. Dr. Benhurst hat mir gesagt, das sei nicht ungewöhnlich. Für Granny war es viel schlimmer – wegen ihres Alters, weißt du?"

„Wie lange ist es her, dass diese Dinge passiert sind?"

Gigi nahm eine dünne schwarze Röhre aus ihrer Tasche. Sie zog die ausziehbare Zigarettenspitze auseinander. „Vor ein paar Wochen." Sie klappte die Zigarettenschachtel auf, die neben ihr auf dem Tisch stand, dann steckte sie eine Zigarette in die Spitze, die mit winzigen Diamantbaguettes verziert war. „Granny ist so spießig. Sie hasst es, wenn ich in Gesellschaft rauche."

„In welchem Abstand?", fragte ich und meinte die Vorfälle, die die Witwe beunruhigten.

Gigi starrte einen Moment lang auf einen der Kronleuchter an der Decke. „Ein paar Tage. Innerhalb derselben Woche, glaube ich."

„Gigi, auch wenn es vielleicht Zufall war, sollte man sich das genauer ansehen."

Gigi zündete die Zigarette an und lehnte sich mit einem Lächeln im Gesicht zurück, während sie ihr Feuerzeug in ihre Tasche steckte. „Deshalb habe ich dich hierhergebeten, Olive."

„Aber ich bin nicht qualifiziert für so etwas."

Gigi hob eine Augenbraue. „Bist du nicht?" Sie drehte ihren Kopf und blies den Zigarettenrauch von mir weg. Er schwebte hinauf zum kunstvollen Stuck an der Decke.

Ich rutschte auf meinem Sessel herum und rückte langsam zurück, obwohl ich mehrere Meter von ihr entfernt auf der anderen Seite saß. Intellektuell wusste ich, dass sich der Rauch auflösen würde, lange bevor er mich erreichte, doch Zigarettenrauch löste mein Asthma aus, also vermied ich ihn instinktiv. „Ich habe vielleicht in einigen unangenehmen Situationen geholfen, die Hintergründe zu klären, doch das war, nachdem jemand gestorben war. Nicht bevor. Wenn jemand beabsichtigt, deiner Großmutter Schaden zuzufügen, müsst ihr euch an die Polizei wenden."

„Ach, papperlapapp. Sie ist beunruhigt, doch selbst so wird sie die Polizei nicht behelligen. Nein, du bist die eine Person, die ihr helfen kann zu sehen, dass alles nur in ihrem Kopf ist und sie sich keine Sorgen machen muss. Bitte, Olive, du wirst es tun, nicht wahr?"

„Aber was, wenn sie recht hat? Was, wenn jemand ihr etwas antun will? Hat sie irgendwelche Feinde?"

„Zu viele, um sie zu zählen, Darling."

„Gigi. Sei ernst."

„Das bin ich." Sie beugte sich vor. Ihr Lächeln war verschwunden. „Sie ist eine dominante Frau und denkt, dass ihre Ideen die besten sind. Sie ist in der Lage, ihren Willen aufzuzwingen, wem sie will. Natürlich regen sich die Leute auf, wenn sie sich in ihre Pläne einmischt."

„Und bei wem hat sie das getan?"

„Bei allen."

„Sicher nicht."

„Oh ja. So ist Granny. Sie denkt, sie weiß, was das Beste ist, und sie arrangiert unser Leben für uns. Warum, glaubst du, verbringe ich so viele Ferien bei anderen? Ich freue mich schon so darauf, wenn Mummy und Daddy wiederkommen. Granny wird aufs Land zurückgehen, wo sie anstatt dieses Hauses und meines Lebens die Angelegenheiten des ganzen Ortes regeln kann."

Ein Diener trat mit einem Paket ein. „Für Sie, Miss Belgrave." Er legte das längliche Paket neben mir auf das Sofa.

„Für mich? Sind Sie sicher?"

„Ja, Miss. Es wurde gerade abgegeben, umgeleitet von einer Adresse in South Kensington."

„Dann ist es vielleicht wirklich meins." Die Wohnung, die ich hatte mieten wollen, war in South Kensington gewesen. Ich warf einen Blick auf den Absender. „Es ist von Gwen. Sie muss es an meine neue Adresse geschickt haben, wie ich dachte."

Gigi schickte den Diener weg, als ich begann, die dicke Schnur zu lösen, mit der das Paket verschnürt war. „Wie geht es Gwen?", fragte Gigi. Wir waren alle zusammen auf derselben Schule gewesen.

„Sie ist so verliebt, dass sie nur noch strahlt."

„Dann findest du es gut, dass sie diesen Polizisten heiraten will?"

„Detective Inspector, wie Gwen betonen würde. Und ja. Er ist unsterblich in sie verliebt und findet Gwen wunderbar."

„Und ihre Eltern? Sind sie dagegen?"

Ich zögerte und wählte meine Worte mit Bedacht. Gigi war keine Klatschtante, und ich wusste, dass sie an Gwens Glück interessiert war, also antworte ich aufrichtig. „Im Großen und Ganzen nein. Insgesamt wollen sie, dass Gwen glücklich ist. Es gibt ein bisschen … wie soll ich es ausdrücken? Eine Anpassung ihrer Erwartungen, aber ich denke, es wird alles gut werden. Inspector Longly liebt sie wirklich und sie ihn."

Gigi seufzte. „Es muss schön sein, nach Belieben heiraten zu können. Ich mache mir ein bisschen Sorgen um Addie und Rollo."

„Warum?"

„Essie hat mir gesagt, dass Rollo Geld heiraten muss."

„In diesen Dingen hat Essie in der Regel recht." Essie Matthews, eine weitere Schulfreundin, liebte ausgefallene Hüte und schrieb eine Gesellschaftskolumne für *The Hullabaloo*. Essie fügte ihren Geschichten oft Anspielungen auf gesellschaftliche Skandale hinzu, doch ihre Informationen waren meistens sehr richtig. „Das ist der Vorteil, wenn man einen Mann heiratet, der ein festes Einkommen hat."

„Und auch kein zugiges Landhaus, das es zu pflegen gilt. Ja, ich nehme an, du hast recht. Gwen und ihr Inspector werden in London eine gemütliche Dienstwohnung haben und glücklich sein."

„Was sind die Pläne der Witwe für dich? Weißt du etwas?" Ich war neugierig. Gigi schien ihre Handlungen bisher immer nur von eigenen Interessen leiten zu lassen. Der Gedanke, dass die Erwartungen ihrer Familie auf ihr lasteten, war etwas, wofür ich noch nie zuvor einen Hinweis gesehen hatte.

„Oh, ich weiß, was Granny gerne hätte, doch nichts auf der Welt wird mich dazu bringen, mit ihrem geliebten Earl Mudmere vor den Altar zu treten."

„Earl Mudmere?" Er hatte Parkview Hall ein paarmal besucht, und ich war noch nie jemandem begegnet, der sich weniger für sein Äußeres interessierte. Er war die Art von Mensch, der sich wirklich nicht darum scherte, gut gekleidet auszusehen. Ich konnte mir nicht vorstellen, was er mit Gigi gemein haben würde, die sich für Mode interessierte und immer schick aussah. Außerdem bestand zwischen Gigi und dem Grafen ein Altersunterschied von mindestens einem Vierteljahrhundert. Vielleicht hatte ich nicht richtig gehört. „Earl Mudmere, der aussieht wie eine kahlköpfige Vogelscheuche und ständig ein Monokel in die Augenhöhle geklemmt hält?"

„Ja. Er ist ziemlich wohlhabend, trotz seines unkonventionellen Geschmacks für Kleidung."

„Nun, du bist ziemlich gut darin, deinen eigenen Kurs beizubehalten."

„Das bin ich. Und ich habe die Aussicht auf ein angenehmes eigenes Einkommen, also muss ich kein Geld heiraten." Sie legte ihre Zigarette weg und nahm ein Stück weggeworfene Schnur, die ich von der Verpackung des Pakets auf den Tisch gelegt hatte. Sie wickelte sie um ihren Finger.

Gigi hatte ein kleines Erbe von einer entfernten Cousine bekommen, als wir die Schule beendet hatten, und das gab ihr ein gewisses Maß an Unabhängigkeit, doch es war allgemein bekannt, dass die Witwe beabsichtigte, einen großen Teil ihres beträchtlichen Vermögens Gigi zu vermachen.

Ich nickte und konzentrierte mich darauf, den letzten Knoten zu lösen. Einen Moment lang spürte ich einen winzigen Stich von Neid. Früher hatte ich meine Zukunft für so sicher gehalten wie die von Gigi, doch schlechte Anlageberatung hatte meine Aussichten zunichtegemacht.

„Das sagen mir zumindest alle – und ich sage es mir selbst auch." Ihre Fingerspitze wurde tiefrosa, als sie die Schnur festhielt. „Manchmal denke ich, es wäre besser, nur wenig Geld anstatt ‚Perspektiven' zu haben. Granny hat wegen ihres Geldes die ganze Familie – uns alle – im Griff. Natürlich hat mein Vater den Titel, doch die Ländereien bringen nicht genug ein, um alles zu finanzieren, nicht wie früher. Er wird jedes Jahr abhängiger von Granny. Er braucht Geld von außen, um alles am Laufen zu halten. Wir sind alle wie Marionetten, und sie genießt es, die Fäden zu ziehen und uns zum Tanzen zu bringen."

Ich trat die Glut des Neids aus. Gigi hatte recht. Das Erbe der Witwe würde ihr schließlich finanzielle Stabilität geben, doch im Moment bedeutete es, dass die alte Frau ihr Leben in gewissem Maße kontrollierte. Ich war nicht gut darin, Anweisungen zu gehorchen oder einem gut markierten Weg zu folgen. Ich sollte besser meinen eigenen Weg gehen, auch wenn mein Weg weniger opulent war als der von Gigi.

„Manchmal frage ich mich, wie es wäre, diese Fäden zu durchtrennen und frei zu sein – wie du."

„Es ist schön, eigene Entscheidungen zu treffen. Natürlich habe ich im Moment kein Zuhause, was ein kleines Manko ist."

„Ich bin mir sicher, dass du das bald geklärt bekommst. Du schaffst es immer, eine Lösung zu finden. Und wenn nicht, kannst du hier bei mir wohnen bleiben." Gigi wickelte die Schnur ab und warf sie auf das Teetablett. „Mummy und Daddy haben nichts dagegen. Sie wissen kaum, dass ich hier bin, also wird eine weitere Person im Haus sie überhaupt nicht stören."

Ich löste den letzten Knoten. Der Deckel des Kartons passte sehr eng. Gigi drückte ihre Zigarette aus, klappte ihre Zigarettenspitze zusammen und kam herüber, um mir zu helfen. Wir beide waren nötig, um den Deckel abzuheben. Er löste sich plötzlich, und der Sog hob das Seidenpapier im Karton an und gab einen verlockenden Blick auf blassgoldenen Stoff und Pailletten frei, bevor es wieder an seinen Platz zurücksank.

Ich schob das Papier weg und erstarrte. Das schönste Abendkleid, das ich je gesehen hatte, war in das Seidenpapier eingebettet. Es hatte die Farbe von Champagner. Komplizierte wirbelnde Muster aus Rocailles und Pailletten bedeckten das Oberteil und den langen Rock.

„Wie absolut hinreißend", sagte Gigi in einem Tonfall, der normalerweise für überwältigende Architektur oder majestätische Ausblicke auf die Natur vorbehalten war.

„Das muss ein Irrtum sein."

„Sag nicht, dass du es zurückschicken wirst! Es ist so schön." Gigi strich über eine der Schulternähte, als würde sie ein Haustier streicheln. „Schau, da ist eine Karte in den Rand gesteckt."

„Das ist Gwens Handschrift." Ich öffnete sie und überflog die kurze Nachricht.

Liebe Olive,

Mutter und ich haben dieses Kleid für dich anfertigen lassen, als wir in Paris Halt gemacht haben. Wir haben es aufgehoben, um es dir als Weihnachtsgeschenk zu geben, aber als ich gehört habe, dass du Alton House besuchen würdest, habe ich Mutter davon überzeugt, dass wir es jetzt schicken müssen. Ich hoffe, du trägst es zu den schicksten Veranstaltungen!

Ich fahre zu Lucas' Eltern. Ich bin abwechselnd euphorisch glücklich (mit Lucas verlobt zu sein) und vollkommen verängstigt (darüber, einen guten Eindruck bei seinen Eltern zu machen).

Schreibe mir alle Neuigkeiten aus London.

Gwen

Ich steckte den Zettel zurück in den Umschlag. „Es ist ein vorgezogenes Weihnachtsgeschenk von Gwen und meiner Tante. Ich muss ihr schreiben und ihr danken." Und ihr sagen, dass sie eine dumme Gans ist. Ich war mir sicher, dass die Eltern von Inspector Longly sie lieben würden, und sie sich vollkommen umsonst Sorgen machte.

„Dieses Kleid ist viel zu schön, um es heute Abend bei der Familien-Dinnerparty zu tragen. Spar es dir für morgen auf. Wir gehen zu den Grafton Galleries und dann woanders hin, wie ins Blue Moon oder zum Embassy Club, und Lisbet plant eine Schnitzeljagd für später am Abend. Es wird wunderbar prächtig werden. Lass mich klingeln, damit Stella das Kleid für dich wegräumt."

Ein Dienstmädchen mit feinen, mausbraunen Haaren und fahlem Teint betrat gemächlich den Salon, doch als Gigi sie beauftragte, das Kleid in meinem Zimmer zu verstauen, wirkte sie begeistert und eilte zu mir. Sie trug den Karton in mein Zimmer, als ob er ein königliches Diadem enthielte, das sie an den Hof brachte, um die Prinzessin zu zieren.

Nachdem Stella es auf einen Kleiderbügel gehängt und im Schrank in meinem Zimmer verstaut hatte, fragte Gigi, ob ich ein Dienstmädchen mitgebracht hätte. Als ich sagte, dass ich das nicht getan hatte, erklärte Gigi: „Dann wird Stella für dich da sein."

Stella, die immer noch die Perlenstickerei am Oberteil des Kleides bewunderte, drehte sich zu Gigi um. „Ja, my Lady." Ihr Knicks war der seichteste, den ich je gesehen hatte. Tante Caroline wäre unzufrieden gewesen, doch Gigi musste beschlossen haben, über die nachlässigen Umgangsformen hinwegzusehen, denn sie sagte nur: „Das ist alles, Stella."

Mr. Quigley, der mit zur Seite geneigtem Kopf beobachtet hatte, wie das Dienstmädchen im Zimmer hin- und hergegangen war, stieß ein Krächzen aus. Stella zuckte zusammen und kicherte dann. „Gott, er hat mir einen Schrecken eingejagt."

„Das ist Mr. Quigley", sagte ich. „Er ist manchmal ein wenig laut, aber freundlich."

„Sie erwarten doch nicht, dass ich mich um dieses … Ding kümmere, oder?", fragte Stella Gigi.

„Nein, Stella. Ich werde das Harry machen lassen."

„Gut." Stella ging und machte einen großen Bogen um den Vogelkäfig.

Gigi hatte keine Angst vor dem Papagei. Sie ging zum Käfig hinüber und beugte sich auf Augenhöhe zu ihm hinunter. „Harry ist ein Junge vom Land, der gut mit Tieren umgehen kann."

„Ich kann mich um Mr. Quigley kümmern. Ich will den Dienern nicht noch mehr Arbeit machen."

„Das wird überhaupt kein Problem sein. Harry würde sich lieber um einen Papagei kümmern, als Silber zu polieren. Kann ich ihn rauslassen? Mr. Quigley, meine ich."

„Ja. Hier, ich zeige –" Ich schob meinen Stuhl zurück. Ich hatte mich an den Schreibtisch gesetzt, um Gwen ein Dankeschön zu schreiben, doch Gigi, die niemals warten konnte, hatte die Käfigtür bereits geöffnet. Sie streckte ihren Arm aus. Mr. Quigley hüpfte sofort auf ihren Unterarm.

„Ich glaube, er mag dich", sagte ich. „Wenn du seinen Hals streichelst, wird er dir in alle Ewigkeit ergeben sein."

Gigi streichelte den Hinterkopf des Papageis, und Mr. Quigley schmiegte sich in ihre Hand. „Und ruf heute Abend nach Stella, wenn es Zeit ist, dich anzuziehen. Stella ist … ein wenig schwierig. Sie fühlt sich übergangen, und ich kann ihr ihr Verhalten nicht ganz zum Vorwurf machen. Sie gehört auch zu den Leuten, deren Pläne von Granny aus der Bahn geworfen wurden."

Ich blickte vom Schreibtisch auf, der mit Schreibpapier, Stiften und Stempeln ausgestattet war. „Wieso das?"

„Stella möchte gerne Kammerzofe werden." Gigi senkte ihre Stimme. „Daddys Ressourcen sind ein bisschen – ähm – angespannt. Es reicht nicht für eine Vollzeitzofe für mich, also hilft Stella mir, aber sie hat immer noch die Pflichten eines Dienstmädchens. Gigi seufzte. „Stella hat sich bei Mrs. Hampton um eine Stelle als Zofe beworben, was ich für eine ausgezeichnete Idee hielt. Ich würde Stella gerne selbst in einer besseren Position sehen. Doch Granny hat dem sofort ein Ende gesetzt. Sie hat Mrs. Hampton gesagt, dass sie Stella keine Referenz geben könne. Sie – das heißt Stella – ist in mancher Hinsicht ein bisschen nachlässig, doch sie leistet hervorragende Arbeit, wenn sie sich um meine Kleidung kümmert. Sie würde sich gut als Zofe machen. Granny achtet nur darauf, dass es hier keine Veränderungen gibt. Sie will kein neues Personal suchen müssen."

„Aber die Haushälterin – Mrs. Monce, nicht wahr? – würde sich doch darum kümmern?"

„Oh, kein Detail ist zu unwichtig für Granny. Sie

mischt sich selbst in die belanglosesten Angelegenheiten ein."

„Vielleicht weiß deine Großmutter, dass ihr eigenes Dienstmädchen kurz davorsteht zu kündigen, und will Stella im Haushalt behalten, weil sie weiß, dass bald eine Stelle frei wird."

„Mrs. Dowd? Kündigen? So viel Glück können wir gar nicht haben."

„So schlimm?"

„Oh ja. Sie spioniert mich für Granny aus – genau wie Elrick. Und Mrs. Dowd macht ständig diese Bemerkungen über ‚angemessenes Verhalten'. Das ärgert mich." Gigi winkte mit einer Hand ab und erklärte das Thema für abgeschlossen. „Aber genug von Mrs. Dowd. Es tut mir schrecklich leid für Stella. Granny hat dafür gesorgt, dass sich unter ihren Freundinnen herumspricht, dass Stella nicht geeignet ist, sodass sie jetzt nirgendwo anders Arbeit finden kann. Du bist nicht auf der Suche nach einem Dienstmädchen, oder?"

„Unabhängigkeit hat ihren Preis, das weißt du. In meinem Fall reicht es derzeit nicht, um ein Dienstmädchen zu finanzieren. Es tut mir leid, dass ich nicht helfen kann."

„Schon gut. Ich werde etwas für sie arrangieren." Gigi wandte sich Mr. Quigley zu. „Vielleicht könnte ich sie nach Schottland zu Cousine Clementine schicken. Ich glaube nicht, dass Granny ihr gegenüber Stella schlechtgeredet hat – zumindest noch nicht."

KAPITEL VIER

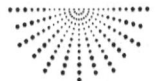

*E*s war eine kleine Dinnerparty an diesem
Abend. Ich hatte erwartet, dass die Teilnehmer
aus dem Kreis der Witwe waren, doch es waren Gigis
Freunde, die die Gästeliste füllten – obwohl Earl
Mudmere anwesend war. Er hatte Gigi bei seiner
Ankunft höflich begrüßt – zusammen mit allen anderen.
Dann hatte er vor dem Abendessen die meiste Zeit im
Salon verbracht und sich mit der Witwe unterhalten.
Während wir uns in der Reihenfolge unseres Ranges
aufstellten, bevor wir zum Abendessen gingen, sagte ich
zu Gigi: „Ich denke, du bist vor romantischen Annähe-
rungsversuchen von Earl Mudmere sicher."

„Das hoffe ich doch. Gott sei Dank scheint er von
meinen Reizen nicht berührt zu sein."

„Nicht gerade die typische Situation bei dir", neckte
ich. „Glaub mir, das macht mir überhaupt nichts aus."
Sie begegnete Inglebrooks Blick und lächelte ihn quer
durch den Raum an. Im Abendanzug sah er noch
eleganter aus als sonst. Mudmere hingegen war ein
kahlköpfiger, ungepflegt aussehender Mann. Er hatte

sein allgegenwärtiges Monokel in seine Augenhöhle geklemmt, während wir uns im Salon unterhielten. Seine Fliege saß schief, und ein Fleck, der Marmelade zu sein schien, verunzierte sein Revers. Sein Aussehen hatte sich erheblich verbessert, seit ich ihn das letzte Mal bei einem Sommerpicknick gesehen hatte, das in einem Haus an der Themse stattgefunden hatte. Der Anzug des Earls war zerknittert, seine Schuhe abgewetzt, und sein Monokel war mit einer Schnur anstatt einer Kette an seiner Tasche befestigt gewesen.

Ich lernte zwei andere Gentlemen aus dem Bekanntenkreis der Witwe kennen, ihren Anwalt Mr. Tower, und einen Gelehrten, Mr. York, der im Britischen Museum arbeitete.

Mr. York war ein kleiner, gepflegter Mann, der stark nach Brilliantine roch. Wir hatten vor dem Abendessen ein nettes Gespräch über ägyptische Relikte, etwas, worüber ich mir ein wenig Wissen angeeignet hatte, als ich bei Lady Agnes gewohnt hatte.

Beim Abendessen saß ich zwischen Felix und Addies Rollo. Das Gespräch mit ihm war schwierig. Er hatte sich halb mir zugewandt, doch seine Aufmerksamkeit galt Addie, die gegenüber am Tisch saß. Sie verbrachten den größten Teil des Abendessens damit, einander verzaubert durch die Kandelaber anzustarren. Er hatte all die Konversationsversuche, die ich während des Abendessens gestartet hatte, mit den gleichen drei Antworten beantwortet: *Was Sie nicht sagen? Wirklich? Faszinierend.* Ich war erleichtert, als das Dessert abgeräumt wurde und ich mich umdrehen und mit Felix reden konnte, während das Obst und der Käse serviert wurden. Er war nicht gesprächig, doch er gab wenigstens richtige Antworten.

Felix hatte sich im Salon nicht unter die Leute gemischt. Stattdessen hatte er an einer Seite gestanden und alle beobachtet. Ich hatte mich gefragt, ob er seinen Umhang zum Abendessen tragen würde, doch er kam ohne ihn in der angemessenen Kleidung. An das Revers seines Smokings war eine Gardenie gesteckt, doch seine Haare hingen noch immer schlaff zu beiden Seiten seines Gesichts herab. Während wir anderen uns unterhielten, sah ich, wie Felix ein paar Schlucke aus einer Taschenflasche trank, während die Witwe von ihm abgewandt war. Trotz Gigis Bitte weigerte sich die Witwe, vor dem Abendessen Cocktails zu servieren.

Bei den früheren Gängen des Abendessens hatte ich die Themen Theater, Schauspiel, Schreiben und Literatur im Allgemeinen gemieden. Jetzt zermarterte ich mir den Kopf, um ein anderes, harmloses Thema zu finden. Wir hatten bereits über das Wetter und die Einrichtung des Esszimmers gesprochen, das genauso vergoldet und elegant war wie der Salon. Wir hatten über den kunstvollen Deckenstuck gesprochen, die massiven Kronleuchter, die aus Venedig importiert worden waren, und den hohen Paravent in einer Ecke, der mit der gleichen Tapete bezogen war wie der Rest des Raums und die Diener verbarg, die das Essen zum Servieren vorbereiteten.

Felix trank seinen Wein aus und winkte den Kellner für mehr.

Ich entschied, dass das Abendessen das einzige sichere Thema war, das ich noch besprechen konnte. „Sie haben hier in Alton House eine ausgezeichnete Köchin. Das Abendessen war köstlich. Der Fischgang hat mir besonders gut gefallen."

Felix schien nicht zu verstehen, was ich gesagt hatte.

Seine Aufmerksamkeit war bei dem Diener, der sein Glas füllte. Als der Mann zurücktrat, blickte Felix über den Tisch auf die Witwe und verkündete: „Ich hasse sie, wissen Sie?"

Erschrocken über diese kühne Bemerkung, wusste ich nicht, was ich sagen sollte.

„Ich nehme an, Sie finden das schockierend." Er sprach langsam und betonte jede Silbe. Zuerst dachte ich, es läge daran, dass er wütend war, doch dann beugte er sich vor, und ich roch den Alkohol in seinem Atem, als er hinzufügte: „Sie glaubt, sie weiß, was das Beste ist – nicht nur für mich und Gigi – für alle! Bis hin zum Premierminister, da bin ich mir sicher, hält sie ihre Meinung für die einzig richtige."

Nichts in meiner umfangreichen Ausbildung in damenhaftem Verhalten hatte mich auf diese Situation vorbereitet, und ich suchte nach einer „sanften Antwort, die den Zorn beschwichtigen würde", wie mein Vater es nennen würde.

Bevor mir etwas einfiel, neigte sich Felix in meine Richtung. Ich streckte eine Hand aus, um ihn aufzufangen, doch er fing sich und richtete sich auf. „Aber sie weiß nicht, was das Beste ist." Er schüttelte übertrieben den Kopf hin und her. „Sie merkt nicht, dass sich die Zeiten geändert haben."

Er wedelte mit der Hand, und sein Wein schwappte fast über den Rand seines Glases, als er auf die schnee-weiße Tischdecke, die Massen von Treibhausblumen und die Kompotte aus Süßigkeiten und Nüssen deutete, die Elrick bereitstellte, damit sie die Lakaien zum letzten Gang an den Tisch bringen konnten. „Dies ist ein dem Untergang geweihter Lebensstil, Miss Belgrave." Felix' Glas neigte sich erneut in der Luft, als er mit der Hand

zum Kronleuchter und dann wieder hinunter gestikulierte, um auf die Gäste zu zeigen. „Wir sind Dinosaurier. Wir werden bald aussterben, diese Spezies der High
Society." Die Köpfe schossen bei seinen übertrieben
betonten Worten um. „Dinosaurier. Das sind wir." Er
hob sein Glas. „Auf die Letzten der überholten Aristokratie."

Die klingende Stimme der Witwe übertönte die
gedämpfte Unterhaltung, die noch immer am anderen
Ende des Tisches geführt wurde. „Da stimme ich dir zu,
Felix. Der Großteil der jüngeren Generation ist nur daran
interessiert, kurzsichtige Ziele zu verfolgen." Sie warf
ihrem Anwalt, Mr. Tower, einen Blick über den Tisch zu.
Ich hatte vor dem Abendessen nicht mit ihm gesprochen, abgesehen von einer kurzen Vorstellung. Er war
ein großer, rothaariger Mann, der aussah, als wäre er
Anfang dreißig, und er strahlte ruhiges Selbstvertrauen
aus.

„Deshalb habe ich Benedict heute Abend hierhergebeten", sagte die Witwe. „Es ist Zeit für ein neues Testament. Ich beabsichtige, alles der einzigen Person in
dieser Familie zu hinterlassen, die arbeitet und Initiative
zeigt." Ihr Blick ging über den Tisch. „Clara ist würdiger
als der gesamte Rest von euch zusammen."

Clara erschrak, und ihre Hand stieß gegen ihr Wein-
glas. Es schwankte, doch Mr. Tower, der neben ihr saß
und abrupt aufgeblickt hatte, als die Witwe ihre Ankündigung gemacht hatte, hielt es fest. Das bisschen Farbe in
Claras blassem Teint verschwand und ließ ihre Sommersprossen noch stärker auf ihrer aschfahlen Haut
hervortreten.

Die Witwe hatte ihren Anwalt offensichtlich nicht
vorgewarnt. Ein überraschter Ausdruck war über sein

Gesicht gehuscht, bevor er Claras Glas am Umkippen gehindert hatte. Doch jetzt war sein Gesicht ausdruckslos, als er seinen Kopf in Richtung der Witwe neigte. „Ich stehe wie immer zu Ihren Diensten, Durchlaucht. Aber vielleicht wäre es am besten, wenn ich morgen früh zurückkehre. Wir können das dann weiter besprechen."

„Das ist nicht nötig. Ich habe mich entschieden, und Sie wissen, dass ich nicht schwafele. Wenn ich meinen Kurs einmal festgelegt habe, ändere ich ihn nicht aus einer Laune heraus." Die Witwe blickte zu Gigi hinüber, eine Herausforderung in ihrem Blick.

Gigi hob ihr Kinn. „Es ist dein Geld, Granny. Du machst damit, was du willst."

Die Mundwinkel der Witwe verzogen sich ein klein wenig nach oben. Die Antwort gefiel ihr, wie es schien, auch wenn sie es schnell verbarg. Sie stand auf. „Wir überlassen die Gentlemen ihrem Portwein und ihren Zigarren."

Ich warf Felix einen Blick zu, als ich meine Handschuhe nahm. Er starrte die Witwe an, als sähe er doppelt, dann schüttelte er den Kopf und leerte seinen Wein in einem Zug.

Ich ging zu Gigi, die überhaupt nicht beunruhigt aussah. „Das war schockierend."

„Das meint sie nicht so. Granny mag es einfach, ihre Macht zu demonstrieren."

Ich blickte auf die Frauen, die vor uns in den Salon gingen. Essie war ganz vorne, ihr hoch aufragender Federschmuck wippte in der Gruppe hinter der Witwe mit. „Doch für Essie wird es Futter sein."

Gigi lachte. „Oh, ich bin sicher, es wird morgen im *Hullabaloo* auftauchen. Granny ist selbst schuld. Sie wird wirklich entsetzt sein, dass ihr Name in der Zeitung steht, aber es ist zu pikant, als dass Essie darauf verzichten könnte." Gigis Gesicht wurde ernst. „Es ist seltsam, dass Granny sie eingeladen und dann erwähnt hat, dass sie ihr Testament ändert. Eine kleine Unachtsamkeit von Granny."

„Es war nicht deine Idee, Essie einzuladen?"

„Nein. Granny hat mich wegen der Gästeliste nicht gefragt. Ich bin tatsächlich schockiert, dass es so ein junges Publikum ist. Das sieht Granny gar nicht ähnlich. Natürlich ist es gewollt. Sie versucht, mich dazu zu zwingen, vorsichtiger zu sein, und denkt, dass es ausreichen wird, mich in Verlegenheit zu bringen."

„Vielleicht hat sie versucht, etwas Nettes zu tun, indem sie deine Freunde einbezieht."

„Granny? Sie tut nichts Nettes für andere. Sie macht helfende und philanthropische Dinge für Leute, Dinge, die in ihrem besten Interesse sind – ob es ihnen gefällt oder nicht."

Wir hatten uns kaum in den Salon gesetzt, als die Witwe sagte: „Clara, ich möchte das Kreuzworträtsel, das ich beiseitegelegt habe, um es Mr. Tower zu zeigen. Es ist im Arbeitszimmer."

Clara sprang auf, und ein erleichterter Ausdruck glitt über ihr Gesicht. Kein Wunder, dass sie nach der dramatischen Ankündigung der Witwe glücklich war, für ein paar Augenblicke zu entkommen. Ich goss mir eine Tasse Kaffee ein und setzte mich neben Essie.

„Du siehst aus wie eine Katze, die einen ganzen Träger Sahne gefunden hat."

„Das habe ich. Nach einer solchen Ankündigung wird mein Redakteur sehr zufrieden mit mir sein. Es ist sicherlich spannender als alles andere, worüber ich in letzter Zeit schreiben musste."

„Wie zum Beispiel?", fragte ich, und Essie erzählte mir von den gesellschaftlichen Veranstaltungen, an denen sie in letzter Zeit teilgenommen hatte, während sie mich die ganze Zeit mit Fragen über Gigi bombardierte und ob sie etwas über die Ankündigung der Witwe gewusst hatte oder nicht. „Keine Ahnung", sagte ich. „Da musst du sie selbst fragen."

„Oh, das habe ich vor. Ich gebe ihr ein wenig Zeit, bevor ich zu ihr gehe. Ich wollte abwarten, ob sie mit der Witwe spricht, doch es sieht nicht danach aus."

Die Männer schlossen sich uns an, und die Witwe bedeutete Mr. Tower, sich neben sie zu setzen. „Wo ist Clara? Sie sollte inzwischen mit dem Rätsel zurück sein, das ich Ihnen zeigen möchte, Mr. Tower. Sie sind immer so gut darin, genau das richtige Wort zu wissen."

„Mein Beruf hängt davon ab."

Die Witwe wandte sich Gigi zu. „Sieh nach, was Clara aufhält."

Gigi stellte ihre Kaffeetasse ab und erhob sich gemächlicher als Clara es getan hatte. Als sie durch den Raum ging, steckte sie ihre Hände in ihre Taschen. Ich wette, dass Gigi, solange sie nicht im Zimmer war, die Gelegenheit nutzen würde, um eine Zigarette zu rauchen. Doch dann erschien eine Falte zwischen ihren Brauen. Sie drehte sich um und ließ ihren Blick über den Rokoko-Beistelltisch mit Marmorplatte neben dem Sessel schweifen, auf dem sie gesessen hatte. Darauf stand eine Porzellanlampe und eine mit Potpourri gefüllte geschliffene Glasschale. Gigi wandte sich ab und überprüfte noch einmal ihre andere Tasche, als sie sich auf den Weg machte.

Wenige Augenblicke später war sie zurück. Die Falte zwischen ihren Brauen hatte sich zu einem vollen Stirnrunzeln vertieft. „Du hast Clara ins Arbeitszimmer geschickt, nicht wahr, Granny?"

„Ja, habe ich."

„Seltsam. Die Tür zum Arbeitszimmer ist abgeschlossen."

„Abgeschlossen?" Sie wandte sich zu Elrick um, der von seiner Position an der Wand auf sie zu glitt.

„Ich werde mich darum kümmern, Durchlaucht."

Gigi sagte: „Ich habe angeklopft. Warum antwortet Clara nicht?"

„Sie ist wahrscheinlich ziemlich überwältigt von meinen Neuigkeiten und wollte ein paar Augenblicke allein sein", sagte die Witwe. Essie hatte ihre Aufmerksamkeit auf Mr. York gelenkt und versuchte, eine Einladung zu einer Sonderausstellung italienischer Skulpturen zu bekommen, die bald im Museum eröffnet werden würde.

Gigi ließ sich auf einen mit weißem Samt gepolsterten Sessel nieder und beugte sich zu mir vor. „Das sieht Clara nicht ähnlich. Sie tut immer genau das, was Granny sagt. Etwas stimmt nicht."

„Vielleicht hat sich die Tür verriegelt, als sie das Arbeitszimmer verlassen hat. Oder ist sie woanders hingegangen, bevor sie hierher zurückgekehrt ist? Ihr Zimmer vielleicht?"

Gigi stand auf. „Lass uns nachsehen."

„Gut." Wir schlüpften aus dem Salon, und Gigi ging zur nächsten Tür im Flur. „Hier ist das Arbeitszimmer." Sie klopfte an das Holz. „Clara? Bist du da drin?" Von der anderen Seite der Tür kam keine Antwort oder Bewegung. Gigi klopfte erneut, diesmal lauter. „Clara? Bitte mach auf, wenn du da drin bist. Ich bin's nur und meine Freundin Olive."

Gigi versuchte den Griff, doch er gab nicht nach. Sie wirbelte herum und eilte auf die Treppe zu Claras Zimmer zu. Ich passte mich ihrem Tempo an, als sie fast zum Treppenabsatz rannte. „Es sieht Clara überhaupt nicht ähnlich, Granny warten zu lassen." Gigi klopfte an eine Tür in der Nähe der Treppe, wartete ein paar Sekunden und öffnete sie dann, doch der Raum war leer. Ich konnte nicht anders, als ihn mit meinem luxuriösen Zimmer zu vergleichen. Claras Zimmer war viel kleiner und hatte nur ein einziges Fenster. Obwohl die Möbel von guter Qualität waren, passten sie nicht zusammen. Die Vorhänge und die Tagesdecke waren aus einfarbiger Seide und sahen ein wenig abgenutzt aus.

Gigi schloss die Tür. „Wo könnte sie sein?"

„Hat sie ein Lieblingszimmer, in dem sie gerne Zeit verbringt?"

„Keine Ahnung."

Im ganzen Haus hallte Klopfen wider. Wir eilten die Treppe hinunter und bemerkten einen Tumult im Flur vor der Tür zum Arbeitszimmer. Elrick, immer noch würdevoll und korrekt, klopfte fest an – nein, es war eher ein Hämmern, etwas, wovon ich nie gedacht hätte, dass ich es von ihm sehen würde. Elrick brach ab und rief: „Miss Clack? Sind Sie da drin? Bitte schließen Sie die Tür auf."

Gigi berührte Mr. Towers Arm. „Was ist passiert?"

Er war ein ganzes Stück größer als Gigi und beugte sich zu ihr hinunter. „Anscheinend ist der Schlüssel ebenso verschwunden wie Miss Clack. Die Witwe hat das Personal geschickt, um nach ihr zu suchen, doch sie ist nirgendwo auf dieser Etage zu finden."

„Und Olive und ich haben gerade oben nachgesehen. Sie ist nicht in ihrem Zimmer."

Inglebrook, der hinter Elrick gestanden hatte, sagte: „Wir müssen die Tür aufbrechen. Ihr muss etwas zugestoßen sein." Er gestikulierte mit dem Arm, um einen Weg freizumachen. „Ich werde es versuchen." Er senkte seine breiten Schultern und stürmte dann auf die Tür zu. Seine Schulter prallte gegen das dicke Mahagoni, was ihn unvorbereitet traf. Er sackte für einen Moment gegen die Tür, bevor er seine Hand dagegen drückte und sich aufrichtete.

Inglebrook schüttelte den Kopf und ging ein paar Schritte zurück, um es noch einmal zu versuchen, doch Mr. Tower sagte: „Vielleicht gibt es einen weniger schmerzhaften Weg." Er sah die Witwe an. „Dieser Raum ist mit der Bibliothek verbunden, nicht wahr? Und gibt es nicht eine Reihe von Schiebetüren zwischen den Räumen?"

„Ja, aber die wurden seit Ewigkeiten nicht mehr geöffnet." Die Witwe wandte sich einer Frau am Rande der Gruppe zu. Sie trug ein schlichtes dunkles Kleid mit makellosen weißen Manschetten. „Mrs. Monce?"

Die Wangen der Haushälterin wurden rot, als sie die Schlüssel an ihrem Ring durchblätterte, der mit einer langen Kette an ihrer Taille befestigt war. „Ich verstehe es nicht, Durchlaucht. Der Schlüssel zu den Schiebetüren fehlt ebenfalls. Es tut mir leid, Durchlaucht. Ich weiß nicht, was passiert ist."

„Lassen Sie uns einen Blick auf diese Türen werfen." Mr. Tower ging den Flur entlang zur nächsten Tür. Wir anderen folgten ihm, doch er war groß, und seine Schritte waren lang. Wir gelangten in die Bibliothek, die nur vom Licht vom Flur erhellt wurde. Ich verschaffte mir einen schnellen Eindruck von einem weiteren riesigen Raum mit Bücherregalen, die alle mit goldverzierten Buchrücken hinter Glastüren gefüllt waren.

Mr. Tower hatte bereits ein Taschenmesser gezückt. Er hielt sein Feuerzeug dicht an das Schloss, das die beiden Türen zusammenhielt, während er die Klinge in den Spalt dazwischen schob. Er ruckelte mit dem Messer, drehte es ein wenig, und ein leises Klicken ertönte. Die Türen rollten sanft zurück, als er sie auseinanderschob. Das Arbeitszimmer war ein viel kleinerer Raum als die Bibliothek. Es war dunkel, abgesehen von einer einzelnen Lampe, die auf einem Tisch an der Rückwand stand. Sie war eingeschaltet, und ihr kleiner Lichtkegel beleuchtete eine Frau, die auf der Seite am Boden lag.

Ihr Gesicht war im Dunkeln, doch das Licht der Lampe fiel auf ihre Brust und ihre Oberschenkel. Blut war auf ihrem Kleid und den Dielen um sie herum. Ein Messer, dessen Klinge rot glitzerte, lag in der Blutlache neben ihr.

KAPITEL FÜNF

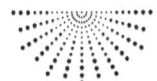

*E*ine Sekunde lang, nachdem sich die Tür geöffnet hatte, herrschte fassungsloses Schweigen. Dann schritt die Witwe durch den Raum und blieb vor dem Blut stehen.

„Ist es Clara?", fragte Gigi, die ihrer Großmutter gefolgt war. Die Witwe wirbelte herum und scheuchte uns zurück. „Alle bleiben draußen! Ja, es ist Clara." Sie ging auf uns zu, und wir kehrten in die dunkle Bibliothek zurück. Meine Knie stießen gegen einen Tisch und warfen Schachfiguren um, während jemand anderes gegen ein anderes Möbelstück stieß und murmelte: „Verflixt! Wo ist das Licht?"

Die Stimme der Witwe erklang. „Jemand möge bitte die Lampen einschalten." Im ganzen Raum begannen Lampen zu leuchten.

„Elrick, ruf die Polizei." Die Witwe zog die Türen zu und stellte sich davor.

Ich musste ihre Souveränität bewundern. Es hatte nur ein paar subversiver Bemerkungen von Felix bedurft, um mich beim Abendessen aus der Fassung zu bringen. Sie hatte gerade entdeckt, dass ihre Gesellschafterin ermordet worden war, und sie wirkte kaum beunruhigt. Die Witwe sagte: „Ich schlage vor, wir setzen uns alle und warten auf das Eintreffen der Polizei."

Sie ließ einen Diener rufen, der neben dem Eingang zum Arbeitszimmer Wache halten sollte, und ein Dienstmädchen, das das Feuer anzünden sollte, dann nahm sie in einem Ohrensessel Platz, von dem aus sie einen Blick auf die Schiebetüren hatte.

Schockiert von dem Anblick von Clara, die leblos und blutig dagelegen hatte, bewegten sich jetzt alle leise und wurden von der Wärme des Feuers angezogen, außer Gigi, die regungslos in der Nähe der geschlossenen Türen stehenblieb.

Ich schob einen Arm unter ihren Ellbogen und führte sie zu einem Sessel in der Nähe des Kamins. Das Knacken und Knistern des Feuers war das einzige Geräusch im Raum. Jetzt, wo das Licht an war, konnte ich sehen, dass die Bibliothek bis zum Rand mit wunderschönen, in Leder gebundenen Büchern gefüllt war, doch ich konnte es nicht schätzen, nicht nach dem, was ich gerade gesehen hatte. Ich rückte einen kleinen Hocker mit geschwungenen Beinen und einem gestickten Sitzkissen näher an Gigi heran und setzte mich. Sie starrte auf den Teppich, die Arme vor der Taille verschränkt.

Inglebrook, der sich immer noch die Schulter rieb, stellte sich neben Gigis Stuhl. Rollo hatte seinen Arm um Addie gelegt. Sie weinte, ihr Taschentuch vor die Augen gepresst, während Rollo ihr etwas ins Ohr flüsterte. Mr. Tower, der düsterer aussah als den ganzen Abend, stand im Schatten am Rand des Raums, während Felix, dessen Gesicht denselben Grauton angenommen hatte wie die verblichene Pergamentkarte an der Wand hinter ihm, sich auf das Chesterfield-Sofa niederließ. Der Earl und Mr. York unterhielten sich leise in einiger Entfernung von der Gruppe.

Essie ließ sich auf der Kante eines Chesterfieldsessels nieder. Ihre Reporterinstinkte waren stark, und sie vibrierte praktisch vor Energie, als ihr hellwacher Blick von den Schiebetüren zu jedem im Raum schoss. Die Feder an ihrem Kopfschmuck zitterte angesichts jeder ruckartigen Bewegung. Dann wandte sie sich ab und schien vom Stuhlkissen fasziniert zu sein. Als ich meinen Hals reckte, sah ich, dass sie einen kleinen Bleistift aus ihrer Tasche genommen hatte und in ein Notizbuch schrieb, das sie in den Falten ihres Rocks versteckt hatte.

Ich fragte mich kurz, ob Detective Inspector Longly den Fall übernehmen würde, dann fiel mir sofort ein, dass er nicht in der Stadt war. Wir zuckten alle zusammen, als Elricks Stimme erklang: „Detective Inspector Makepeace und Detective Sergeant Lawson." Zwei junge Männer in schönen Anzügen, die Haare aus ihren hübschen Gesichtern zurückgekämmt, betraten die Bibliothek.

Inglebrook sagte: „Das war unglaublich schnell."

Die Polizei war ungewöhnlich schnell gekommen, doch ich nahm an, dass die Polizei, wenn Alton House anrief, keine Zeit verschwendete, jemanden zu schicken. „Und ungewöhnlich", murmelte ich. „Man sollte meinen, dass sie zuerst einen Bobby schicken." Der Detective Inspector kam mir bekannt vor. Obwohl ich eine Lady war, war ich in mehrere Ermittlungen verwickelt gewesen. Vielleicht war Makepeace in eine involviert gewesen? Ich durchforstete mein Gedächtnis und versuchte, ihn einzuordnen, doch es blieb leer.

Makepeace ging voran und sprach, als er den Raum durchquerte. „Mein Sergeant und ich sind sofort gekommen." Zielsicher ging er durch den Raum auf die Witwe zu und begrüßte sie. Makepeace sah ziemlich jung aus, als käme er gerade aus Eton, während Lawson etwas älter war und einen Schnurrbart hatte. Er hielt ein Notizbuch in der Hand.

„Wie können wir Ihnen behilflich sein, Durchlaucht?", fragte Makepeace. „Etwas über eine Leiche?"

„Ja. So tragisch. Es ist Clara Clack, meine Gesellschafterin. Wir haben sie in dem kleinen Arbeitszimmer auf der anderen Seite der Schiebetüren gefunden. Ich habe das Arbeitszimmer betreten, doch seitdem war niemand mehr dort."

„Sehr gut. Ich werde einen Blick hineinwerfen, dann habe ich ein paar Fragen an Sie alle." Makepeace ging ins Arbeitszimmer, gefolgt von Sergeant Lawson. Sie schlossen die Schiebetüren, nachdem sie durchgegangen waren, und wir warteten schweigend. Ich dachte, sie würden lange im Arbeitszimmer bleiben, doch ein paar Augenblicke später schob Makepeace die Türen auf und kehrte in die Bibliothek zurück.

Lawson folgte ihm, schloss die Türen und stellte sich davor. Makepeace durchquerte kopfschüttelnd den Raum zu unserer Gruppe am Feuer. „Tragisch, wie Sie gesagt haben, Durchlaucht." Sein Blick streifte uns alle, als er fragte: „Ich nehme an, Sie haben heute Abend alle zusammen zu Abend gegessen?"

Die Witwe antwortete und beschrieb, wie die

Frauen den Esstisch verlassen hatten, und wie sie Clara geschickt hatte, um für sie eine Zeitung zu suchen. „Und als Clara noch nicht zurückgekehrt war, als die Männer zu uns in den Salon gekommen sind, habe ich meine Enkelin losgeschickt, um nach ihr zu suchen."

Makepeace' Blick wanderte von einem Mann zum anderen, als er fragte: „Gentlemen, waren Sie heute den ganzen Abend alle zusammen? Hat irgendjemand die Gruppe verlassen, als Sie vom Esszimmer in den Salon gegangen sind?"

Mr. Tower meldete sich zu Wort. „Nein, ich denke, wir waren alle zusammen. Aber ich muss sagen, das ist nicht ganz korrekt, uns gemeinsam zu befragen, oder? Sollten Sie nicht –"

„Nur um ein paar grundlegende Informationen zusammenzustellen, Mr. —?"

„Tower. Vielleicht sollten Sie unsere Namen notieren."

„Alles zu seiner Zeit. Mein Sergeant wird gleich mit jedem von Ihnen sprechen und –"

Die Witwe mischte sich ein: „Es ist meine Schuld. Ich hätte Clara beim Abendessen nicht mit meinen Neuigkeiten schockieren sollen. Ich hätte es ihr privat sagen sollen."

„Neuigkeiten?", fragte Makepeace.

Die Witwe zögerte und warf einen kurzen Blick auf Felix, dann auf Gigi, bevor sie sagte: „Ich nehme an, Sie werden es früh genug herausfinden. Ich habe beschlossen, mein Testament zu ändern und alles Clara zu hinterlassen. Ich habe die Änderung beim Abendessen angekündigt. Clara hat wahrscheinlich ein paar Augenblicke allein gebraucht, um es zu verarbeiten – deshalb hat sie sich länger im Arbeitszimmer aufgehalten, da bin ich mir sicher."

„Ich verstehe." Makepeace schaffte es, den beiden Worten einen bedrohlichen Ton zu verleihen, als er sich umdrehte, um Gigi anzusehen. „Und nach den heimlichen Blicken, die Ihnen alle zuwerfen, nehme ich an, dass Sie enterbt werden sollten?"

Gigi war so still und zurückgezogen gewesen, dass ich mich fragte, ob sie das Gesagte verstanden hatte, doch bei Makepeace' Worten wurde sie lebhaft und sah ihn an. „Sie unterstellen, ich hätte Clara etwas angetan? Ich würde das niemals tun. Grannys Geld gehört ihr, und sie kann es hinterlassen, wem sie möchte. Und sie kündigt ziemlich oft an, dass sie ihr Testament ändert – nicht wahr, Granny? Ich habe es nicht ernst genommen."

Makepeace sah Felix an. „Stimmt das, Lord Daley?"

Felix, der immer noch blass aussah, nickte. „Ja, es stimmt. Granny spielt gerne mit ihrem Testament. Das ist nichts Neues."

Das Gefühl, den Inspector zu kennen, nagte an mir, und ich studierte sein Gesicht und versuchte, ihn einzuordnen. Vielleicht hatte ich ihn bei einem geselligen Beisammensein kennengelernt, nicht bei einer Ermittlung? Wieder fiel mir nichts ein, doch der Gedanke nagte an mir, und ich ging im Kopf alle Bekannten durch.

Makepeace, die Hände in den Hosentaschen, schlenderte von Gigi weg. „Aber wenn die Männer den ganzen Abend zusammengeblieben sind und Sie nach Miss Clack die einzige Person waren, die den Salon verlassen hat, dann scheint es, als ob Sie, Lady Gina, die einzige Person sind, die Gelegenheit hatte, Miss Clack zu erstechen."

Gigi sah den Mann an, als würde er zusammenhang-
losen Unsinn von sich geben. „Nein, hatte ich nicht. Ich
hätte nicht ins Arbeitszimmer kommen können, selbst
wenn ich gewollt hätte. Ich habe an die Tür zum Arbeitszimmer – die, die auf den Flur hinausführt – geklopft
und keine Antwort bekommen. Ich habe den Türgriff
heruntergedrückt, doch es war abgeschlossen, wie jeder
andere hier bestätigen wird."

Mr. Tower trat vor. „Die Schlüssel für die Flurtür und
die Schiebetüren sind verschwunden. Ich musste mein
Taschenmesser benutzen, um die Schiebetüren zu
öffnen." Während des Austauschs war Inglebrook
langsam von Gigis Sessel zurückgewichen.

Gigi fügte hinzu: „Und es war nicht nur heute
Abend, dass ich da nicht hineingegangen bin. Ich war
seit Tagen nicht mehr im Arbeitszimmer."

Makepeace fuhr mit hochgezogenen Augenbrauen
herum. „Wirklich? Sind Sie sich da sicher?"

Mein Herz sank bei der Frage. Ich wusste, dass es
kein gutes Zeichen war, diese Worte von einem Detective Inspector zu hören. Inglebrook muss es auch
gespürt haben, denn er wich noch ein paar Schritte
zurück.

Makepeace zog sein Taschentuch aus der Tasche und
faltete die Ränder zurück, wodurch Gigis Zigarettenspitze zum Vorschein kam, die in zwei Teile zerbrochen
war. „Wie ist das dann in das Arbeitszimmer gelangt –
unter Miss Clacks Leiche?"

Gigi starrte mit verblüfftem Gesichtsausdruck auf die
Zigarettenspitze. Mr. Tower bewegte sich vom Rand der
Gruppe zu Gigis Stuhl. „Lady Gina, nicht –"

Gigi schien Mr. Tower nicht zu hören. Sie griff nach
der Zigarettenspitze. „Das ist meine."

Makepeace riss sein Taschentuch aus ihrer Reichweite. „Ja, es ist sehr auffällig. Praktisch ein Unikat."

Ein verblüffter Ausdruck trat auf Gigis Gesicht. „Ich verstehe nicht. Heute Abend konnte ich sie nicht finden. Ich versichere Ihnen, ich war den ganzen Abend nicht im Arbeitszimmer – oder in der Nähe von Clara." Ihre Stimme hatte sich verändert. Sie war nicht mehr ganz so selbstbewusst. Ich hörte einen Hauch von Angst in ihren Worten. In diesem Moment warf ich zufällig einen Blick auf die Witwe und war überrascht, ein zufriedenes Funkeln auf ihrem Gesicht zu sehen. Im nächsten Moment war es weg, doch es jagte mir einen Schauer den Rücken hinunter.

Mr. Tower sagte: „Ich muss protestieren. Was Sie hier haben, ist bestenfalls ein Indiz. Außerdem gehen Sie bei dieser Untersuchung – wenn man das überhaupt so nennen kann – äußerst schlampig vor." Hochgewachsen wie er war, sah er beeindruckend aus, doch der Inspector schien von dem hünenhaften rothaarigen Anwalt überhaupt nicht eingeschüchtert zu sein.

Es war falsch – alles falsch. Die Witwe sollte protestieren, nicht Mr. Tower. Warum erlaubte sie Makepeace, mit diesem theatralischen Auftritt fortzufahren?

Plötzlich fiel mir ein, wo ich Detective Inspector Makepeace gesehen hatte. Ich sprang auf und stellte mich neben Gigi. „Ich glaube nicht, dass du dir Sorgen machen musst, Gigi. Ich bin mir immer noch nicht sicher, wie das alles zusammenpasst, aber dieser Mann hat kein Recht, dich eines Mordes zu beschuldigen. Er ist kein Inspector."

Gigi drehte sich um und starrte mich an. „Was?"

Ich sprach über das allgemeine Gemurmel hinweg, das durch den Raum ging. „Ich sehe nicht, wie er es sein könnte, es sei denn, er hat seinen Beruf gewechselt und schnell Karriere gemacht. Vor kurzem stand er in *Any Two Can Play* auf der Bühne." Ich wandte mich dem Mann zu, der sich Makepeace nannte. „Sie haben die Rolle des Rivalen um die Hand der Hauptdarstellerin gespielt, nicht wahr?"

Sein Adamsapfel tanzte auf und ab, dann warf er der Witwe aus dem Augenwinkel einen Blick zu.

Felix beugte sich vor. „Ja, bei George! Das ist derselbe Kerl."

Die Witwe war an jenem Nachmittag kühl gewesen, als Gigi mich vorgestellt hatte. Jetzt waren ihre blauen Augen wie Eissplitter, als sie mich anstarrte. Sie richtete ihre Aufmerksamkeit auf Makepeace. „Bravo, Sir! Bravo!"

Gigi wirbelte zu der Witwe herum. „Granny, was hast du getan?"

Die Witwe ignorierte sie und nickte Elrick zu. Er öffnete die Schiebetüren, und Clara kam heraus. Ihre Kleidung war immer noch rot gefleckt, doch sie war sehr lebendig. Eine leuchtende Röte färbte ihre Wangen, als alle durcheinander zu reden begannen.

Clara machte mit gefalteten Händen einen winzigen Schritt ins Zimmer. Die Witwe sagte: „Gut gemacht, Clara. Eine ausgezeichnete schauspielerische Leistung. Sie haben alle getäuscht. Sie waren alle vollkommen überzeugt."

Inglebrook, der sich weiter von Gigi entfernt hatte, als der „Inspector" seinen Beweis gezeigt hatte, stand jetzt an der Tür zum Arbeitszimmer. Er sagte: „Ich freue mich zu sehen, dass Sie unverletzt sind, Miss Clack", und ihre Röte wurde noch intensiver.

„Aber ich verstehe nicht", sagte Gigi. „All das Blut. Es war so viel Blut."

„Tomatensaft", sagte die Witwe und fuhr dann in einem höhnischen Ton fort. „Verstehst du nicht, Gina? Es ist eine Party – wie diese extravaganten und fantasievollen, die du so liebst. Es ist eine Mordparty."

KAPITEL SECHS

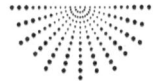

Später am Abend saß ich am Frisiertisch, nahm meinen Schmuck ab und hörte zu, wie Stella über die Aufregung des Abends plapperte. Ihre Stimme war gedämpft, als sie meine Schuhe in den Schrank stellte. „Nur Mr. Elrick wusste, was Ihre Durchlaucht vorhatte. Nicht einmal Mrs. Monce. Sie ist ziemlich verärgert darüber, oh ja, das ist sie."

Ich legte die Perlen meiner Mutter ab und nahm meine Haarbürste. „Also hat jemand die Schlüssel von Mrs. Monce' Schlüsselbund genommen?"

Stella schloss die schweren Schranktüren. „Es war Mr. Elrick. Ich weiß nicht, wie er das geschafft hat, doch er hat es getan. Und dann ließ Ihre Durchlaucht eines der Dienstmädchen Lady Gina die Zigarettenspitze von ihrer Kommode stibitzen, bevor sie zum Abendessen hinuntergegangen ist." Stella drehte sich um, ihre Augen leuchteten vor Aufregung. „Wird das morgen in den Zeitungen stehen?"

„Oh, da bin ich mir sicher."

Essie war die Erste gewesen, die an diesem Abend

gegangen war, und ich wusste, dass sie unbedingt wegwollte, damit sie ihre Geschichte aufschreiben und einreichen konnte. Ich hatte das Gefühl, dass die Witwe Essie absichtlich eingeladen hatte, damit sich die Kunde des Ereignisses verbreitete.

„Sonst noch etwas, Miss?"

„Nein, das ist alles. Danke."

„Möchten Sie morgen früh ein Tablett in Ihrem Zimmer, Miss?"

„Nein, ich gehe zum Frühstück nach unten."

„Sehr wohl. Gute Nacht, Miss."

Stella hielt den ganzen Vorfall eindeutig für einen entzückenden Spaß und eine angenehme Störung der Routine, doch Gigi war verletzt und wütend gewesen. Ich zog meinen Morgenmantel an und machte mich auf den Weg durch den langen, gewundenen Korridor zu ihrem Zimmer. Ich klopfte an die Tür, und sie rief mich herein.

„Ich bin gekommen, um nach dir zu sehen –" Ich verstummte, weil ich sie nicht sah, doch dann hörte ich eine Stimme aus dem riesigen Mahagonibett.

„Hier drüben."

Ich spähte hinter die Vorhänge, die um das Bett herum zugezogen waren, und entdeckte Gigi, eine kleine Gestalt, die zusammengerollt am Kopfende lag. Sie hatte ihr Abendkleid nicht ausgezogen. Sie rauchte eine Zigarette, doch als ich näherkam, drückte sie sie in einem Aschenbecher aus, der von Zigarettenstummeln überquoll, und wedelte den Rauch weg. Sie nahm ein Kristallglas, das mit einer bernsteinfarbenen Flüssigkeit gefüllt war. „Willst du auch einen? Ich habe die Karaffe aus der Bibliothek mitgebracht."

„Ich kann mir vorstellen, dass du das jetzt brauchst,

aber ich verzichte, danke." Ich setzte mich ans Fußende des Betts. „Gigi, es tut mir so leid." Sie konzentrierte sich auf die Flüssigkeit, während sie das Glas in die eine Richtung neigte, dann in die andere.

„Granny hat es getan, um mir damit etwas zu sagen, weißt du? Und für den Fall, dass ich es nicht verstanden habe, hat sie ein kleines Gespräch mit mir geführt, nachdem alle gegangen waren. Ich lebe ein gefährliches und rücksichtsloses Leben, und sie hat die heutige Aufführung inszeniert, um mich zu warnen, wie leicht etwas schiefgehen kann. Ich könnte in eine „sehr unangenehme Situation" verwickelt werden, wie sie es genannt hat. Natürlich wollte sie mich auch in Verlegenheit bringen. Deshalb war Essie hier. Dieses kleine Detail hätte mich warnen sollen. Granny würde Essie normalerweise nicht zum Essen einladen."

Sie trank einen Schluck Whiskey, nahm dann einen Finger vom Glas und zeigte auf mich. „Aber du wusstest, dass er kein echter Inspector war. Wie?"

Ich zog meine Füße an und lehnte mich gegen einen der Bettpfosten. „Er kam mir bekannt vor. Ich habe nur eine Weile gebraucht, um ihn einzuordnen. Ich habe das Stück vor ein paar Wochen gesehen."

„Aber da muss noch mehr dahinterstecken."

„Nun ja. ‚Inspector Makepeace' ist die Ermittlungen vollkommen falsch angegangen. Er hätte einzeln mit jedem von uns sprechen müssen, und ehrlich gesagt sah er viel zu jung und attraktiv aus." Ich strich mit der Hand über die Fransen des Bettvorhangs. „Da ist etwas an der Arbeit eines Inspectors. Es scheint sie zu belasten. ‚Makepeace' hatte nichts von dieser Abgespanntheit an sich. Und ich nehme an, das Wichtigste, was es verraten hat, war, dass alles sehr … theatralisch war."

Gigi lehnte ihren Kopf an das Kopfteil. „Es sieht Granny ähnlich, dass sie so etwas inszeniert. Wenn ich nicht so wütend wäre, hätte es mich unterhalten." Den Blick immer noch auf den Baldachin gerichtet, sagte sie: „In einem solchen Fall vermisse ich Jeffery am meisten. Es waren immer wir gegen den Rest der Welt. Er war mein großer Bruder, und ich weiß, dass ich ihn manchmal absolut verrückt gemacht habe, aber er war immer auf meiner Seite. Diese Zigarettenspitze war ein Geschenk von ihm, und jetzt habe ich nicht einmal die. Granny hat es geschafft, das letzte Ding zu zerbrechen, das mir von ihm geblieben ist."

„Es tut mir leid, dass das passiert ist." Es schien so gar nicht ausreichend, also fügte ich hinzu: „Du weißt, dass es in ein oder zwei Tagen vorbei sein wird. Jemand anderes wird eine noch spektakulärere Party veranstalten, und die Mordparty wird vergessen sein."

„Ja", sagte sie, doch ihre Augen waren glasig. Sie blinzelte heftig, als sie sich nach der Karaffe streckte. „Vielleicht Ediths griechische Party oder sogar Lisbets Schnitzeljagd."

Als ich am nächsten Morgen mein Zimmer verließ, um hinunter zum Frühstück zu gehen, ertönte das pausenlose Trommeln der Typenhebel, die auf die Schreibwalze schlugen, unterbrochen vom Läuten der Klingel der Schreibmaschine, die durch Felix' geschlossene Tür zu hören war. Eine vornehme ältere Frau mit einem Tablett eilte an mir vorbei. Ihr graumeliertes Haar war zu einem Knoten zurückgebunden, und sie trug ein streng geschnittenes schwarzes Kleid. Sie bewegte sich mit der

Sicherheit einer erfahrenen Hausangestellten, balancierte geschickt mit einer Hand das Tablett, klopfte mit dem Fingerknöchel an eine Tür, öffnete sie und sagte: „Guten Morgen, Lord Daley", als sie durch die Tür trat.

Stella kam gemächlich den Flur entlang und trug ein weiteres Tablett. Ihr Haar war heute Morgen ordentlicher, doch ein paar fliegende Strähnen hingen schon heraus. Sie neigte ihren Kopf einen Bruchteil eines Zolls, als ich guten Morgen sagte. Sie hätte beiseitetreten und mich passieren lassen sollen, doch sie versperrte mir den Weg. „Wenn Sie Ihre Meinung zu einem Tablett in Ihrem Zimmer geändert haben, können Sie dieses hier haben."

„Danke, aber nein." Ich hatte gehofft, die Witwe im Frühstücksraum zu finden und ein Gespräch über ihre Sorgen anzuregen. Ich würde langsam essen, und vielleicht würde die Witwe zu einem reichhaltigeren Frühstück erscheinen, zusätzlich zu dem Tee und Toast, den ich auf ihrem Tablett gesehen hatte.

„Durchlaucht verlangt, dass wir jeden Tag um neun ein Frühstückstablett in Lady Ginas Zimmer bringen." Stella beugte sich über das Tablett und senkte die Stimme. „Es ist eine Verschwendung von Lebensmitteln, wenn Sie mich fragen. Lady Gina schläft den ganzen Morgen durch und bemerkt das Tablett nicht. Sie können es also genauso gut nehmen" – sie hob das Tablett und runzelte dann die Stirn – „aber dieses dumme Mädchen, das neue Küchenmädchen, hat den Löffel vergessen." Stella stieß einen empörten Seufzer aus.

„Wie gesagt, ich bin auf dem Weg ins Frühstückszimmer." Ich dachte, ihre plötzlich fürsorgliche Haltung hätte mehr mit der Lage meines Zimmers zu tun als mit dem Wunsch, mir zu gefallen. Gigis Zimmer war ein gutes Stück entfernt, zwei weitere Biegungen des Korridors von hier. Das Tablett in meinem Zimmer zu lassen würde Stella eine beträchtliche Anzahl von Schritten ersparen.

Stella sagte: „Wie Sie wünschen, Miss", doch ihr mürrischer Gesichtsausdruck verriet, dass sie das Gegenteil dachte. Geschirr klapperte hinter mir, als Stella das Tablett auf einen Konsolentisch warf und sich zur Dienertreppe umdrehte. Ich entschied, dass es gut war, dass Gigi nicht auf ihren Tee wartete, denn er würde sicherlich kalt sein, bis Stella wieder aus der Küche zurückkam.

Ich blieb lange beim Frühstück sitzen, doch nur Addie kam. „Guten Morgen, Olive. Ist das nicht ein herrlicher Tag?"

Eisengraue Wolken bedeckten den Himmel, und der Wind zerrte an den Ästen der Bäume im Garten hinter dem Haus. „Es sieht sehr bewölkt aus."

Addie blickte auf, nachdem sie Marmelade auf ihren Toast gestrichen hatte, und spähte aus dem Fenster. „Oh, ich hoffe doch, dass es nicht regnet. Das würde alles ruinieren."

„Hast du etwas draußen vor?"

„Ich treffe Rollo an der Achilles-Statue", sagte sie und meinte damit die Statue im Hyde Park, die zum Gedenken des ersten Duke von Wellington errichtet worden war. „Ich habe heute Morgen eine höchst mysteriöse Nachricht von ihm erhalten, dass wir uns sofort treffen müssen."

„Dann hoffe ich für dich, dass der Regen ausbleibt."

„Ich gehe, ob es regnet oder nicht. Er sagte, wir müssen uns einfach heute treffen."

Ich nippte an meinem Kaffee und unterhielt mich mit Addie, doch als sie mit dem Essen fertig war, verließ ich mit ihr den Raum. Ich begegnete der Frau, die das Tablett in das Zimmer der Witwe gebracht hatte. „Ist Ihre Durchlaucht heute Morgen frei? Ich würde gerne mit ihr sprechen."

Die Frau schniefte und sah mich herablassend an. „Ihre Durchlaucht ist schon gegangen." Ihr Ton implizierte, dass ich ein fauler Langschläfer sei und auch unterwegs sein sollte.

„Wann kommt sie zurück?"

„Ich bin mir sicher, dass ich das nicht weiß."

Trotz des drohenden Regens beschloss ich, auch auszugehen. Da die Witwe gegangen war, konnte ich die Zeit auch gut nutzen. Ich wusste, dass Gigi frühestens mittags aufstehen würde. Ich hatte Mr. Quigley vorhin um den Frisiertisch hüpfen lassen, als ich mich auf den Tag vorbereitet hatte, also gab ich ihm frisches Wasser und teilte ihm mit, dass ich zur Teezeit zurückkommen würde. Er neigte den Kopf und stieß einen Triller aus. „Ja, Teezeit."

„Kauf die Zeit aus", verkündete er.

„Ja, das ist ja, was ich versuche. Ich lasse Harry bei dir vorbeischauen, damit dir nicht langweilig wird, aber ich muss eine Wohnung finden", sagte ich und fragte mich dann, ob ich ein bisschen verrückt war, mich mit einem Papagei zu unterhalten.

Beim ersten Zeitungsstand, an dem ich vorbeikam, kaufte ich eine Zeitung. Eine der Schlagzeilen lautete: *Lady Gina Alton ermordet Gesellschafterin der Familie.* „Du meine Güte." Ich blieb vor dem Stand stehen und überflog den Artikel, auf dem Essie als Verfasserin stand. Es war eine kurze, aber genaue Beschreibung des Vorabends. Ich nahm mir vor, die Zeitung zu entsorgen, bevor ich nach Alton House zurückkehrte. Ich blätterte zu den Anzeigen und durchsuchte die Inserate nach freien Wohnungen.

Fünf Stunden später warf ich die Zeitung in einen Mülleimer und machte mich auf den Weg zurück nach Alton House. Der Regen hatte aufgehört, doch das war bisher der einzige Lichtblick meines Tages.

Ich ging in den Salon und blieb in der Tür stehen. „Tut mir leid, dass ich so spät – meine Güte, was ist passiert?"

Das Teetablett war umgekippt, und Clara tupfte mit einem Taschentuch den Teppich daneben ab, während Gigi an der Klingel zog. „Hallo Olive. Ein kleiner Unfall."

Ein vertrautes Kreischen ertönte über mir, und eine schreckliche Vorahnung überkam mich. „Mr. Quigley ist aus seinem Käfig entkommen, nicht wahr?" Ich blickte an die Decke und entdeckte seine hellroten Schwanzfedern, die von dem Kristallleuchter herabhingen, der sanft schaukelte.

Gigi grinste. „Ja, aber es ist keine Tragödie. Ich habe ihn rausgelassen."

„Du warst das?"

„Ja, und er hat sich sehr gut benommen. Saß auf meiner Schulter und hat die Bibel zitiert: „Und siehe, ein großer roter Drache." Es war anscheinend etwas aus der Offenbarung. Granny hat es erkannt, und ich konnte sehen, dass sie von Mr. Quigley beeindruckt war."

„Du hast ihn zum Tee mit deiner Großmutter mitgebracht?"

„Schau nicht so geschockt. Er ist ein viel zu hübscher Junge, um ihn in deinem Zimmer zu lassen."

„Hat er" – ich deutete auf das umgestürzte Tablett, als zwei Dienstmädchen hereinkamen und anfingen,

Porzellan- und Glasscherben aufzusammeln und einen Fleck Marmelade vom Teppich zu kratzen – „das getan?", fragte ich schwach und fragte mich, ob ich es mir leisten könnte, die zerbrochenen Tassen zu ersetzen.

„Oh nein. Das ist meine Schuld. Ich habe mich vorgebeugt, um meine Teetasse abzustellen, und Mr. Quigley gefiel die plötzliche Bewegung nicht. Er hat mit den Flügeln geschlagen und Clara erschreckt–"

„Und meine Hand ist gegen das Tablett gestoßen", beendete sie kläglich, und ich wusste, dass sie die Kosten des Schadens genauso berechnete wie ich.

„Unsinn", sagte Gigi bestimmt. „Allein meine Schuld. Ich werde es Granny sagen, wenn sie etwas sagt." Sie nickte, um zu signalisieren, dass die Angelegenheit abgeschlossen war. „Jetzt –" Sie drehte sich um und neigte den Kopf. „Mr. Quigley, du kannst runterkommen. Es ist sicher, das verspreche ich."

„Ich glaube nicht, dass es eine gute Idee war, ihn hierher zu bringen, Gigi." Mir wurde ein wenig übel, als mein Blick über die filigranen Gegenstände im Raum glitt, die Porzellanfiguren, die goldene Kaminuhr und die Büste auf einem Sockel in einer Nische. „Er ist nicht wie ein Hund. Du kannst nicht rufen, und er kommt einfach zu dir."

Die Kristalltropfen klimperten, als Mr. Quigley von einem Arm des Kronleuchters zum anderen flatterte. „Glaubst du nicht?" Sie streckte den Arm aus und pfiff. Mr. Quigley schwang sich herab und landete auf ihrem Handgelenk.

„Also das war beeindruckend. Er kommt nie, wenn ich ihn rufe." Ich war erleichtert, dass er den Kronleuchter verlassen hatte, doch ich wollte nicht, dass er wieder davonflatterte. „Sollen wir ihn in mein Zimmer zurückbringen?" Ich ging zur Tür.

„Das nehme ich an."

Als wir die Treppe hinaufstiegen, schmiegte sich Mr. Quigley in Gigis Hand, während sie die Federn an seinem Hinterkopf und Nacken streichelte. Er sah nicht so aus, als würde er gleich wieder davonfliegen, doch ich war froh, als wir uns meinem Zimmer näherten. Gigi nickte zu Addies Tür, als wir daran vorbeigingen. „Ich habe Addie eingeladen, uns heute Abend bei der Schnitzeljagd zu begleiten, aber sie hat gesagt, sie will in Ruhe gelassen werden. Ich war da noch nicht wach, aber Stella hat mir erzählt, dass Addie heute Morgen ausgegangen ist, und als sie zurückgekommen ist, war sie in Tränen aufgelöst. Ist hoch in ihr Zimmer gestürmt und hat die Tür abgeschlossen."

Ich öffnete die Tür von Mr. Quigleys Käfig. „Addie war heute Morgen beim Frühstück bester Stimmung. Sie hat gesagt, sie würde sich mit Rollo im Park treffen."

Gigi drückte ihr Handgelenk an den Käfig, und Mr. Quigley flatterte zu seiner Stange. „Oh, muss ein Streit unter Liebenden sein. Ich habe später noch einmal an ihre Tür geklopft, aber sie hat nicht aufgemacht. Sie sagte, sie wolle mit niemandem sprechen." Gigis Ton war ungläubig, als könne sie sich nicht vorstellen, sich einzuschließen. „Ich habe Clara auch eingeladen."

„Wirklich?" Ich hätte gedacht, dass Gigi sie nach Claras Rolle bei der Mordparty nicht mehr um sich haben wollte.

Gigi musste die Überraschung in meinem Gesicht gesehen haben, denn sie fuhr fort: „Sie hat nur getan, was Granny ihr aufgetragen hat. Die arme Clara hatte wirklich keine andere Wahl, weißt du?"

KAPITEL SIEBEN

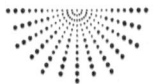

$\mathcal{I}$ch raffte die goldenen Falten meines langen Rocks, nahm Inglebrooks ausgestreckte Hand, und stieg vor den Grafton Galleries aus dem Auto. Als Nächstes wollte er Gigi helfen, doch sie berührte kaum seine Hand, als sie aus dem Wagen auf den Bürgersteig hüpfte. Inglebrook hatte sein Automobil, einen Bugatti, gefahren und uns im Nachtclub getroffen, während der Chauffeur von Alton House Gigi, Clara und mich in der Limousine der Familie gebracht hatte. Gigi sah vollkommen erholt aus von dem ziemlich traumatischen Erlebnis des Vorabends.

Gigis Blick fiel auf einen Mann, der in einem dicken Wollmantel über seinem Smoking auf uns zukam. Er hob seinen Zylinder, einen bewundernden Ausdruck auf seinem Gesicht. Sie schmiegte ihr Kinn in den Kragen ihres Pelzmantels und erwiderte sein Lächeln. Als er durch die Tür zu den Grafton Galleries verschwand, hob Gigi die Schultern und sog die eiskalte Luft ein. „Oh, es tut so gut, draußen zu sein." Sie wirbelte zum Wagen herum. „Warum brauchst du so lange, Clara? Lass uns gehen. Wir könnten schon tanzen."

„Tut mir leid." Clara, die Inglebrooks Hand fest umklammerte, stieg aus dem Automobil. „Mein Absatz hat sich in meinem Saum verfangen."

Gigi hatte Clara erneut eingeladen, sich uns bei der Schnitzeljagd anzuschließen, als Mrs. Dowd ihr mitgeteilt hatte, dass die Witwe sich für ein Abendessen in ihrem Zimmer entschieden hatte und vorhatte, früh schlafen zu gehen. Gigi hatte den Kopf geschüttelt. „Granny wird niemals zugeben, dass sie sich unwohl fühlt. Sie denkt, dass es ein Zeichen von Schwäche ist, sich ins Bett zu legen. Ich verstehe es überhaupt nicht. Ich liebe es, im Bett zu faulenzen."

Clara schien von der Einladung nicht besonders begeistert zu sein, doch sie war im Foyer erschienen, als Elrick uns unsere Mäntel gereicht hatte. Sie trug etwas, von dem ich annahm, dass es sich um ein weiteres von Gigis abgelegten Kleidern handelte, ein wunderschön geschnittenes Kleid aus rosa Chiffon, das gut zu ihrem blassen Teint passte und das Rosa ihrer Wangen und Lippen betonte. Mit ihrer ruhigen, zurückhaltenden Art schien sie nicht die Art von Frau zu sein, die Spaß an der Frivolität der Londoner Nachtclubs oder einer verrückten Schnitzeljagd haben würde, von der ich mir sicher war, dass sie um Punkt Mitternacht beginnen sollte. Ich fragte mich, ob Clara nur mitgekommen war, um einmal etwas anderes zu sehen, doch dann sah ich, wie ihr Blick jeder Bewegung Inglebrooks folgte, als er vom Automobil zurücktrat, damit der Chauffeur die Tür schließen konnte.

Wir ließen unsere Mäntel in der Garderobe der Galerie, dann folgten Clara und ich Gigi in die Gästetoilette.

Gigi holte eine Handvoll Sicherheitsnadeln aus ihrer Handtasche, dann öffnete sie den Reißverschluss am Rücken ihres Kleides, sodass er ihre Schulterblätter enthüllte. Sie nahm eine Sicherheitsnadel, drehte sich um, sodass mir ihr Rücken zugewandt war, und hielt die Nadel über ihre Schulter. „Kannst du das bitte feststecken?"

„Was? Dein Kleid ist schön, so wie es ist." Sie sah spektakulär aus in dem nachtblauen Kleid. Das Etuidesign fiel von ihren Schultern bis zu ihren Waden und hatte einen dezenten U-Ausschnitt und lange Ärmel. Es war mit Pailletten bestickt und schimmerte bei jeder ihrer Bewegungen.

„Granny hat angeordnet, dass Elrick mich nicht gehen lässt, es sei denn, ich trage etwas ,Anständiges', was bedeutet, dass das Kleid einen geschlossenen Rücken und lange Ärmel haben muss. Ich weigere mich jedoch, altbacken auszusehen. Ein tiefer Rücken ist jetzt der letzte Schrei." Sie wedelte mit der Nadel. „Also, wenn du bitte die Ränder einfalten und es als V-Ausschnitt feststecken könntest?"

Ein anderes Mädchen weiter unten in der Spiegelreihe hatte zwei Sicherheitsnadeln im Mund, als es den Stoff des Kleides seiner Freundin faltete und den Rücken bis zur Taille freilegte. Die Modifikation, um die Gigi gebeten hatte, würde im Vergleich zum Kleid des anderen Mädchens zahm aussehen.

Sie wedelte mit der Sicherheitsnadel. „Komm schon, Olive. Ich will vor dem Kabarett tanzen."

Ich kannte Gigi gut genug, um zu wissen, dass sie es jemand anderen – wahrscheinlich Clara – machen lassen würde, wenn ich es nicht täte. Ich faltete den Stoff zurück und steckte ihn mit den Sicherheitsnadeln fest, wobei ich darauf achtete, die Pailletten nicht zu beschädigen. „Bitte. Jetzt ist das Kleid der letzte Schrei."

Während ich an der Rückseite ihres Kleides gearbeitet hatte, hatte Gigi einen tiefen Knoten in die lange Perlenschnur gebunden, die sie trug. Sie drapierte den Strang wie einen Choker um ihren Hals und ließ den Knoten dann auf ihren Rücken fallen. Sie hatte Stil. Selbst mit einem provisorisch modifizierten Kleid sah sie fabelhaft aus.

Sie nahm ihre Puderquaste und bestäubte ihr Gesicht mit weißem Puder. „Ich würde dir anbieten, dein Kleid festzustecken, Olive, aber es ist perfekt geschnitten, und du siehst umwerfend aus, so wie du bist." Sie drehte sich zu Clara um, die ein paar Schritte hinter ihr stand. „Clara? Was ist mit dir? Soll ich dein Kleid feststecken?"

„Oh nein. Das wäre nicht angemessen –"

Clara verstummte und sah aus, als würde sie sich wünschen, sie könnte die Worte zurücknehmen, doch Gigi sagte: „Ich weiß, dass es nicht angemessen ist. Deshalb mag ich es." Sie warf die restlichen Sicherheitsnadeln zurück in ihre Handtasche. „Kommt schon, Ladys. Lasst uns ein bisschen Spaß haben."

Grafton Galleries war tagsüber eine Kunstgalerie, doch abends verwandelte sich der Keller in einen Nachtclub, und die Aktgemälde wurden mit Seidenpapier bedeckt. Ich fragte mich, ob der Grund war, Schäden durch den Zigarettenrauch zu vermeiden, oder ob die Besitzer der Meinung waren, dass die Bilder zu aufreizend waren, um sie abends zu zeigen.

Paare wirbelten auf der Tanzfläche zu einem beschwingten Foxtrott herum. Kleine runde Tische mit langen weißen Tischdecken säumten die Tanzfläche. Von den Tischen ertönten Gespräche und Gelächter, als

Männer in Smokings und Frauen in Abendkleidern über die Musik hinweg schrien.

Ich tanzte mit mehreren jungen Männern und genoss es, auf der Tanzfläche herumzuwirbeln. Ein Paar tanzte vorbei, die Frau mit einem enganliegenden weißen Turban auf dem Kopf. Das Paar drehte sich um, und Essie ließ ihre Finger flattern. In den Falten des Turbans in der Mitte ihrer Stirn steckte eine Brosche, die aussah wie eine drohende Kobra.

Ich erhaschte einen Blick auf Gigi in Inglebrooks Armen. Als mein Partner mich das nächste Mal umrundete, tippte ein junger Mann, der mit Clara getanzt hatte, Inglebrook auf die Schulter. Der junge Mann schob sich dazwischen und drehte sich mit Gigi davon. Inglebrook presste die Lippen zu einer flachen Linie und streckte Clara die Hand entgegen. Mein Partner schwang mich weg, und ich verlor sie aus den Augen, doch als die Musik endete, sah ich sie wieder. Clara sagte etwas zu Inglebrook. Er antwortete, doch seine Aufmerksamkeit war über die Tanzfläche hinweg auf Gigi konzentriert.

Während wir tanzten, erzählte mir mein Partner, ein höflicher junger Mann, den Gigi als „Dougie" vorgestellt hatte, die Geschichte von Plummy Smythe der mit voller Geschwindigkeit in eine Hecke gefahren war. Meine Füße fingen an zu schmerzen – ich war den ganzen Tag auf den Beinen gewesen – also war ich froh, als das Kabarett angekündigt wurde. Mein Partner brachte mich zu unserem Tisch zurück, wo Inglebrook Clara einen Stuhl zurechtrückte, als sie neben Sebastian Blakely Platz nahm. Inglebrook entschuldigte sich und verschmolz wieder mit der Menge, die von der Tanzfläche kam.

Sebastian und ich tauschten Begrüßungen aus. Seine

der aktuellen Mode nach zurückgekämmten Haare betonten Blakelys hagere Gesichtszüge. Die kleine Lampe auf dem Tisch ließ seine scharfen Wangenknochen vortreten, doch seine tiefliegenden Augen waren im Schatten, was ihm ein schädelähnliches Aussehen verlieh. Ich hatte ihn kürzlich getroffen, als Gwen und ich bei einer Party in seinem Haus, Archly Manor zu Gast gewesen waren. Er war bekannt für seinen bissigen Witz und seine Fotografien von Schönheiten der feinen Gesellschaft. Weil ich bei der Lösung eines quälenden Problems auf Archly Manor hilfreich gewesen war, hatte er mich beauftragt, eine Bestandsaufnahme der Kunstwerke auf einem anderen seiner Anwesen, Hawthorne House, zu machen.

Gigi musste den Tanz mit Mr. Tower beendet haben, denn sie schlängelten sich durch die anderen Paare, die die Tanzfläche verließen. Gigi hatte sich bei ihm untergehakt und schmiegte sich an seine Seite. Trotz des Größenunterschieds sahen sie recht vertraut aus, doch sobald sie sich dem Tisch näherten, löste sie sich von Mr. Tower, um Sebastian zu begrüßen. Gigi beugte sich zu ihm herunter und sprach über das Stimmengewirr um uns herum. „Sebastian, Darling, es ist einfach entzückend, dich zu sehen. Wo bist du gewesen? Ich habe dich seit Äonen nicht gesehen."

„Auf dem Land rustikal, dank Olive." Gigi drehte sich zu mir um. „Ach so?"

Sebastian drückte seine Zigarette aus. „Olive war maßgeblich an der Lösung eines Problems für mich im Hawthorne House beteiligt."

„Ach nein?" Gigi drehte sich zu mir um und wollte eindeutig mehr hören, doch Inglebrook kehrte in diesem Moment zurück, und das Gespräch brach ab, als wir unsere Stühle umstellten, um Platz für alle um den kleinen Tisch zu schaffen. Als Inglebrook auf uns zukam, hatte er einen Moment lang nicht erfreut gewirkt, als sein Blick auf Sebastian und Gigi gefallen war, deren Köpfe eng beieinander gewesen waren. Hatte ich Inglebrooks Umgang mit Gigi am Vorabend im Salon falsch interpretiert? War er an mehr interessiert als an Flirten und Gepländel?

Gigi nahm eine Zigarette, und Inglebrook beugte sich schnell mit seinem Feuerzeug vor, und Sebastian sagte zu mir: „Wie findest du deine neue Wohnung? Hast du dich eingelebt?"

„Unglücklicherweise nicht." Im Schutz der langen Tischdecke schlüpfte ich mit einem Fuß aus meinem Schuh und wackelte mit den Zehen. „Jemand hat sie mir vor der Nase weggeschnappt, bevor ich einziehen konnte."

„Wie unsportlich."

Gigi blies Zigarettenrauch an die Decke und wandte sich von Inglebrook ab. „Es würde mich krank machen." Sie berührte Sebastians Arm, und Inglebrook runzelte die Stirn. „Ich verstehe nicht, wie Olive das macht. Sie ist heute durch die ganze Stadt gewandert und hat nach einer neuen Bleibe gesucht."

„Und warst du erfolgreich?", fragte Sebastian.

„Noch nicht", sagte ich mit mehr Optimismus, als ich empfand.

Eine Fanfare ertönte, und eine Reihe junger Frauen, die als Pralinenschachteln verkleidet waren, strömten auf die Tanzfläche. Die mit Glitzer und Schleifen bedeckten runden und eckigen Schachteln verhüllten die Tänzerinnen von den Schultern bis zu den Oberschenkeln. Die Musik spielte, und sie begannen mit ihrer Nummer.

„Was für eine Wohnung suchst du?", fragte Sebastian über die Musik hinweg.

„Meine Anforderungsliste ist ziemlich kurz – etwas Kleines ohne verschimmelte Tapete."

Die als Pralinenschachteln verkleideten Frauen drehten sich im Kreis, stellten sich dann auf und führten hohe Kicks aus. Sebastian nahm ein goldenes Kartenetui und einen kleinen Stift heraus. Er kritzelte etwas auf eine der Karten und gab sie mir. „Vielleicht wüsste ich etwas, das funktionieren könnte. Wenn du in ein paar Tagen nichts von mir hörst, ruf mich an."

„Das wäre wunderbar", sagte ich, machte mir aber keine Hoffnungen. Jede von Sebastian empfohlene Wohnung würde wahrscheinlich weit außerhalb meines Budgets liegen.

Ein Chor von Jubelrufen ertönte, und ich drehte mich um, um eine Gruppe von drei Männern anzusehen, die ihre Arme zum Toast erhoben. „Oh, das ist Felix", sagte Gigi und winkte ihm zu, als die Pralinenschachteln ihre Verbeugungen machten und die Tanzfläche verließen.

Eine Frau in einem dunklen Schal und einem bodenlangen Kleid trat in die Mitte und begann, eine Ballade zu singen.

Felix hob sein Glas in Gigis Richtung, kam aber nicht an unseren Tisch. Er sah völlig verwandelt aus, mit einem strahlenden Lächeln auf seinem Gesicht. Gigi reckte ihren Hals, um die Männer in der Gruppe zu sehen. „Ich glaube, einer dieser Männer ... Clara, ist das nicht der Mann, der Felix' Stück produziert hat?"

Clara lehnte sich zur Seite. „Ja, ich denke schon. Mr. Evans, nicht wahr?"

Gigi seufzte. „Ich hoffe, sie planen kein weiteres Stück. Granny wird nicht zögern, sein Vorhaben wieder zu sabotieren."

„Die Hoffnung stirbt zuletzt", sagte Sebastian, sein Blick auf Inglebrook gerichtet, „ob es einen Grund dafür gibt oder nicht."

Inglebrooks attraktive Gesichtszüge verhärteten sich, doch bevor er etwas sagen konnte, sagte Gigi: „Sebastian, es war wunderbar, dich zu sehen, aber ich denke, wir sollten uns den Embassy Club ansehen. Und Lisbets Schnitzeljagd fängt auch bald an. Das wird ein Riesenspaß."

„Da bin ich mir sicher."

Gigi hob ihre Handtasche auf. „Möchtest du dich uns anschließen?"

Sebastian steckte sein Kartenetui weg und lehnte sich weiter auf seinem Stuhl zurück. „Das lese ich morgen in der Zeitung. Lauft nur mit, ihr Kleinen. Ich bin weit über das Alter hinaus, um an Kinderspielen teilzunehmen."

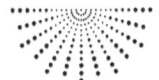

KAPITEL ACHT

„Hier ist es!", rief Gigi und ich eilte über den kleinen Hof zu ihr, wo sie neben einer Sonnenuhr stand. Die Schnitzeljagd hatte bei der Horse Guards Parade begonnen, wo Lisbet die Regeln umrissen und den ersten Hinweis gegeben hatte. Dann teilten wir uns in Paare auf und brausten durch die leeren Straßen Londons davon. Es war eine ziemliche Erfahrung gewesen, mit Automobilen durch die dunklen Straßen zu fliegen, drei und manchmal vier nebeneinander, während jeder Fahrer darum wetteiferte, die Führung zu übernehmen.

Frumpy Jones, der bei offenem Verdeck auf dem Beifahrersitz eines Vauxhall saß, war aufgestanden und hatte „Tally-ho!" gerufen, als wir um den Piccadilly Circus herumgerast waren, dann war er mit einem Plopp auf seinen Sitz zurückgefallen, als der Fahrer beschleunigte und einen weiteren Wagen schnitt. Das war Stunden zuvor zu Beginn des Rennens gewesen. Gigi und ich waren jetzt am Pickering Place, einer winzigen Enklave abseits der St. James Street.

Gigi knipste ihr Feuerzeug an. Im Hof gab es Gaslampen, doch sie spendeten nicht genug Licht, um die Worte auf dem Papier zu lesen, das sie gefunden hatte. Sie überflog die Zeilen. „Oh, das ist eins von denen mit Wortpaaren, bei denen der erste Buchstabe der Antwort den nächsten Hinweis bildet. Das Erste, was auf der Liste steht, ist ‚girl', also wäre das Gegenteil ‚boy'. Als Nächstes kommt ‚down', also müsste es ‚up' sein, aber dann – hier. Schau du es dir an, Olive. Du wirst es schneller herausfinden als ich."

Im Laufe der Jagd hatten sich die Spieler allmählich verteilt, und es war schwer zu sagen, wer an der Spitze lag. Nachdem jedes Team einen Hinweis gefunden und den nächsten Ort herausgefunden hatte, ließen sie den Hinweis an Ort und Stelle, damit die Leute hinter ihnen mit dem Spiel fortfahren konnten. Ich war mir ziemlich sicher, dass Gigi und ich an der Spitze waren, hauptsächlich wegen des makellosen Zustands der Hinweise, die wir fanden. Dieses Blatt Papier war frisch und faltenfrei.

Gigi hielt mir das Feuerzeug über das Papier. „Okay", sagte ich. „Als Nächstes steht da ‚Troilus', also gehört zu ihn ‚Cressida'. Dann ‚Petruchio'. Zu ihm gehört ‚Katherine'." Ich hielt inne, um die Liste durchzugehen und die Hinweise zu zählen. Ich blickte auf. „Es ist der Buckingham Palace."

„Bist du sicher?"

„Ja. Es ist die richtige Anzahl von Buchstaben. Der letzte Hinweis auf der Liste ist ‚Harrow', was ‚Eton' sein muss. Und fällt Ihnen ein anderer Ort mit sechzehn Buchstaben ein, der mit ‚b-u-c-k' beginnt?"

Gigi ließ das Feuerzeug zuschnappen. „Lass uns gehen." Als ich das Papier wieder auf die Sonnenuhr legte, hörte ich einen Motor, dann quietschten Bremsen. Wir erstarrten, bewegungslos in der Dunkelheit, unser Atem machte kleine Wölkchen weißer Luft.

Türen knallten. Geschwätz und Gekicher erfüllten die Luft, als Schritte zu hören waren, die sich über den Bürgersteig bewegten, vorbei an der geschlossenen, arkadenartigen Passage, die vom Pickering Place zur Straße führte. Wir warteten ein paar Sekunden, dann tauchten wir in die Dunkelheit des engen, holzgetäfelten Durchgangs ein. Wir traten auf den Bürgersteig und fanden hinter unserem Taxi, das mehrere Meter entfernt war, ein Automobil geparkt. Gigi hatte den Fahrer angewiesen, nicht direkt vor der Durchfahrt zu parken, um den Ort des Hinweises nicht preiszugeben. Ein dritter Wagen, ein gelber Bugatti, dessen Motorengeräusch ein kehliges Schnurren war, kam wenige Meter hinter uns zum Stehen.

Inglebrook stieg aus und eilte herum, um Clara die Tür zu öffnen. „Wir sehen uns an der Ziellinie, Captain!", rief Gigi, als wir zu unserem Taxi eilten. Gigi und ich gingen zu den gegenüberliegenden Seiten des Taxis, stiegen ein und schlugen die Türen zu.

Der Fahrer drehte sich um, den Arm auf dem Sitz. „Wohin jetzt, Mylady?"

„Buckingham Palace."

Er stieß einen Pfiff aus und wechselte schnell die Gänge, wobei er an den Straßenrand auswich, als mehrere Automobile frontal auf uns zukamen und die Straße füllten, während sie nebeneinander fuhren. Er griff nach seiner Hupe, drückte sie und hupte wütend. Eines der Automobile fiel zurück, und wir fuhren daran vorbei und flogen in die entgegengesetzte Richtung davon.

Gigi blickte über ihre Schulter, um zu sehen, ob uns jemand folgte. „Kennen Sie eine Abkürzung zum Palast?"

„Wir sind gleich da", sagte der Fahrer.

Wenn wir in Führung lagen, war das vor allem Gigi zu verdanken. Als wir uns für das Rennen versammelt hatten, war Gigi für ein paar Augenblicke verschwunden, dann zurückgekehrt und hatte gesagt, dass sie für die Nacht einen Taxifahrer vom Taxistand gemietet hatte und dass sie und ich zusammenspielten, womit Inglebrook sich mit Clara zusammentun musste. Inglebrook hatte sich über das Arrangement geärgert. Er war zu sehr Gentleman, um irgendetwas zu sagen, aber sein Stirnrunzeln hatte Bände gesprochen.

„Ich glaube nicht, dass du dich heute Abend beim Captain beliebt machst. Er hat erwartet, dass du seine Partnerin wirst."

„Es schadet nie, wenn sich ein Mann fragt, wo er steht."

Ich stützte meine Hand gegen die Seite der Tür, als der Fahrer schnell abbog. Gigi hatte einen Taxifahrer engagiert, weil die alle Abkürzungen kannten und er uns schnell von einem Spielort zum nächsten bringen konnte. Sie war ziemlich ehrgeizig. Ich hatte nicht gedacht, dass diese Eigenschaft an mir besonders ausgeprägt war, doch ich wurde von der Aufregung der Jagd mitgerissen. Wir hatten alle fünf Pfund zum Gewinn beigesteuert, den Lisbet am Ende des Rennens dem Sieger überreichen würde. Wenn man bedenkt, dass über fünfzig Personen an der Schnitzeljagd teilnahmen, war das eine beachtliche Summe.

Gigi hatte unserem Fahrer einen Anteil am Gewinn versprochen, wenn wir es schafften, sowie seine übliche

Gebühr für den heutigen Abend. Er war von der Situation begeistert und hatte uns sogar geholfen, einen der ersten Hinweise zu entschlüsseln.

Das Victoria Memorial kam in Sicht, und Gigi sagte: „Verflixt! Da parkt schon ein Wagen. Jemand ist uns voraus." Zwei Gestalten bewegten sich am Geländer entlang, doch sie waren zu weit entfernt, um zu erkennen, wer es war.

Unser Fahrer schaltete herunter, als er um das Denkmal fuhr, und hielt an. Gigi und ich stiegen aus. Die anderen Jäger schienen erfolglos zu suchen, also bewegten Gigi und ich uns in die entgegengesetzte Richtung entlang des goldverzierten Schmiedeeisens, um nach dem nächsten Hinweis zu suchen.

Weitere Automobile trafen ein, ihre Scheinwerfer blitzten über das schwarze Geländer. Ich hörte einen Schrei aus der Gegend um den Palast in der Nähe der Wachhäuschen, doch niemand rannte zu den Automobilen, also suchte ich weiter. Dann kreischte jemand, und Gigi und ich wandten uns beide dem Geräusch zu.

Es war Essie. Ihr weißer Turban und ihre goldene Schlangenbrosche waren unverkennbar, als sie vom Geländer weg eilte. Gigi und ich konzentrierten uns beide auf die Stelle, die sie gerade verlassen hatte, und fanden ein Stück Papier, das an einer der Eisenstangen befestigt war. Die Notiz lautete: „Ihr werdet den nächsten Hinweis finden, wo Napoleon sein Waterloo hatte."

Gigi und ich sahen uns beide an und flüsterten: „Trafalgar Square." Im Gegensatz zu Essie wollten wir den anderen nicht verraten, wo der Hinweis hing. Glücklicherweise waren die anderen Paare, die angekommen

waren, nicht in unserer Nähe und hatten Essies aufge-
regtes Kreischen nicht gehört.

Gigi sagte zu unserem Fahrer: „Trafalgar Square",
und wir rasten vom Palast weg und schlängelten uns
zwischen den entgegenkommenden Automobilen
hindurch.

„Das war Essie, die den Hinweis zuerst gefunden
hat", sagte ich. „Sie ist vor uns."

„Ich weiß. Sie ist eine gute Jägerin, aber am Trafalgar
Square können wir sie überholen."

Die hohe Säule zum Gedenken an Nelsons Sieg war
nur einen Katzensprung entfernt. Augenblicke später
stiegen wir aus dem Taxi. Zunächst schien der Platz leer.
Wasser spritzte aus zwei Springbrunnen hoch und
stürzte in seichte Becken hinab. In unserer Nähe
umgaben vier Löwenstatuen die Säule.

„Lass uns zuerst am Denkmal suchen", sagte Gigi,
und wir trennten uns, jeder umkreiste den Fuß der Säule
und die rechteckigen Sockel, auf denen die Löwen
ruhten. Ich eilte um eine Ecke und stieß gegen die Brust
eines Mannes. Wir hielten uns gegenseitig an den
Armen, um uns zu stabilisieren.

„Olive!"

„Jasper!", keuchte ich und spürte ein Lächeln auf
meinem Gesicht. „Ich wusste nicht, dass du wieder in
der Stadt bist." Er trug einen Zylinder und einen Frack,
also musste er schon in der Stadt unterwegs gewesen
sein. Er war vielleicht in einem der Clubs gewesen, doch
sie waren alle so voll, dass es schwer war, Freunde zu
erkennen.

Er nahm seinen Zylinder ab. „Bin gerade heute
Abend angekommen und in die Jagd gezogen. Essie hat
darauf bestanden, dass ich mitmache." Er sah sich um,

während er sich vorbeugte und mit leiser Stimme sagte: „Sie ist furchteinflößend, wenn sie sich etwas in den Kopf setzt."

„Oh, ich weiß. Das muss der Grund sein, warum sie so eine gute Reporterin ist."

„Ja, in der Tat. Keine Zeit zum Reden, altes Mädchen. Essie wird mir den Kopf abreißen, wenn sie mich hier beim Plaudern mit dir findet." Er setzte seinen Zylinder auf seinen Kopf.

„Und Gigi meinen. Wir sehen uns später."

Zum Abschluss der Schnitzeljagd veranstaltete Lisbet eine Party mit Tanz und einem Frühstück. Wir gingen in entgegengesetzte Richtungen, und ich umkreiste das Denkmal auf der anderen Seite, wo ich Gigi fand, die ihr Feuerzeug über ein Papier hielt. „Ich verstehe das nicht. Darauf steht: ‚Schenkt der Gastgeberin das Symbol Englands, um zu siegen.'"

Jasper und Essie rannten herbei, als sie die letzte Zeile las, und Essie griff nach dem Papier. Gigi deutete auf die Löwenstatue, als sie ihr das Papier überreichte. „Ich habe es bei der Löwenpranke gefunden", sagte Gigi und zog mich dann weg. Sie flüsterte: „Aber was bedeutet das? Welche Symbole sind hier, die wir mitnehmen könnten?"

Essie las die Zeitung, dann machten sie und Jasper sich auf die andere Seite der Säule, ihre Köpfe nahe beieinander. „In die Richtung, in die sie gehen, gibt es nichts, was man mitnehmen könnte", sagte ich. „Wir haben da schon gesucht." Wir wandten uns den Brunnen zu. „Vielleicht meint sie eine Münze?"

Gigi sah mich zweifelnd an. „Aber woher sollen wir wissen, welche? Es muss etwas Offensichtlicheres sein, denke ich."

Ein paar weitere Motoren heulten auf, während wir weitersuchten, doch ich fand nur eine weggeworfene Zeitung und ein paar trockene Blätter. Dann sah ich einen Strauß roter und weißer Rosen auf dem Bürgersteig unter dem Rand eines der Brunnen liegen. „Rot und weiß wie die englische Flagge", sagte ich zu Gigi. Wir rannten darauf zu, doch Jasper und Essie hatten die Rosen auch entdeckt. Sie waren direkt auf der gegenüberliegenden Seite des seichten Beckens, und wir sprinteten alle zu den Blumen. Jasper war größer und hatte längere Beine – und wurde nicht durch Absätze oder schmerzende Füße eingeschränkt. Er erreichte sie zuerst, schnappte sie sich, und er und Essie rannten davon. Er rief über seine Schulter: „Tut mir leid, Olive, altes Mädchen, aber alles ist erlaubt in der Liebe ... und ... der Schnitzeljagd!"

Ich wurde langsamer, doch Gigi sagte: „Sie haben was zurückgelassen." Sie hob ein Stück Papier auf und las laut vor: „Wenn ihr diesen Hinweis gefunden habt, bedeutet das, dass die Jagd vorbei ist, doch die Party gerade erst begonnen." Sie hat es ersetzt. „Dann die Adresse von Lisbets Stadthaus in Mayfair. Komm. Vielleicht können wir sie einholen und Essie den Blumenstrauß abnehmen, bevor sie ihn Lisbet überreichen."

Einige Stunden später saß ich an der Seite des Ballsaals und legte meine Füße hoch. Als wir vom Trafalgar Square weggestürmt waren, hatte ich Visionen von Gigi gehabt, die versuchte, Essie auf den Stufen des eleganten Herrenhauses in Mayfair, wo die Schnitzeljagd endete, den Blumenstrauß zu entringen, doch das war glücklicherweise nicht passiert.

Essie und Jasper waren die klaren Gewinner, da sie einige Minuten vor uns angekommen waren. Als Gigi sah, dass wir wirklich verloren hatten und die Jagd vorbei war, gratulierte sie Essie, und sie lachten herzlich über den Sprint ins Ziel. Zu diesem Zeitpunkt begannen andere Teilnehmer der Schnitzeljagd in das Stadthaus zu strömen, einige von ihnen mit beschmutzten Säumen und abgewetzten Hosen von der Suche nach Hinweisen. Im Ballsaal spielte ein Tanzorchester, und bald tanzten alle.

Jetzt, da der Nervenkitzel der Schnitzeljagd vorbei war, war ich mir voll und ganz bewusst, wie wund meine Füße waren. Ich war froh, ein paar Tänze auszusetzen. Inglebrook und Clara liefen auf der Tanzfläche herum, und ich bemerkte, dass Gigi, der ebenfalls tanzte, sie im Auge behielt. War ihr Trick, sich rar zu machen, nach hinten losgegangen?

Eine weiße Rose erschien vor meiner Nase. Ich lehnte mich zurück, um etwas Perspektive zu bekommen, und sah, dass der schwarz verhüllte Arm, der sie hielt, Jasper gehörte. „Waffenstillstand?", fragte er.

Ich nahm die Rose. „Ein Friedensangebot?"

„Das ist das Beste, was ich tun konnte. Ich hätte dir Frühstück gebracht, aber sie servieren es noch nicht."

Ich atmete den Duft der Rose ein, als Jasper einen Stuhl heranzog und sich setzte.

„Eine ziemlich unterhaltsame Veranstaltung."

„Der Höhepunkt davon war für mich, dich wegsprinten zu sehen, als du versucht hast, Essie einzuholen. Ich habe dich nicht mehr so schnell laufen gesehen, seit du und Peter als Jungs Cricket gespielt habt."

Jasper schlug ein Bein über das andere. „Ich bin mir sicher, dass ich es morgen spüren werde. Ich bin zu alt und klapprig, um Kinderspiele zu spielen."

„Das war alles andere als ein Kinderspiel, und du bist nicht klapprig." Ich rollte den Stiel der Rose zwischen meinen Fingern und brachte die Blüte zum Drehen, was ihren Duft freisetzte.

Wir saßen einige Augenblicke in kameradschaftlichem Schweigen da, dann sagte Jasper: „Ich würde dich zum Tanzen auffordern, aber du siehst so behaglich aus, dass ich es dir nicht zumuten will."

„Ehrlich gesagt, meine Füße schmerzen so fürchterlich, du würdest es nicht glauben. Ich war den ganzen Tag auf den Beinen."

„Lass mich raten, auf der Suche nach einer neuen Wohnung."

„Ja. Bisher kein Glück."

„Und wie steht es um Mr. Quigley?"

„Bis jetzt ist alles in Ordnung. Ich werde dich wissen lassen, wenn sich die Situation verschlechtert."

„Ausgezeichnet. Ich stehe bereit, dich oder den Papagei zu empfangen, wenn es nötig wird."

„Wie war dein Besuch in Haverhill?", fragte ich und meinte damit Jaspers Familienbesitz.

„Vater wurde im letzten Moment weggerufen."

„Und du wolltest nicht ein paar Tage bleiben?"

„Nein." Jasper rückte seine Manschette zurecht. „Ich glaube, sie haben das Buffet eröffnet. Darf ich dich zum Frühstück begleiten?"

„Ja, lass uns gehen." Ich verfolgte das Thema Jaspers Familie beim Frühstück nicht weiter. Der angespannte Ausdruck auf seinem Gesicht zeigte mir, dass das Thema für ihn abgeschlossen war.

Er war nie sehr redselig, wenn es um seine Eltern ging. Sie waren die meiste Zeit seines Lebens außer Landes gewesen. Jasper war aus Indien zurückgeschickt worden, wo sein Vater im diplomatischen Dienst beschäftigt war. Soweit ich herausgefunden hatte, waren seine Eltern während seiner Schulzeit nie nach England zurückgekehrt, und er hatte sie nie in Indien besucht. Er hatte praktisch alle Ferien mit meinem Cousin Peter in Parkview Hall verbracht. Als wir Kinder waren, hatte ich die Situation einfach akzeptiert, doch jetzt hatte ich Fragen. Wir genossen ein köstliches Frühstück mit Eiern, Speck, Bücklingen und Chipolata-Würstchen, dann gingen Gigi, Clara und ich. Gigi verfolgte immer noch ihre Politik „Liebe wächst durch Abwesenheit" und lehnte Inglebrooks Angebot ab, uns nach Hause zu bringen, indem sie ihm sagte, dass sie bereits ein Taxi gemietet hatte. Ein Hauch von Enttäuschung huschte über Claras Gesicht, doch sie sagte nichts.

Als wir in das Taxi stiegen, färbte der Sonnenaufgang den Himmel zitronen- und pfirsichfarben. Es war nur eine kurze Strecke zurück nach Alton House, doch ich war froh, den Luxus zu haben, in einem Taxi zu fahren, anstatt zu Fuß zu gehen. Wir bogen um die Ecke, und Gigi setzte sich aufrechter hin. „Du meine Güte! Was könnte passiert sein?"

Alton House war genauso hell erleuchtet wie das Stadthaus, das wir gerade verlassen hatten. Licht strahlte aus allen Fenstern, und die Haustür stand offen. Mehrere Automobile standen auf der Straße in seltsamen Winkeln geparkt.

Clara beugte sich vor, um besser sehen zu können. „Ist das ein Polizeiautomobil?"

„Ja", sagte Gigi und war aus dem Taxi, bevor es ganz

zum Stehen kam. Ich hatte ein bisschen Geld in meiner Handtasche, also bezahlte ich den Fahrer und folgte Gigi und Clara durch die offene Tür. Der höhlenartige Marmoreingang war voller Menschen, darunter mehrere uniformierte Polizisten.

„Was ist passiert?", fragte Gigi in ihrer aristokratischsten Stimme.

Der junge Constable, der sich zu ihr umdrehte, war sprachlos. Selbst mit ihrem knittrigen Kleid und ihrem vom Wind zerzausten Haar sah sie unglaublich glamourös aus.

Eine schroffe Stimme kam von oben. „Lady Gina Alton?"

Wir drehten uns um und blickten auf die weiße Marmortreppe, auf der ein Mann in einem zerknitterten Trenchcoat stand. Er musterte uns einen Moment lang, einen finsteren Blick auf seinem faltigen Gesicht, dann kam er herunter. Der Mantel flatterte um ihn herum, als er sich bewegte, und verriet, dass er nicht so massig war, wie der Mantel ihn wirken ließ. Unter der Stoffschicht war er ein schlanker Mann. Er hielt einen Zigarettenstummel in der Hand, von dem Rauch aufstieg.

Ich murmelte: „Inspector Thorn."

Gigi sah mich scharf an und wandte sich dann wieder Thorn zu. „Ja, ich bin Lady Gina. Was ist hier passiert?" Sie sprach schnell, ein Kontrast zu ihrer üblichen trägen Stimme.

Thorn ließ seinen Blick über uns drei in unseren Abendkleidern schweifen und warf einen Blick auf die Standuhr, die begonnen hatte, sieben Uhr zu schlagen. Er konnte die Abneigung nicht aus seiner Stimme heraushalten, als er sagte: „Ziemlich späte – oder eher frühe – Stunde, um von einem Abend in der Stadt zurückzukehren."

„Was ist passiert?" Gigi klang jetzt genau wie die Witwe.

Thorn sagte: „Ich fürchte, ich habe schlechte Nachrichten." Seine Stimme wurde weicher. „Es tut mir leid, Ihnen mitteilen zu müssen, dass Ihre Großmutter verstorben ist."

Gigi starrte ihn lange an, dann lachte sie. Es war ein harsches, knirschendes Geräusch. „Oh, das ist unbezahlbar. Es macht mich krank. Weiß Granny nicht, dass man denselben Witz nicht zweimal machen kann?"

Ich trat auf sie zu. „Gigi, ich habe Inspector Thorn getroffen, als ich bei Lady Agnes war." Er hatte mich nicht als erstklassigen Ermittler beeindruckt, doch ich wusste, dass er bei Scotland Yard angestellt war.

Thorn war unerschütterlich und selbstsicher gewesen, als ich ihn zuvor getroffen hatte, doch Gigis Antwort verwirrte ihn. „Wie meinen?"

„Das ist wieder ein Schauspiel – ich weiß es. Der erste war nicht genug, also tut Granny es noch einmal. Und wie immer übertreibt sie." Gigi winkte allen uniformierten Polizisten. Ich warf Clara einen Blick zu, doch sie war so weiß geworden wie die Marmortreppe. Ich legte eine Hand auf Gigis Arm. „Inspector Thorn ist ein echter Inspector, kein Schauspieler."

Thorn sah noch verwirrter aus. Gigi schüttelte meinen Arm ab. „Nein. Das kann nicht sein." Sie schoss um Thorn herum und rannte die Treppe hinauf.

„Hey!" Thorn drehte sich auf dem Absatz um und deutete mit der Hand, die die Zigarette hielt. „Sie können da nicht hoch. Wir ermitteln."

Ich ging um Thorn herum und sprintete hinter Gigi

die Treppe hinauf, ignorierte meine schmerzenden Zehen, die in meinen Schuhen eingeklemmt waren.

Thorn polterte: „Was ist los mit Ihnen, Constable? Bewegen Sie sich! Bringen Sie sie hierher zurück!"

Aber wir waren zu schnell für ihn. Ich erreichte den Absatz und beeilte mich, Gigi einzuholen. Sie öffnete bereits die Tür zum Zimmer der Witwe. Sie blieb auf der Schwelle stehen, und ich neben ihr. Das Zimmer roch nach Krankheit.

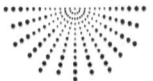

KAPITEL NEUN

Gigi zögerte, dann schien sie sich zu wappnen, bevor sie den großen Raum durchquerte, der in Eisblau und Elfenbein dekoriert war. Ein Constable stürmte herein, rannte um mich herum und stellte sich Gigi in den Weg. „Ich fürchte, Sie dürfen hier nicht rein", sagte er, seine Stimme atemlos von seinem Lauf die Treppe hinauf. „Wenn Sie bitte mitkommen –" Er hob eine Hand und bedeutete uns, dass wir gehen sollten.

Gigi sagte: „Meine Großmutter ist gestorben." Ihre Stimme war leise, doch ihr Ton war herablassend. „Ich brauche ein paar Augenblicke allein. Treten Sie bitte zur Seite." Der Constable wirkte sofort beschämt und trat zurück, wobei er eine Entschuldigung murmelte.

Sie trat neben das Bett und betrachtete die Witwe. Ich blieb ein paar Schritte zurück, um ihr etwas Privatsphäre zu gewähren. Das Bett war, wie der Rest des Zimmers, im Rokokostil gehalten. Hellblaue Seide war vom Kronenbaldachin herunter drapiert, um das Kopfende des Bettes einzurahmen, und warf Schatten darüber. Ich konnte nicht mehr als den undeutlichen Umriss des Körpers der Witwe unter der Decke sehen, die denselben eisblauen Farbton hatte. Sie war über der Brust der Witwe glattgezogen, doch ihre Arme lagen auf beiden Seiten ihres Körpers auf der Seidendecke.

Nach einem Moment streckte Gigi die Hand aus und drückte ihre Finger auf den Handrücken ihrer Großmutter, dann wandte sie sich ab und blinzelte. Der Constable machte eine Bewegung, als wollte er auf Gigi zugehen, doch ich schob mich vor ihn und legte meinen Arm um ihre Schultern. „Es tut mir leid, Gigi."

Sie nickte, ihre Hand auf ihren Mund gepresst. Ich rieb ihren Arm, als wir über den blassgoldenen Parkettboden gingen. „Was du brauchst, ist eine Tasse Tee – eine mit viel Zucker."

Inspector Thorn betrat den Raum, der Zigarettenstummel baumelte aus seinem Mundwinkel. Er warf dem Constable einen wütenden Blick zu, der den Kopf zum Bett neigte. „Die Lady hat auf einen Moment mit ihrer Großmutter bestanden, Sir."

Thorn winkte den Constable beiseite und nahm dann die Zigarette aus seinem Mund, während er Gigi ansprach. „Ich muss Ermittlungen anstellen – den Haushalt befragen – und ich will mit Ihnen anfangen, Lady Gina."

Sie sackte zusammen, als ob ein Gewicht auf ihren Schultern gelandet wäre.

Ich sagte: „Inspector, Lady Gina hat gerade erfahren, dass ihre Großmutter gestorben ist, und sie war die ganze Nacht wach. Vielleicht könnten Sie heute Nachmittag wiederkommen."

„Lady Ginas Wahl der nächtlichen Unterhaltung

sollte eine Untersuchung nicht verzögern, Miss Belgrave."

„Schon gut, Olive." Gigi rollte mit ihrer Schulter, sodass mein Arm herunterrutschte. „Ich werde mit dem Inspector sprechen. Ich schlage vor, wir benutzen den Salon meiner Großmutter." Bevor Thorn antworten konnte, bewegte sie sich, und ihre Absätze klapperten über das Aremberg-Muster des Parketts.

Gigi öffnete eine Doppeltür und ging in einen Salon. Er war im selben opulenten Stil eingerichtet wie das Schlafzimmer, alles in Blau und Weiß mit einem Hauch von Gold. Die wenigen persönlichen Gegenstände im Raum – ein Stapel Bücher auf einem Beistelltisch neben einem Sessel und ein silbergerahmtes Foto der Witwe an ihrem Hochzeitstag – ließen mich glauben, dass diese Räumlichkeiten der Witwe vorbehalten waren. Sie hatten wahrscheinlich ihr gehört, als sie die Duchess war, und standen ihr jetzt zur Verfügung, wenn sie in London war.

Gigi ging zu einem Sofa und bedeutete mir, mich neben sie zu setzen, was nur einen winzigen Stuhl mit geschweiften Goldkanten und einen winzigen, mit eisblauer Seide bezogenen Hocker für Inspector Thorn übrigließ.

Er setzte sich vorsichtig hin, und der Stuhl knarrte unter seinem Gewicht. Er hielt inne, wahrscheinlich um sich zu vergewissern, dass der Stuhl ihn tragen würde, und sagte dann zu mir: „Miss Belgrave, wir brauchen Sie hier nicht." Gigi widersprach, bevor ich antworten konnte. „Oh, doch. Ich brauche sie. Ich glaube nicht, dass ich mit Ihnen sprechen könnte, Inspector, wenn meine Freundin nicht hier wäre. Zur moralischen Unterstützung, wissen Sie?" Sie sagte den letzten Teil mit einem Lächeln, doch in ihren Worten lag eine Entschlossenheit, die deutlich machte, dass sie sich durchsetzen würde.

Thorn sah mich finster an. „Also gut." Er nickte dem Polizisten zu, der auf der Schwelle des Wohnzimmers zögerte. „Holen Sie meinen Sergeant."

Der Polizeisergeant musste in der Nähe gewesen sein, denn einen Moment später betrat ein junger Mann mit sandblondem Haar und einem aufmerksamen Blick den Raum. Thorn nickte mit dem Kopf zu einem Schreibtisch in der Ecke. Der Sergeant holte ein Notizbuch und einen Bleistift aus seiner Tasche und setzte sich an den Schreibtisch.

Thorn zog seinen eigenen Notizblock aus einer Tasche und atmete tief durch, doch Gigi sprach zuerst. „Ich würde gerne genau wissen, was hier passiert ist."

„Dazu kommen wir zur rechten Zeit."

„Ich muss darauf bestehen. Ich muss wissen, was passiert ist." Ihr eiskalter aristokratischer Ton waren wieder da, und wenn ich nicht gerade gesehen hätte, dass ihre Großmutter tot war, hätte ich gedacht, dass es die Witwe war, die gesprochen hatte. „Das ist sicherlich das Mindeste, was Sie für mich tun können, Inspector. Sobald Sie meine Fragen beantwortet haben, beantworte ich gerne Ihre."

Der Inspector presste die Lippen aufeinander, doch dann sagte er: „Also gut." Ich musste bewundern, wie Gigi den Spieß umgedreht hatte und zur Fragenden geworden war. Thorn sagte: „Heute Morgen um vier Uhr wurde die Polizei vom Arzt der Witwe ins Haus gerufen."

„Dr. Benhurst?"

„Korrekt. Der Butler hat nachts den Arzt angerufen"

– er warf einen Blick in sein Notizbuch – „auf Bitten der Zofe der Witwe, einer Mrs. Dowd. Der Arzt sagt, er hat getan, was er konnte, doch die Witwe ist heute Morgen um halb drei gestorben. Dr. Benhurst teilte uns mit, dass er zunächst dachte, seine Patientin habe eine schwere Gastritis." Bei den Worten des Inspectors überkam mich ein stechendes Gefühl, als ich an Gigis Beschreibung des Grippefalls der Witwe dachte.

„Arme Granny. Das ist schrecklich. Aber warum sollte Dr. Benhurst Sie kontaktieren?" Der eisige herablassende Ton war weg. Sie war verwirrt.

Mir wurde klar, dass Gigi die Situation nicht verstand. Es überraschte mich nicht. Der Tod der Witwe war ein Schock. Sie verarbeitete die Neuigkeiten immer noch und hatte die Bedeutung eines Hauses voller Polizisten und eines Inspectors von Scotland Yard nicht begriffen.

„Die Plötzlichkeit und Schwere der Attacke veranlassten ihn, uns anzurufen. Er vermutet Arsen."

Gigi blinzelte. „Wie bitte?" Offensichtlich dachte sie, sie hätte Thorn missverstanden.

„Der Arzt der Witwe glaubt, sie sei vergiftet worden", sagte ich zu Gigi.

„Aber das ist unmöglich! Ich meine, Granny hatte gelegentlich Verdauungsstörungen, aber nicht" – sie deutete mit der Hand in Richtung Schlafzimmer – „so etwas. Sie war nicht krank."

Thorn stürzte sich auf ihre Worte. „Sind Sie sich da sicher? Die Diener sagen, Sie hätten gewusst, dass die Witwe heute Abend ihr Essen in ihrem Zimmer einnahm."

Er versuchte, Gigi ein Bein zu stellen und sie bei einer Lüge zu ertappen. Sie war so durcheinander, dass sie es nicht bemerkte. Ich versuchte, Blickkontakt mit ihr herzustellen, doch sie bemerkte es nicht. „Nun, das schon. Wie gesagt, Granny hat – hatte – oft Verdauungsstörungen. Wenn es ihr nicht gut ging, hat sie sich ein leichtes Abendessen ins Zimmer bringen lassen. Aber sie hätte niemals zugegeben, dass sie krank war. Sie war immer unbezwingbar." Sie zuckte zusammen und drehte sich zu mir um. „Denkst du –? Ist es möglich? Was Granny befürchtet hat –?"

Thorns Blick huschte zwischen Gigi und mir hin und her, als er sagte: „Lady Gina, wenn Sie Informationen haben, die den Ermittlungen helfen würden –"

„Oh. Ja. Ja, natürlich. Wissen Sie, Granny hatte diese Idee, dass jemand darauf aus war, ihr etwas – etwas anzutun. Ich habe es nicht geglaubt. Ich dachte, sie bildete es sich ein. Deshalb habe ich Olive gebeten, hier zu bleiben, um Granny zu helfen, zu erkennen, dass alles nur in ihrem Kopf war."

Thorn warf mir einen Blick zu, als wäre ich eine lästige Fliege, und er wünschte, er könnte mich mit einer Handbewegung wegschnippen. „Sie haben also einen kleinen ‚Auftrag', Miss Belgrave?" Er ließ mir keine Zeit zu antworten, sondern wandte sich wieder Gigi zu. „Warum hatte Ihre Großmutter Angst, Lady Gina?"

„Ich weiß nicht. Ich dachte, es wäre alles Zufall gewesen. Ich war mir sicher, aber jetzt –"

„Geben Sie mir bitte einfach die Details."

„Gut." Gigi fuhr mit den Händen über die Knie und strich den Rock ihres Abendkleides glatt. „Granny und ich waren einkaufen. Wir hatten ihre Schneiderin besucht, und ein paar Türen weiter hatte eine neue Hutmacherin einen Laden eröffnet. Wir sind den Bürgersteig entlang gegangen, und ein Auto kam auf uns zu.

Es war nur ein kurzer Moment. Der Fahrer hat einen Schlenker gemacht, bevor etwas passiert ist, doch Granny hatte Angst."

„Wann war das?"

„Ich bin mir nicht sicher. Vor einigen Wochen."

„Haben Sie den Fahrer gesehen?"

„Nein. Es ging alles furchtbar schnell. Er hat nicht angehalten. Und dann hatte Granny kurz danach die Grippe." Gigi sprach langsamer, als sie berichtete, dass die Witwe geglaubt hatte, ihr Essen hätte seltsam geschmeckt, und sich dann krank gefühlt hatte. Gigi sagte: „Doch Dr. Benhurst sagte, es sei die Grippe. Ich hatte auch einen Hauch davon, aber nicht so schlimm wie Granny."

„Und wann hatte die Witwe die Grippe?", fragte Thorn.

„Ich erinnere mich nicht genau. Vor ein paar Wochen. Dr. Benhurst muss es wissen. Sie sollten ihn fragen."

„Das werde ich. Und wann ist der Vorfall mit dem Automobil passiert?"

„Bevor Granny die Grippe hatte. Vielleicht ein paar Tage früher. Ich erinnere mich nicht genau."

Thorn machte sich eine Notiz und änderte dann die Richtung. „Um wie viel Uhr haben Sie gestern Abend das Haus verlassen?"

„Gegen halb acht."

„Wohin sind Sie gegangen?"

„Ich verstehe nicht, inwieweit das relevant ist", sagte Gigi. „Sollten Sie nicht Dr. Benhurst kontaktieren?"

„Nicht in diesem Moment, nein. Wir werden hier zuerst fertig machen."

„Fertig machen? Was gibt es sonst noch zu sagen? Ich habe Ihnen gesagt, Granny hatte den Verdacht, dass ihr

jemand etwas antun wollte, und ich habe es – dummer-
weise – abgetan. Offensichtlich hatte sie recht. Wo ich
letzte Nacht war, spielt keine Rolle."

Thorns Hand schloss sich fester um das Notizbuch.
Es bog sich unter dem Druck. „Im Gegenteil, Lady Gina.
Wo sie – und alle anderen in Alton House – gestern
Nacht waren, ist extrem wichtig."

Gigi starrte ihn an, ihre Augen weiteten sich, als ihr
Gesichtsausdruck von Ungeduld zu Verständnis wechselte. „Sie vermuten, dass jemand aus diesem Haus sie
vergiftet hat. Also wirklich! Das ist absurd. Völlig
absurd."

„Nein, ist es nicht. Tatsächlich ist sich Dr. Benhurst
ziemlich sicher, dass Ihre Großmutter vergiftet wurde –"

„Wirklich! Inspector, ich muss –"

Thorn fiel ihr ins Wort. „Dr. Benhurst kennt die
Symptome. Er hatte einen Patienten, der versehentlich
Arsen konsumiert hat. Dr. Benhurst war beim Tod des
Mannes anwesend und sagte mir, dass die Symptome
Ihrer Großmutter am Ende bemerkenswert ähnlich
waren. ‚Beunruhigend ähnlich' waren seine genauen
Worte. Sie sehen also, meine Fragen entspringen nicht
einer Laune oder dem Wunsch, Ihnen Unannehmlich-
keiten zu bereiten, Lady Gina. Ich sammle Beweise. In
jedem Fall werden die entsprechenden Untersuchungen
durchgeführt, um zu bestätigen, ob die Einschätzung
von Dr. Benhurst richtig ist oder nicht. In der Zwischenzeit muss ich so viele Informationen wie möglich über
die Situation hier in Alton House sammeln, solange die
Erinnerungen frisch sind, einschließlich des Aufenthalts-
orts aller Angehörigen des Haushalts. Also, wenn Sie
Ihre Bewegungen dieser Nacht detailliert beschreiben
würden ..."

„Wie Sie wünschen." Gigis Ton war immer noch angriffslustig, doch jetzt lag eine gewisse Angst darin. „Es sind völlig nutzlose Informationen, aber ich werde sie Ihnen geben. Wir sind zu den Grafton Galleries gegangen und haben dann vor der Schnitzeljagd noch ein paar Clubs besucht." Ein angewiderter Ausdruck huschte über Thorns Gesicht. Falls Gigi es bemerkte, ignorierte sie es. „Es ist schwierig, Ihnen einen detaillierten Bericht über die Schnitzeljagd zu geben. Wir waren in ganz London unterwegs."

„Ich verstehe", sagte Thorn, und sein Ton verriet, dass er eine Schnitzeljagd für die sinnloseste Zeitverschwendung hielt, von der er je gehört hatte. „Mit wem waren Sie zusammen?"

„Olive und Clara – das heißt Miss Belgrave und Miss Clack."

Thorn warf mir einen Blick zu. „Irgendjemand sonst?", fragte er, als ob ich für Gigi lügen würde, und er brauchte eine zusätzliche Bestätigung.

Gigi sagte: „Natürlich. Lassen Sie mich sehen. Captain Inglebrook hat uns in den Grafton Galleries getroffen. Wir haben uns mit Sebastian Blakely und Benny Tower, dem Anwalt von Granny unterhalten. Und es gab Scharen von Menschen bei der eigentlichen Schnitzeljagd. Sie müssen Lisbet nach ihrer Gästeliste fragen."

„Das wird nicht nötig sein. Und was haben Sie gestern getan?"

„Gestern? Ich habe es Ihnen gerade gesagt."

„Ich meinte tagsüber", sagte Thorn.

„Oh. Ich habe geschlafen. Ich bin zur Teezeit aufgestanden und habe Olive und Clara im Salon getroffen. Ich habe Olive, Addie und Clara eingeladen, mit mir auf die Schnitzeljagd zu gehen. Addie hat abgelehnt und ist hiergeblieben."

„Sie haben also gestern nichts getan, außer zu schlafen, Tee zu trinken, dann in ein paar Nachtclubs zu gehen und an einer Schnitzeljagd teilzunehmen?"

Gigi hob ihr Kinn. „Das ist richtig."

„Und als Sie vor ein paar Augenblicken ankamen, wirkten Sie verwirrt über meine Anwesenheit. Warum?"

Gigi sah mich an. „Ich war überrascht, die Polizei in meinem Haus anzutreffen. Es ist nicht etwas, das üblicherweise hier passiert."

„Aber Miss Belgrave" – Thorn sah mich an – „hat Sie ausdrücklich darüber informiert, dass ich ein ,echter' Inspector bin. Worum ging es dabei?"

Ich warf Gigi einen Blick zu, und sie schüttelte den Kopf, eine kaum merkliche Bewegung, während Thorns Aufmerksamkeit auf mich gerichtet war. Ich schüttelte selbst ein wenig den Kopf und versuchte zu vermitteln, dass es sich nicht lohnte, zu versuchen, dem Inspector die Mordparty zu verschweigen.

Ich sagte: „Es war eine einfache Verwechslung." Gigi machte eine Handbewegung, als wollte sie mich unterbrechen, aber ich ignorierte sie. „Am Montagabend hat die Witwe eine Abendunterhaltung organisiert, ein fingiertes Verbrechen, das nach dem Abendessen gespielt wurde. Wir wurden alle hereingelegt. Als ein Mann ankam, der sich als Inspector ausgab, haben wir ihn für echt gehalten."

Thorn richtete seine Aufmerksamkeit auf Gigi, einen nachdenklichen Ausdruck auf seinem Gesicht, als er ihre Worte zitierte: „,Weiß Granny nicht, dass man denselben Witz nicht zweimal machen kann?'"

Gigis Lächeln war angespannt. „Ich hatte die Situation falsch eingeschätzt. Das sehe ich jetzt."

Thorn fragte: „Was war das für ein Verbrechen?"

„Was?"

„Dieses vorgetäuschte Verbrechen, das Ihre Großmutter inszeniert hat, was war das?"

Gigi antwortete ruhig: „Mord."

Thorn beobachtete sie einen Moment lang. Gigi war schrecklich zappelig. Sie hatte in der Schule nie länger als einen Moment stillsitzen können, doch jetzt blieb sie vollkommen regungslos, als sie Thorns Blick erwiderte. „Jetzt, da ich Ihre Fragen beantwortet habe, muss ich mich um vieles kümmern."

„Ich fürchte, ich habe noch ein paar –" Thorn richtete seinen Blick auf die Türen hinter uns. „Ja, was ist?"

„Auf ein Wort, Sir", sagte ein anderer Constable.

Thorn erhob sich von dem zierlichen Stuhl, und das antike Holz knarrte. Er ging hinüber, um mit dem Constable zu sprechen, und dann zurück ins Schlafzimmer der Witwe, wahrscheinlich, damit wir nicht mithören konnten.

Gigi riss sich aus ihrer steifen Haltung und drehte sich zu mir um. „Was hast du dir dabei gedacht? Warum hast du ihm gesagt –?"

Ich legte meine Hand auf ihren Arm und warf dem Sergeant, der immer noch in der Ecke des Raumes saß, einen Blick zu. Er hatte seinen Bleistift weggelegt, doch sein interessierter Blick ruhte auf uns. Ich senkte meine Stimme. „Thorn hätte sicher bald von der Mordparty erfahren. Es stand in den Zeitungen. Es ist besser, er hört es von uns, als dass er glaubt, wir versuchen, ihm etwas vorzuenthalten."

Ihre Verärgerung verflog. „Oh. Ich hatte nicht gewusst, dass es in der Zeitung war."

„Ja, ich habe es gestern gesehen. Hat dir das niemand gesagt?"

„Nein. Du hattest recht. Das ist Schnee von gestern. Alle haben über Plummy Smythe gesprochen und wie er mit seinem Automobil in Ashdown ins Gebüsch gefahren ist."

Thorn kehrte zurück, und die Beine des Stuhls quietschten erneut, als er sich setzte. „Nun, Lady Gina, erzählen Sie mir von dieser ‚Mordparty', wie Sie sie nennen."

Gigi gab eine kurze Zusammenfassung. Thorns Augen verengten sich, während sie weiter berichtete. Als sie fertig war, sagte er: „Ihre Großmutter hat also gedroht, ihr Testament zu ändern? Das war Ihnen sicherlich ein Anliegen. Soweit ich weiß, sind Sie die Haupterbin."

Gigi lachte. „Granny hat das ständig getan. Niemand war mehr davon beeindruckt."

„Und sie hat Sie in Verlegenheit gebracht."

„Es war ein Scherz. Alles nur Spaß."

„Alles nur Spaß", wiederholte er und deutete damit an, dass er dachte, es sei genau das Gegenteil. „Der Butler hat mir mitgeteilt, dass Sie ein Telegramm erhalten haben – lassen Sie mich nachsehen" – er konsultierte den Notizblock – „gestern. Was stand in diesem Telegramm?"

Gigi schluckte. „Der aktualisierte Reiseplan meiner Eltern, mehr nicht." Ihre Stimme war unbeschwert, aber ich spürte eine gewisse Vorsicht in ihrer Haltung.

„Sie sind außer Landes, soweit ich weiß?"

„In Indien."

Thorn lächelte, als hätte er Gigi erwischt. „Das war ihr Ziel, aber ihre Pläne haben sich geändert, nicht wahr? Darum ging es in dem Telegramm, nicht wahr? Sie haben ihre Reise verlängert."

Gigis Augenbrauen senkten sich, und ihre perlmuttfarbene Haut errötete. „Wie können Sie das wissen?"

Thorn lachte. „Ach, kommen Sie schon, Lady Gina. Sie wissen, dass Sie vor den Dienern kein Geheimnis bewahren können. Ich bin sicher, dass die Nachricht, dass Ihre Eltern Singapur und Australien zu ihrer Reise hinzugefügt haben, im ganzen Haus bekannt war, bevor der Tag zu Ende war." Jegliche Spur eines Lächelns verschwand aus seinem Gesicht. „Ihre Entscheidung, den Globus weiter zu umrunden, bedeutete, dass Ihre Großmutter bleiben würde, was Sie sicher als einschränkend empfanden. Ihre Großmutter hatte gedroht, ihr Testament zu ändern – Sie zu enterben. Darüber hinaus hat sie Sie in Verlegenheit gebracht und Sie zur Zielscheibe eines Partyamusements gemacht."

Gigi erhob sich, was bedeutete, dass Thorn aufstehen musste. Der Sergeant stand ebenfalls auf und sein Notizblock fiel zu Boden.

„Ich sehe, was Sie andeuten, Inspector." Gigis Ton war eiskalt. „Ich bin entsetzt, einen Polizisten zu sehen, der so kurzsichtig ist. Dieses Gespräch ist beendet. Führen Sie Ihre ‚Ermittlungen' – wie Sie sie nennen – durch. Ich werde sie nicht behindern. Aber sollten Sie eine weitere Andeutung in diese Richtung über mich machen, werden Sie von meinem Anwalt hören."

Gigi verließ das Zimmer, blieb dann jedoch an der Tür stehen und drehte sich um. „Ich nehme an, Sie müssen jeden im Haus befragen. Ich werde Elrick informieren, dass er Ihnen das Esszimmer zur Verfügung stellen soll."

Bevor Thorn mir befehlen konnte, im Wohnzimmer zu bleiben, sprang ich auf und folgte ihr. Ich fand Gigi im Flur, die Arme auf einen kleinen Intarsientisch gestützt und den Kopf gesenkt. „Olive, er denkt, ich hätte Granny ermordet." Sie schloss für einen Moment die Augen. „Ich kann es kaum fassen – dass sie gestorben ist."

Sie wandte mir ihren Kopf zu, um mich aus ihrer gebeugten Position anzusehen. „Du musst mir helfen. Deshalb habe ich gesagt, er muss das Esszimmer benutzen –"

Ein Hauch von Zigarettenrauch wehte durch die Luft, und das Dröhnen von Thorns Stimme drang aus dem Zimmer der Witwe. Gigi stieß sich vom Tisch ab und packte mich am Arm. „Komm. Ich erzähle es dir unterwegs."

KAPITEL ZEHN

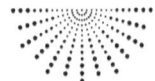

Gigi trieb mich den Flur entlang und bewegte sich in einem Tempo, das dem Sprint gleichkam, den wir während der Schnitzeljagd gemacht hatten.

Ich hielt mich am schmiedeeisernen Geländer fest, um mich abzustützen, als wir eine Treppe hinunterflogen. „Gigi, mach langsam."

„Kann nicht. Wir müssen vor diesem schrecklichen Inspector im Esszimmer sein."

„Warum?"

„Weil Thorn – der Dummkopf – glaubt, ich hätte etwas mit Grannys Tod zu tun. Du kannst ihm zuhören, wie er jeden befragt, und herausfinden, was wirklich passiert ist."

Wir stürmten in das leere Esszimmer. Der lange Tisch aus poliertem Holz stand in der Mitte des riesigen Raums, die Stühle waren mit militärischer Präzision darum herum angeordnet.

„Thorn lässt mich bei seinen Vernehmungen sicher nicht dabei sein." Wenn Detective Inspector Longly

Ermittlungen durchführte, hätte ich vielleicht eine Chance gehabt, mich ein wenig an einer Untersuchung zu beteiligen. Longly würde schließlich ein Verwandter sein, da er Gwen einen Heiratsantrag gemacht hatte. Bei ihm hätte ich vielleicht ein paar Fäden ziehen können, doch nicht bei Inspector Thorn.

„Deshalb habe ich von Inspector Thorn verlangt, hier mit allen zu sprechen. Es ist perfekt." Sie streckte ihren Arm aus und deutete auf den Paravent, der eine Ecke des Esszimmers abtrennte. „Hier, ich zeige es dir." Sie machte sich auf den Weg über den topasblau und rubinrot gemusterten Teppich.

Der Paravent war ungefähr zwei Meter hoch. Die goldene Tapete des Raums mit dem Lilienmuster bedeckte auch die dicken Holzpaneele des Wandschirms. Ein Ende des Paravents schmiegte sich eng an die Wand, dann bogen sich die Ziehharmonika-Paneele um und schirmten eine Ecke des Raums ab.

„Daddy hat den Sichtschutz speziell anfertigen lassen, um die Tür zu verbergen, die zur Küche führt." Das letzte Paneel des Paravents endete etwa einen Meter vor der Wand und ließ einen Durchgang frei, durch den man in den umschlossenen Bereich gelangen konnte, in dem ein langer, mit einem Leinentuch gedeckter Tisch stand, ein Sammelplatz für das Essen, das aus der Küche kam, bevor es aufgetragen wurde.

Gigi schlüpfte durch die Öffnung und deutete auf eine Tür, die bündig in die Wand eingelassen war. Bis auf die kleine Fuge am Rand verschmolz die Tür mit der Wand. Sie war mit dem gleichen Tapetenmuster bezogen wie der Rest des Zimmers, und die untere Hälfte der Tür war mit der Wandtäfelung des Zimmers getäfelt.

Gigi fummelte an der Täfelung herum, und die Tür

öffnete sich und gab den Blick auf schlichte Holzstufen frei, die nach unten führten.

„Daddy hat die Tür einbauen lassen, weil er es satthatte, dass das Essen kalt an den Tisch kam. Sie führt direkt zur Küche. Er hat die Renovierungsarbeiten durchführen lassen, als ich ein kleines Mädchen war. Jeffery und ich fanden das großartig. Wir haben hier am Tisch Dame gespielt, wenn das Kindermädchen es uns erlaubt hat."

Zwei kleine Holzbänke waren unter dem Tisch versteckt und Gigi zog eine heraus. „Du kannst hier sitzen. Und wenn du in den Spiegel dort schaust" – sie zeigte über meine Schulter auf einen riesigen Spiegel mit einem schweren goldenen Rahmen, der an der Wand hinter dem Paravent befestigt war – „kannst du den Esstisch sehen."

„Gigi, mach langsam. Das wird nicht funktionieren. Thorn wird mich befragen wollen. Ich kann hier nicht bleiben."

„Darum kümmere ich mich. Du sitzt einfach still und hörst dir alles an."

Ich zögerte. Natürlich wollte ich ihr helfen, aber ich war mir sicher, dass Lauschen nicht der richtige Weg war. „Dr. Benhurst könnte sich in Bezug auf das Gift irren."

„Er ist einer der besten Ärzte in London. Granny hätte ihn sonst nie gerufen. Wenn er sagt, sie ist vergiftet worden, dann hat er wahrscheinlich recht, so wenig ich es auch wahrhaben will. Er hat uns sogar von dem Vergiftungsfall erzählt, den der Inspector erwähnt hat. Es war eines Abends nach dem Essen. Granny hat Dr. Benhurst oft zu uns zum Essen eingeladen. Er hat die grausamen Details beschönigt, doch er sagte, es sei klar, dass der Mann ermordet worden sei, und der Prozess langweile ihn. Olive, bitte. Alles, was Thorn gesagt hat, ist wahr. Granny hat gedroht, ihr Testament zu ändern, und die Mordparty war –" Sie schloss kurz die Augen. „Ich war deswegen wütend auf Granny, aber ich würde ihr nie etwas tun. Wir werden nie erfahren, was passiert ist, wenn Inspector Thorn denkt, ich hätte Granny vergiftet. Ich kann es immer noch nicht fassen – vergiftet? Mit Arsen? Es ist absolut unglaublich. Ich kann nicht recht fassen, dass ich es überhaupt laut sage, aber er denkt, dass ich es getan habe. Warum sonst all die Fragen, wo ich gewesen bin? Bitte, hilfst du mir?"

„Verstecken und Lauschen beweist deine Unschuld nicht. Du solltest –"

Sie presste ihre Lippen aufeinander und schob ihr Kinn vor, als sie mich unterbrach. „Ich muss wissen, was die Leute – die Diener – über mich sagen und was Thorn glaubt. Elrick und Mrs. Dowd hassen mich. Absolut und vollständig. Was, wenn sie Thorn anlügen? Was, wenn er ihnen mehr glaubt als mir? Wenn wir herausfinden, was sie ihm gesagt haben … wenn er es glaubt, dann, nun ja –" – sie straffte die Schultern – „dann weiß ich, womit ich es zu tun habe. Und dann ist da noch Granny. Nicht zuletzt, damit ich herausfinden kann, was wirklich mit ihr passiert ist. Granny war schrecklich kontrollsüchtig, doch das hat sie nicht verdient."

„Aber du hast mir gesagt, dass viele Leute wütend auf die Witwe waren, dass sie Feinde hatte."

„Das stimmt, doch ich hätte nie gedacht, dass jemand sie vergiften könnte. Vielleicht ihre Pläne für eine Dinnerparty stören oder ihren Koch abwerben, aber niemals das. Bitte, Olive, bleibst du hier und hörst zu? Das ist alles, was ich verlange."

Ich hatte Kälte in Elricks Verhalten gegenüber Gigi gesehen. Es war nicht die typische Zurückhaltung eines Dieners. Wenn Gigi recht hatte, wenn sich zwei langjährige Diener zusammmentaten, um den Verdacht auf sie zu lenken, könnte sie sich in einer sehr schwierigen Lage befinden. „Abgemacht, ich höre zu."

Gigi drückte meinen Arm. „Danke." Sie verschwand um den Paravent herum. Der dicke Orientteppich dämpfte ihre Schritte, als sie durch den Raum eilte.

Gigi hatte das Licht im Esszimmer nicht eingeschaltet, und die hohen Holzteile des Wandschirms ragten über mir auf. Plötzlich fühlte ich mich wie eine Maus, die in einer Falle gefangen war, ging zur Tür und betrachtete die Täfelung, um herauszufinden, wo sich der Riegel befand. Ich fand sie, eine kleine Nut an der Unterseite der Deckleiste. Die Tür sprang im selben Moment auf, als Thorns Stimme so laut dröhnte, dass ich zusammenzuckte.

„Ich nehme an, das wird reichen." Die Kronleuchter erwachten zum Leben, als jemand den Schalter umlegte. Ich erstarrte, wo ich war, als die Stimmen fortfuhren. „Sergeant, stellen Sie einige dieser Stühle vom Tisch weg. Lassen Sie einen auf jeder Seite des Tisches, und nehmen Sie dann weiter unten Platz."

Während der Sergeant die Stühle verschob, schloss ich die Tür und bewegte langsam Zentimeter um Zentimeter, bis der Riegel mit einem leisen Klicken einrastete. Ich ging auf Zehenspitzen zur Bank, hielt den Atem an und fürchtete, die Dielen könnten knarren, als ich mich bewegte.

Thorns Stimme erklang erneut. „Das reicht, Sergeant. Lassen Sie die Zofe der alten Frau hereinbringen. Wir gehen den Tag chronologisch durch."

„Ich dachte, Sie würden darauf bestehen, noch einmal mit Lady Gina zu sprechen, oder ihre Freundin rufen – Miss Belgrave, nicht wahr?"

Ich erstarrte, als er meinen Namen sagte. Gigi hatte recht mit dem Blick in den Spiegel. Er war so positioniert, dass ich die Mitte des Raums perfekt sehen konnte.

Thorn zog seinen Stuhl heran und warf sein Notizbuch auf den Tisch. „Wir lassen Lady Gina ein bisschen schmoren", sagte Thorn. „Und was ihre Freundin betrifft, Lady Gina hat sie losgeschickt, um die Todesanzeigen in den Zeitungen zu veranlassen, also fangen wir mit der Zofe der Alten an." Thorn warf einen Blick in sein Notizbuch. „Mrs. Dowd."

Ich ließ mich auf die Bank sinken und atmete tief durch. Zumindest wollte Thorn mich nicht als Erstes sprechen. Der Sergeant ging zur Tür, doch Felix kam herein, streifte an dem Mann vorbei, und nahm dem Inspector gegenüber Platz. Thorn hob die Hand in Richtung des Sergeant, der auf halbem Weg zur Tür war. Es sah so aus, als wollte Thorn ihn herbeiwinken, um Felix hinausbegleiten zu lassen, doch dann sagte Felix: „Ich sollte Ihnen wohl gleich sagen, dass meine Großmutter und ich uns nicht grün waren."

Thorn ließ die Hand sinken und bedeutete dem Sergeant, zum Tisch zurückzukehren. „Ach so?"

Der Sergeant setzte sich auf seinen Platz und holte sein Notizbuch und seinen Bleistift heraus. Ich lauschte, mein Blick auf den Spiegel gerichtet. Es war fast so, als würde man sich ein Theaterstück ansehen. Wenn Thorn oder der Sergeant in den Spiegel blickten, hoffte ich, dass sie mich nicht in der dunklen Ecke sahen. Ich wünschte, ich hätte Zeit gehabt, mein glitzerndes Kleid auszuziehen, doch das konnte ich jetzt nicht ändern.

Felix lehnte sich auf dem Stuhl zurück, die Haarsträhnen fielen ihm aus der Stirn. „Ich bin sicher, Sie werden es von den anderen hören. Ich war ziemlich wütend auf sie."

„Warum das?"

„Sie hat sich größte Mühe gegeben, um zu verhindern, dass ich mit meinem Schreiben Erfolg habe." Felix erläuterte ausführlich, wie die Witwe eine schlechte Kritik für sein Stück ermutigt hatte, und ihr bereitwilliges Eingeständnis ihrer Intrige, als er sie konfrontiert hatte.

Thorn blickte von seinem Notizbuch auf. „Sie hat Sie also sabotiert."

„Ja. Sie war der Meinung, dass ich meine Zeit besser damit verbringen sollte, mich auf Alton House und mein Erbe zu konzentrieren. Ich war anderer Meinung."

„Und das hat Sie wütend gemacht?"

„Ja. Es wäre dumm von mir, etwas anderes zu behaupten."

„Trotzdem ist es etwas, das die meisten Leute verheimlichen würden."

„Ich finde es ziemlich mühsam, mich vor der Wahrheit zu verstecken. Es ist viel besser, sich ihr direkt zu stellen."

„Ich verstehe. Und wo waren Sie gestern?"

„Ich habe den Tag mit Schreiben verbracht. Ich hatte sehr gute Nachrichten, wissen Sie, und das hat mich inspiriert."

„Gute Nachrichten?"

„Mr. Evans – vielleicht haben sie von ihm gehört?" Thorn schüttelte den Kopf. „Er ist ein Produzent – ein enorm einflussreicher Mann. Er hat sich von den Intrigen meiner Großmutter nicht abschrecken lassen. Eri ist bestrebt, ein weiteres Stück zu produzieren."

Thorn sah ihn verständnislos an.

Felix klopfte sich auf die Brust. „Eines meiner Stücke."

Thorn signalisierte Zweifel mit einer Kopfbewegung. „Aber die Ergebnisse wären doch sicher die gleichen?"

„Diesmal nicht." Zufriedenheit erfüllte Felix' Worte. „Wir haben entschieden, es unter einem Pseudonym aufzuführen. Es ist ziemlich üblich, dass Autoren ein Pseudonym verwenden, wissen Sie? Und deshalb – weil wir ein Pseudonym verwenden wollten – habe ich absolut kein Motiv, Granny zu vergiften. Sie hätte nichts davon erfahren."

Die Nachricht, dass die Witwe vergiftet worden sein könnte, musste im ganzen Haus die Runde gemacht haben. Es war nicht überraschend. Einige der Bediensteten, wahrscheinlich Mrs. Dowd, mussten Dr. Benhurst geholfen haben, und Elrick hatte die Polizei gerufen.

Thorn starrte Felix an. Felix' selbstbewusstes Lächeln blieb, als sich die Stille ausdehnte. Er schob den Stuhl zurück. „Ich muss weiter. Ich habe zu schreiben."

„Noch nicht." Thorns Ton ließ Felix mitten in der Bewegung innehalten. Er erstarrte, sein Rücken leicht nach vorne geneigt, seine Beine angespannt, um sich vom Stuhl zu erheben. „Machen Sie es sich bequem", sagte Thorn. „Wir sind hier noch nicht fertig. Führen Sie mich durch Ihren Tag – im Detail."

Felix ließ sich auf den Stuhl zurückfallen. Seine selbstbewusste Fassade entglitt ihm. Seine Haut wurde bleich und nahm die Farbe von Brotteig an. Er schluckte. „Gestern?"

„Ja."

„Wie gesagt, ich war wie jeden Tag in meinem Zimmer."

„Den ganzen Tag?", fragte Thorn ungläubig, und mir wurde klar, dass er seine überraschten oder zweifelnden Antworten nutzte, um weitere Informationen herauszukitzeln.

Felix schluckte erneut. „Ja. Den ganzen Tag. Ich habe geschrieben. Ich habe die Seiten, um es zu belegen. Ich habe mir Essen bringen lassen. Und die Hausmädchen werden bestätigen, dass aus meinem Zimmer das Tippen zu hören war, da bin ich mir sicher", schloss er mit einem Anflug von Erleichterung in der Stimme.

„Den ganzen Tag? Sie sind nie rausgegangen?"

„Nein. Nun, nur um ein paarmal den Flur entlang zur– äh – Toilette zu gehen."

„Was ist mit dem Abend?"

„Oh. Ja. Richtig. Da bin ich ausgegangen – um mit Mr. Evans zu feiern." Felix richtete sich auf, Erleichterung auf seinem Gesicht. „Und Gigi hat mich gesehen. Das heißt, meine Cousine, Lady Gina. Sie war mit ihren Freundinnen in den Grafton Galleries. Wir haben nicht miteinander gesprochen, aber sie wird bestätigen, dass ich da war."

„Das hat sie bereits. Vielen Dank für Ihre Zeit." Thorn stand auf.

Felix sprang auf, sein Gesicht ein Bild der Verwirrung. „Aber wenn Sie es schon wussten, warum haben Sie dann danach gefragt?"

„Weil wir diese Dinge bestätigen müssen."

„Oh. Ich verstehe." Felix wandte sich ab, um zu gehen, doch er sah nicht so aus, als hätten Thorns letzte Worte ihn beruhigt.

Nachdem Felix gegangen war, forderte Thorn seinen Sergeant auf, die Dienstmädchen zu befragen. „Finden Sie heraus, ob sie tatsächlich den ganzen Tag Tippen gehört haben. Als Nächstes werde ich mit der Zofe der Witwe reden. Wenn jemand weiß, was mit der alten Frau passiert ist, dann sie."

KAPITEL ELF

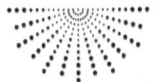

*T*horn begann das Gespräch mit Mrs. Dowd mit der Frage nach ihrem vollständigen Namen.

Mrs. Dowd saß aufrecht und korrekt da, die Hände im Schoß gefaltet. „Angelina Joanna Dowd."

Der wohlklingende Name passte nicht zu Mrs. Dowds geschürzten Lippen und ihrem missbilligenden Stirnrunzeln.

Thorn fragte: „Wie lange sind Sie schon bei der Witwe?"

„Vierzehn Jahre." Ihre Antwort war kurz und scharf. „Ich verstehe nicht, warum das von Bedeutung ist. Oder warum Sie überhaupt mit mir reden. Es ist klar, wer das getan hat."

„Haben Sie etwas gesehen, das Sie uns mitteilen möchten, Mrs. Dowd? Oder wissen Sie vielleicht etwas Relevantes?"

„Ich habe Augen im Kopf, Inspector." Sie nickte schnell. „Es ist bekannt, wer meine Herrin gehasst hat."

„Wer wäre das?"

„Lady Gina natürlich. Ich weiß nicht, warum Sie sie noch nicht eingesperrt haben. Sie sollte für das, was sie getan hat, unter Verschluss gehalten werden."

Thorn sah von seinen Notizen auf. „Lady Gina und die Witwe ... hatten keine leichte Beziehung?"

Mrs. Dowd lachte, ein bitterer Laut. „Nein. Durchlaucht hat ihr Bestes getan, um sie zu zügeln, aber Lady Gina hat auf Schritt und Tritt gegen sie gekämpft. Daran ist natürlich die Erziehung von Lady Gina schuld. Der Mangel an Regeln, die Leichtfertigkeit ihrer Mutter – nun, dem kann man nur schwer entgegenwirken. Die Witwe hat es versucht."

Mir war das Ausmaß von Mrs. Dowds Feindseligkeit gegenüber Gigi nicht bewusst gewesen. Sie hatte offensichtlich nicht übertrieben, als sie gesagt hatte, dass Mrs. Dowd sie hasste.

„Hat die Witwe Ihnen gegenüber etwas über die Änderung ihres Testaments gesagt?"

„Ja. Das ist der Grund für all das. Dieses boshafte kleine Luder wollte das Geld und hat meine Herrin vergiftet, um es zu bekommen."

Thorn bewegte die Schultern und schien einen Seufzer zu unterdrücken. „Hat die Witwe etwas Bestimmtes über ihr Testament gesagt?"

Er tat mir ein bisschen leid, weil er Mrs. Dowds Feindseligkeit umgehen musste, um echte Details zu finden.

„Durchlaucht hat gesagt, sie habe vor, es zu ändern."

„Wann hatte sie vor, es zu ändern?"

„Das hat sie nicht gesagt, Sir."

„Ich verstehe. Und hat sie gesagt, welchen Teil des Testaments sie ändern wollte?"

„Nein. Es war eine allgemeine Aussage, aber ich

wusste, dass sie ihre Enkelin enterben wollte. Es war nur angemessen. Lady Ginas liederliches Verhalten sollte nicht belohnt werden."

Thorn sagte: „Erzählen Sie mir von gestern mit so vielen Einzelheiten wie möglich."

Mrs. Dowd rutschte auf ihrem Stuhl herum. „Ich verstehe nicht, was das –"

„Mrs. Dowd, bitte beantworten Sie die Frage." Thorn fuhr in milderem Ton fort. „Ich nehme an, Sie sind eine scharfe Beobachterin und können mir wertvolle Einblicke in den Haushalt geben."

Mrs. Dowd strich über ihre Manschetten, und ich konnte an dem winzigen Lächeln, das sie sich erlaubte, erkennen, dass sie geschmeichelt war. „Das ist wahr. Ich bin sehr wachsam, besonders, wenn meine Herrin besorgt ist – war –."

Nachdem ich Mrs. Dowd ein paar Minuten lang zugehört hatte, hatte ich keinen Zweifel daran, dass diese Aussage wahr war. Gigi hielt Mrs. Dowd für eine Schnüfflerin und Spionin, und es klang, als hätte Gigi mit ihrer Einschätzung genau richtig gelegen.

Mrs. Dowd sagte: „Ich habe Ihrer Durchlaucht um neun ihr Frühstückstablett gebracht."

Thorn fragte: „Was hatte sie zu essen?"

„Ihr übliches Frühstück, Tee und Toast."

„Nichts sonst?"

„Nun, natürlich Marmelade – wie immer – doch dafür musste ich Stella runter in die Küche schicken, weil das neue Küchenmädchen unfähig ist. Ich weiß nicht, warum der Koch sie behält."

„Wie viel hat die Witwe gegessen?"

„Alles", sagte Mrs. Dowd. „Es war nicht viel – nur

zwei Scheiben Toast", fügte sie hinzu, als wollte sie nicht, dass Thorn die Witwe für einen Vielfraß hielt.

„Und nach dem Frühstück?"

„Habe ich Ihrer Durchlaucht geholfen, sich auf den Tag vorzubereiten, und sie ging zu ihrem Termin mit ihrer Schneiderin."

„Haben Sie sie begleitet?"

„Nein, Miss Clack."

„Und wie ging es der Witwe, bevor sie das Haus verlassen hat?"

„Sie erwähnte, dass ihr das Frühstück nicht gut bekommen war, doch sie hätte sich von so einer Kleinigkeit niemals aufhalten lassen." Stolz erfüllte Mrs. Dowds Worte.

Thorn notierte den Namen der Schneiderin. „Ist die Witwe noch woanders hingegangen?"

„Nein. Sie kam direkt von der Schneiderin hierher zurück. Sie hat beschlossen, das Mittagessen ausfallen zu lassen."

„Ich verstehe. Es gab keinen Hinweis darauf, dass sie einen Arzt wollte?"

„Oh nein. Sie wollte nur ein bisschen Ruhe. Sie hatte oft leichte Verdauungsstörungen, und das war alles – normalerweise." Mrs. Dowd heftete das letzte Wort mit boshaftem Ton an.

„Und was ist dann passiert?"

„Ihre Durchlaucht hat mich gegen halb drei gerufen. Als ich nachgefragt habe, sagte sie, sie fühle sich gut. Ich half ihr, sich ein Kleid zum Nachmittagstee anzuziehen. Sie ging hinunter, um ihre Enkelin im Salon zu treffen."

„Wer war beim Tee?"

„Ich weiß nicht. Das müssen Sie dieses … ihre Enkelin fragen."

„Wann haben Sie die Witwe das nächste Mal gesehen?"

„Erst später am Abend, als ich ihr das Tablett mit dem Abendessen gebracht habe."

„Also hatte sie ein Tablett in ihrem Zimmer?"

„Ja. Sie hatte vorher Bescheid gegeben, dass sie an diesem Abend in ihrem Zimmer essen würde. Ich habe ihr ihr Tablett gebracht."

„Haben Sie dabei mit ihr gesprochen?"

„Ja. Und bevor Sie fragen, sage ich Ihnen, dass sie das gleiche Essen hatte wie alle anderen im Haushalt. Fischsuppe, Poulets Rôtis au Cresson, Trüffelsalat und Mousse à l'Orange." Mrs. Dowd wandte sich dem Sergeant zu. „Soll ich irgendetwas für Sie buchstabieren, junger Mann?"

„Nein, Madam. Danke."

Mrs. Dowd sah aus, als glaubte sie ihm nicht, doch ich hatte ihm dabei zugesehen, wie er die Worte, ohne zu zögern, aufgeschrieben hatte.

„Haben Sie das Tablett später wieder geholt?", fragte Thorn.

„Ja. Sie hatte nicht viel gegessen. Ich half ihr, ihr Nachtkleid anzuziehen, dann sagte sie, sie wolle vor dem Zubettgehen lesen. Ich habe das Tablett mit in die Küche genommen und es bei der Küchenmagd gelassen. Das war das Letzte, was ich von Ihrer Durchlaucht gehört habe, bis sie nachts nach mir geklingelt hat. Zu diesem Zeitpunkt –" Mrs. Dowds Lippen bewegten sich auf und ab, während sie darum kämpfte, ihre Gefühle zu kontrollieren. Sie zog ein Taschentuch aus ihrer Manschette, schnäuzte sich die Nase und setzte sich dann gerader hin. „Es tut mir leid. Es war sehr belastend. Ich wusste, sobald ich ihr Zimmer betrat, dass etwas ganz und gar falsch war. Sie hat schwer gelitten, und ich bestand darauf, Dr. Benhurst anzurufen."

Thorn drängte sie nicht nach Einzelheiten über die genauen Symptome der Krankheit der Witwe, und darüber war ich ziemlich froh. Ich war mir sicher, dass er diese Informationen vom Arzt bekommen würde. Stattdessen fragte er: „Haben Sie bei all Ihren Gängen zum Zimmer der Witwe tagsüber irgendwelche Geräusche aus Viscount Daleys Zimmer wahrgenommen?"

Mrs. Dowd runzelte angesichts des Themenwechsels die Stirn. „Nein. Er geht mich nichts an."

„Sie haben die Schreibmaschine aus seinem Zimmer nicht gehört?"

„Ich kann nicht sagen, ob ich sie gehört habe oder nicht. Er tippt immer darauf herum und macht dieses schreckliche Rat-tat-a-tat. Ich blende es aus."

„Also könnte er getippt haben?"

„Möglicherweise. Wie gesagt, ich kümmere mich nicht um Viscount Daley."

„Danke, Mrs. Dowd. Das ist alles. Wenn Sie das Mädchen herschicken könnten, das oben gearbeitet hat – Stella, nicht wahr?"

Mrs. Dowd steckte ihr Taschentuch weg und stand auf. „Ich freue mich darauf, dass in diesem Fall der Gerechtigkeit Genüge getan wird. Ich nehme an, Sie werden Lady Gina bald wegbringen?"

„Wir machen unsere Arbeit, Mrs. Dowd. Und jetzt, wenn Sie bitte so gut wären, Stella hereinzuschicken?"

Mrs. Dowd sah ihn finster an, bevor sie ging. Sobald sie auf den Flur trat, wandte sich Thorn dem Sergeant zu. „Wenn wir hier fertig sind, erkundigen Sie sich in der Küche, ob noch etwas vom gestrigen Abendessen übrig ist. Wenn ja, nehmen wir es mit und lassen es testen."

Der Sergeant sagte: „Ich habe schon gefragt. Vom Abendessen war nichts übrig. Das Essen vom Tablett der Witwe wurde weggeworfen. Auch vom Tee ist nichts mehr da."

„Nicht einmal Teegebäck?", fragte Thorn.

„Nein, Sir. Das Tablett wurde umgeworfen – alles war auf dem Boden verstreut und musste entsorgt werden."

„Wer hat das Tablett umgeworfen?"

„Laut den Dienstmädchen Lady Gina."

„Ich verstehe."

Mir gefiel die Befriedigung in Thorns Tonfall nicht.

Der Sergeant fuhr fort: „Während ich unten war, habe ich auch nach Rattengift gefragt. Der Haushalt bewahrt es in einem Lagerraum neben der Küche auf. Jeder im Haus hätte etwas nehmen können. Ich habe den Behälter sichergestellt."

„Ach, haben Sie?" Thorn warf seinem Sergeant einen langen Blick zu.

„Ich versuche nur, gründlich zu sein, Sir."

Thorn kniff die Augen zusammen, doch bevor er noch etwas sagen konnte, erschien Stella zögernd auf der Schwelle. Ihr feines Haar war zu einem Knoten gebunden, und sie strich sich mit den Händen über ihren Rock und glättete ihn mit einer nervösen Geste, während sie wartete. Thorn stand auf und winkte sie herein. Als sie Platz genommen und ihren vollen Namen, Stella Beatrice Barstow, und ihren Heimatort in Surrey genannt hatte, sagte Thorn: „Wir gehen die Ereignisse von gestern durch, also berichten Sie uns bitte, was Sie getan haben, beginnend am Morgen."

Stella, die Hände im Schoß verschränkt, sprach so leise, dass ich mich anstrengen musste, sie zu verstehen. „Also, das Küchenmädchen klopft um viertel nach fünf an unsere Tür –"

„Nicht *so* früh", sagte Thorn, und Stella zuckte zusammen, als er ihre Erzählung unterbrach. Im Gegensatz zu Mrs. Dowd fand sie die Erfahrung, von der Polizei verhört zu werden, eindeutig beunruhigend. Thorn bemerkte ihre Reaktion und sagte: „Sie brauchen sich keine Sorgen zu machen. Erzählen Sie uns einfach, was sie ab etwa neun Uhr getan haben."

„Ja. Um neun Uhr bringen wir die Tabletts hoch. Ihre Durchlaucht bestand darauf, dass um neun Uhr ein Tablett in Lady Ginas Zimmer gebracht wird, obwohl Lady Gina es nie anrührt. Sie bewegt sich um diese Zeit nicht einmal." Stella schien sich zu entspannen, als sie über die Routine sprach. Ihre Hände lösten sich, und ich musste mich nicht anstrengen, um sie zu verstehen, da sich die Lautstärke ihrer Stimme wieder normalisierte.

„Also haben Sie das Tablett in ihr Zimmer gebracht –"

„Oh nein. Nina – sie ist das neue Küchenmädchen – hatte vergessen, einen Löffel auf das Tablett zu legen. Ich habe es bemerkt, als ich mit Miss Belgrave gesprochen habe. Sie war auf dem Weg zum Frühstück und hat mir einen guten Morgen gewünscht."

Ich musste schmunzeln, da Stella unser Gespräch ausließ. Ich verübelte ihr nicht, dass sie es verschwieg. Mir das Frühstückstablett von Lady Gina anzubieten, das hätte sie sicher nicht tun sollen.

„Also haben Sie das Tablett nicht in Lady Ginas Zimmer gebracht –", sagte Thorn, und ich dachte, er wollte sie zu ihrer Geschichte zurücklenken.

„Oh, nein, dann nicht. Mrs. Monce hätte einen Anfall bekommen, wenn das Tablett in die Küche zurückgekommen wäre und sie gesehen hätte, dass ich es ohne Löffel zu ihr gebracht hatte. Ich habe das Tablett also auf dem Tisch im Flur abgestellt, bin in die Küche geeilt und habe einen Löffel geholt. Dann hat Mrs. Dowd ihren Kopf aus dem Zimmer Ihrer Durchlaucht gesteckt und sagte mir, ich solle Marmelade holen. Sie hat auf dem Tablett Ihrer Durchlaucht gefehlt." Stella schüttelte den Kopf. „Sie sagte, dass Nina zu schusselig ist, um in der Küche zu arbeiten. Sie sollte nur spülen. Da könnte sie keinen Ärger machen."

Thorn blätterte in seinen Notizen eine Seite zurück. „Und was haben Sie wegen der Marmelade unternommen?"

„Ich habe sie geholt."

„Sind Sie in das Zimmer Ihrer Durchlaucht gegangen?"

„Nein. Ich habe geklopft, und Mrs. Dowd hat mir die Marmelade abgenommen. Sie hat nicht einmal danke gesagt!"

„Und was haben Sie als Nächstes gemacht?"

„Ich habe das Tablett in Lady Ginas Zimmer gebracht. Sie hat nicht einmal bemerkt, dass ich da war. Hat friedlich geschnarcht. Dann habe ich mit den anderen Räumen angefangen, die Fenster aufgemacht, um sie zu lüften, die Möbel und Holzarbeiten abgestaubt, gefegt und die –."

Als Stella fortfuhr, unterdrückte ich ein Gähnen und schüttelte mich ein wenig. Mein nächtliches Abenteuer machte sich bemerkbar.

Thorn unterbrach sie. „Haben Sie den Rest des Tages die Witwe gesehen oder mit ihr interagiert?"

„Nein, Sir."

„Was ist mit Viscount Daley? Haben Sie ihn tagsüber gesehen?"

Stella sah einen Moment lang verwirrt aus, dann sagte sie: „Oh, Sie meinen Mr. Felix – er hat uns gesagt, wir sollen ihn so nennen. Er ist so ein netter Mann. Nein, ich habe ihn überhaupt nicht gesehen. Er mag es nicht, wenn sein Zimmer gereinigt wird, wenn er da ist. Er sagt, es stört seine Muse. Er hat getippt, also habe ich sein Zimmer nicht betreten."

„Wie lange hat er getippt?"

„Oh, den ganzen Morgen. Ich habe ihm um ein Uhr ein Tablett gebracht, und er hat auch zur Teezeit noch gearbeitet, als Lady Gina nach mir geklingelt hat. Abends habe ich ihm auch ein Tablett gebracht. Er hatte einen Stapel getippter Seiten auf seinem Schreibtisch. Er war den ganzen Tag damit beschäftigt gewesen."

„Aber das könnten Seiten gewesen sein, die er jeden Tag getippt hat", sagte Thorn in einem Ton, der andeutete, dass Stella zu leichtgläubig war.

„Nein, Sir. Das kann nicht sein. Mr. Felix hat am Vortag alles, was er geschrieben hatte, in seinem Zimmer verbrannt. Er tut das, wenn er mit seinem Schreiben nicht zufrieden ist. Er sagt, es ist kathartisch – was auch immer das bedeutet."

Thorn fragte sie nach dem Rest ihres Tages, doch Stella war weder mit der Witwe noch mit Mrs. Dowd noch einmal in Kontakt gekommen.

Thorn entließ sie und schickte nach Clara.

KAPITEL ZWÖLF

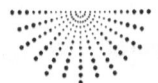

*C*lara musste draußen vor dem Speisesaal gewartet haben, da sie innerhalb von Sekunden, nachdem Thorn nach ihr geschickt hatte, hereinkam. Ich hatte sie nicht mehr gesehen, seit Gigi und ich sie in der Eingangshalle zurückgelassen hatten. Clara hatte sich umgezogen und trug jetzt ein schlichtes schwarzes Kleid, das die dunklen Ringe unter ihren Augen betonte. Der Stoff war zu dünn für den Winter, doch es war wahrscheinlich eines der wenigen schwarzen Kleider, die sie besaß. Obwohl sie eine Strickjacke trug, schien sie zu frieren. Sie setzte sich und zog die Ränder der Jacke so, dass sie überlappten, dann verschränkte sie ihre Arme vor ihrem Bauch. Ihre Sommersprossen hoben sich deutlich von der Blässe ihres Gesichts ab.

Nachdem Clara ihren vollen Namen, Clara Hilda Clack, genannt hatte, sagte Thorn: „Wie ich höre, waren Sie die Gesellschafterin und Sekretärin der Witwe, Miss Clack?"

„Ja. Ich habe ihren Terminkalender geführt, mich um

ihre Korrespondenz gekümmert und andere Aufgaben für sie erledigt."

Wie ihren Schal holen, dachte ich, als ich mich daran erinnerte, wie die Witwe Befehle erteilt hatte und Clara aufgesprungen war, um die Befehle auszuführen.

„Und wohnen Sie normalerweise hier in Alton House?"

„Nein, ich gehe, wohin auch immer die Witwe geht – ich meine, ich bin überall hingegangen, wo sie hinge-gangen ist", sagte Clara mit einem trostlosen Ausdruck auf ihrem Gesicht.

Was würde aus Clara werden? Würden Gigis Eltern sie bitten, bei ihnen zu bleiben? Kein Wunder, dass Clara so bleich und besorgt aussah. Ihre Welt war gerade zusammengebrochen.

Clara fügte hinzu: „Normalerweise waren wir im Haus der Witwe im Dorf Altonbury, in der Nähe des Anwesens der Familie. Doch da die Eltern von Lady Gina verreist waren, kam die Witwe nach London, um bei Lady Gina zu sein, während sie auf Reisen waren."

„Haben Sie immer mit der Witwe zusammenge-lebt?", fragte Thorn.

„Nein." Ein Lächeln huschte über ihr Gesicht. „Meine Mutter und ich hatten ein Cottage in Altonbury. Sie unterrichtete Klavier und Gesang, und ich war bis zum Krieg bei ihr, dann bin ich nach London gegangen."

„Sie haben Arbeit gefunden?"

„Ja, im Offizierslazarett, Spülen in der Kantine. Ich habe das ein Jahr lang gemacht und bin dann auf eine andere Stellung auf einem Flugplatz gewechselt."

Thorn schien sich nicht für Claras Kriegsarbeit zu interessieren. „Sie sind nach dem Krieg nicht zu Ihrer Mutter zurückgekehrt?"

„Sie war gestorben, und die Witwe schlug vor, dass ich bei ihr wohne."

Ich stellte mir vor, dass Clara keine andere Wahl gehabt hatte, was mich daran erinnerte, wie viel Glück ich hatte, als ich mich auf die Suche nach Arbeit gemacht hatte. So ungern ich zurückkehren wollte, um bei meinem Vater und meiner Stiefmutter zu leben, ich hatte diese Möglichkeit, wenn ich mir in London nicht mein Brot verdienen konnte.

„Erzählen Sie mir von Ihrem gestrigen Tag", sagte Thorn. „Was haben Sie getan?"

„Ich stehe immer früh auf, falls die Witwe mich braucht, aber sie hat an diesem Morgen nicht nach mir geklingelt. Ich bin um halb neun zum Frühstück hinuntergegangen und dann auf mein Zimmer zurückgekehrt."

„Sie haben die Witwe nicht gesehen?"

„Erst, als sie nach mir geklingelt hat und wir zur Schneiderin gegangen sind."

„Hatte sie irgendwelche Beschwerden über ihre körperliche Gesundheit?"

„Nicht mehr als eine leichte Verdauungsstörung."

„Haben Sie oder die Witwe etwas gegessen, als Sie außer Haus waren?"

„Nein. Wir sind nur zur Schneiderin gegangen und zum Mittagessen nach Alton House zurückgekehrt. Die Witwe sagte, sie wolle nichts zu essen und sie würde nach mir klingeln, wenn sie mich brauchte. Ich habe den Nachmittag damit verbracht, Antworten auf Korrespondenzen für sie zu schreiben. Ich habe sie erst gesehen, als ich zum Tee in den Salon gegangen bin."

„Wer war da?"

„Am Anfang war es nur die Witwe. Dann kam Gigi herein."

Mir ist aufgefallen, dass sie Mr. Quigley nicht erwähnt hatte. Ein weiteres Gähnen überkam mich, und ich konnte es nicht unterdrücken. Ich schüttelte mich ein wenig und wünschte, ich hätte eine Tasse Tee, um wach zu bleiben.

„Was hatte die Witwe zum Tee?", fragte Thorn.

„Sie wollte keinen Kuchen oder Sandwiches. Sie hat nach Toast geläutet."

„Ich verstehe. Fahren Sie fort."

„Nun, mehr gibt es nicht zu sagen. Die Witwe sagte, sie wolle sich hinlegen und brauche mich nicht, um sie nach oben zu begleiten. Ich blieb im Salon."

„Und das war, als das Teetablett umgeworfen wurde?"

„Ja." Röte kroch ihre Kehle empor und in ihre Wangen. „Lady Gina hatte Olives Papagei zum Tee gebracht."

Thorn blickte auf. „Haben Sie *Papagei* gesagt?"

„Ja."

„Und dieser Papagei gehört Miss Belgrave?" Ganz klar, in Thorns Augen war es ein weiterer Minuspunkt für mich.

„Ja", sagte Clara. „Der Papagei hat mit seinen Flügeln geflattert und uns alle erschreckt."

„Wer hat das Teetablett umgeworfen?", fragte Thorn, den Blick auf sein Notizbuch gerichtet.

Es folgte nur eine kurze Pause, und Thorn blickte auf, als Clara sagte: „Lady Gina."

Clara rutschte unter Thorns schweigendem Blick auf ihrem Stuhl hin und her. Nach einem Moment fragte er: „Wann haben Sie die Witwe das nächste Mal gesehen?"

„Ich habe sie nicht wiedergesehen. Das letzte Mal, als ich mit ihr gesprochen habe, war im Salon."

„Mir wurde gesagt, dass die Witwe oft Probleme mit Verdauungsstörungen hatte", sagte Thorn.

„Ja, gelegentlich."

„Gab es ein Muster, das Sie zu ihrem Unbehagen bemerkt haben?"

Clara dachte nach, bevor sie antwortete. „Das war normalerweise, nachdem sie eine sehr reichhaltige Mahlzeit hatte."

„Und wurde Dr. Benhurst jedes Mal konsultiert, wenn sie sich krank gefühlt hat?"

„Oh nein. Normalerweise hat sich Ihre Durchlaucht ein paar Stunden später wieder gut gefühlt. Es war nichts Schlimmes." Clara öffnete den Mund, zögerte und sagte dann: „Die Zimmermädchen sagen, sie sei vergiftet worden. Ist das wahr?"

„Wir haben derzeit keine endgültige Antwort. Haben Sie Geräusche aus Viscount Daleys Zimmer gehört?"

„Geräusche? Meinen Sie Tippen? Er tippt immer."

„Haben Sie ihn gestern tippen gehört?"

„Nun … ja, ich denke schon. Es ist immer im Hintergrund da. Ich nehme es kaum noch wahr."

Thorn legte seinen Bleistift weg. „Das ist alles, Miss Clack."

Nachdem sie gegangen war, schickte Thorn nach Addie und sagte dann zu seinem Sergeant: „Die da lügt wegen irgendetwas."

„Glauben Sie, Sir?"

„Die Leute lügen immer, Sergeant. Normalerweise geht es um Kleinigkeiten – peinliche Dinge – aber es sind Lügen, die unsere Arbeit schwerer machen." Thorn seufzte. „Ich nehme an, Miss Clack hat wahrscheinlich das Teetablett umgeworfen."

Addie erschien in der Tür, und Thorn stand auf. „Kommen Sie herein, Miss Inglebrook."

Ich war überrascht über die Veränderung in Addies Aussehen. Sie schleppte sich in den Raum, als wäre sie verletzt, und eine zu schnelle Bewegung würde ihr Schmerzen bereiten. Sie hielt ein Taschentuch in einer Hand, und ihre Augen waren gerötet und geschwollen. Als sie Thorn gegenüber Platz nahm, fragte sie: „Ist es wahr? Die Witwe ist gestorben?"

„Ja, es ist wahr."

Addie saß einen Moment lang da und starrte auf das polierte Holz des Tisches. „Ich verstehe. Das haben alle gesagt, aber ich war mir nicht sicher ... es ist so unglaublich –" Ihre Stimme brach, und ich gähnte erneut. Ich rollte mit den Schultern und richtete meine Wirbelsäule auf. Ich musste wach bleiben. Es würde mir nicht helfen, einzudösen. Ich könnte etwas verpassen, ganz zu schweigen davon, dass ich einen schrecklichen Lärm machen würde, wenn ich einschlafen und von der Bank stürzen würde.

Thorn fragte nach Addies vollständigem Namen. „Adeline Ophelia Inglebrook." „Und Ihre Adresse?"

Addie hielt inne. „Ich wohne hier auf Einladung von Gigi."

„Nein, ich brauche Ihre Adresse."

„Die Situation ist derzeit in der Schwebe. Mein Bruder und ich, nun ja – wir haben derzeit keinen Wohnsitz." Die letzten paar Worte kamen herausgerauscht. „Wir hatten eine Wohnung am Rande von Brompton, doch es gab ein wenig – ähm – Ärger mit der Miete. Unsere Vermieterin ließ uns so lange wie möglich bleiben, aber wir mussten letzten Sommer ausziehen. Seitdem haben wir keinen Wohnsitz mehr."

Überraschung vertrieb etwas von meiner Schläfrigkeit weg. Ich hätte nie gedacht, dass Inglebrook und Addie kein Zuhause hatten.

Addie fuhr eilig fort, ihre Worte überschlugen sich fast. „Unsere Eltern sind tot, wissen Sie? Die einzige Familie, die wir noch haben, ist eine ältere Tante in Northumberland, und ihre Situation ist … ihr Haus ist sehr klein. Es ist ein winziges Häuschen, und es gibt dort überhaupt keine Gesellschaft. Wenn wir uns auf dem Land vergraben würden, hätten wir keine Gelegenheit, Leute zu treffen – geeignete Leute, meine ich."

Ich wusste, dass sie jemanden meinte, der für die Ehe geeignet war. Sie senkte ihren Blick auf ihre Hände und holte tief Luft.

„Ich verstehe", sagte Thorn leise. „Sie ziehen also von Haus zu Haus?"

Sie hob den Kopf. „Ja, wir haben uns auf die Gastfreundschaft unserer Freunde verlassen."

„Und Ihr Bruder, wohnt er auch hier in Alton House?"

„Nein, er wohnt bei einem Freund." Sie nannte Thorn einen Namen und eine Adresse in Kensington.

„Wie lange sind Sie schon in Alton House?"

„Gigi war so freundlich, mich letzte Woche einzuladen."

„Und Sie sind eine enge Freundin von Lady Gina?" Thorns Ton war sanft, doch er beobachtete Addie aufmerksam, als sie antwortete.

Addie zögerte. „Nein, nicht im Sinne einer langen Bekanntschaft. Sie ist sehr gastfreundlich und eine wundervolle Gastgeberin, aber ich weiß, dass sie mich eingeladen hat, weil sie die Gesellschaft meines Bruders genießt. Mich einzuladen, hier zu bleiben … nun, es gibt meinem Bruder einen Grund, häufig hierherzukommen."

„Und Ihr Bruder und Lady Gina, erwarten Sie bald eine Ankündigung?"

Addie neigte den Kopf. „Nein, das glaube ich nicht. Jedenfalls nicht jetzt, nach dem Tod der Witwe."

„Aber Lady Gina und Ihr Bruder stehen sich nahe?"

Addie runzelte die Stirn. „Das nehme ich an, aber sie machen viele Witze darüber. Es ist schwer zu sagen, ob es überhaupt Ernst ist."

Thorn nickte und machte sich eine Notiz. Sein Ton wurde forscher. „Erzählen Sie mir von Ihren Bewegungen gestern."

Addie holte Luft und schien sich zu wappnen. „Ich habe mit Olive gefrühstückt und bin dann zum Hyde Park gegangen."

Thorn sagte: „Also haben Sie Alton House zwischen neun Uhr dreißig und zehn verlassen?"

„Ja, ich nehme an, das ist ungefähr richtig."

Thorn hob die Augenbrauen. „Bisschen früh für einen Spaziergang im Park. Gestern Morgen war es ziemlich kalt."

„Rollo hatte mir eine Nachricht geschickt, in der er mich gebeten hat, ihn dort zu treffen." Ihre Stimme überschlug sich beim letzten Wort, dann brach ihre Fassung vollständig zusammen, und sie schluchzte. Sie presste ihr Taschentuch an die Nase und fing an zu weinen, ihre Schultern bebten.

Thorn sah verblüfft aus. „Ähm – Miss Inglebrook?"

Addie holte tief Luft, versuchte etwas zu sagen, schluchzte dann abermals in ihr Taschentuch. Ihr

Weinen war wie ein Eimer kaltes Wasser und rüttelte mich völlig wach. Ich bemühte mich, alles zu hören, was sie sagte, doch ihr Weinen wurde stärker.

Thorn wandte sich mit hochgezogenen Augenbrauen von ihr ab und dem Sergeant zu. Der Sergeant zuckte die Achseln. Thorn sah Addie wieder an. „Miss Inglebrook, reißen Sie sich bitte zusammen."

Addies Schultern zitterten weiter.

Thorn sagte: „Sergeant, versuchen Sie, Miss Inglebrook ein Glas Wasser zu besorgen. Vielleicht gibt es welches hinter dem Wandschirm. Gehen Sie nachsehen." Ich sprang auf, doch ein kurzer Blick in den Spiegel zeigte, dass der Sergeant den Speisesaal schon halb durchquert hatte. Ich hatte keine Zeit, um zur Tür zu gelangen. Ich raffte meinen Rock und kroch unter den langen Tisch. Ich hoffte, dass das weiße Tuch, das darüber drapiert war, lang genug war, um mich zu verbergen. Ein Paar polierte schwarze Schuhe und dunkle Hosenbeine tauchten im Durchgang auf. Ich hielt den Atem an. Ich war müde und schläfrig gewesen, doch jetzt sprudelte Energie durch mich hindurch.

Die Schuhe verschwanden, und ich zwang mich, ein paar Sekunden zu warten, bevor ich ausatmete, falls der Sergeant in der Nähe des Paravents stand. Seine Stimme kam von der anderen Seite des Raums: „Da ist nichts, Sir. Ich rufe nach einem Diener."

Ich lehnte mich gegen das Tischbein. Ich wollte mich keinen Zentimeter bewegen, aus Angst, ich könnte Lärm machen. Addie schluchzte weiter, doch es wurde weniger. Als ein Dienstmädchen eintraf, schniefte Addie nur noch. Das Klirren von Glas auf Glas erklang, als würde jemand Wasser einschenken. Addie putzte sich die Nase, dankte dem Sergeant für das Wasser und sagte

dann: „Es tut mir leid. Es ist einfach alles so über-
wältigend."

Thorn sagte: „Der Tod der Witwe hat Sie so
aufgewühlt?"

„Nein." Die Heftigkeit in Addies Ton lockte mich
unter dem Tisch hervor. Ich hob das Tuch hoch und
bewegte mich vorsichtig zurück zur Bank, von der aus
ich im Spiegel das Esszimmer sehen konnte. Addies
Augen waren rot und ihr Gesicht fleckig, doch ihr Mund
zeigte eine Entschlossenheit, die ich noch nie zuvor
gesehen hatte.

„Warum sind Sie dann bekümmert?"

Addie stellte das Glas mit einem dumpfen Schlag ab.
„Weil Rollo gegangen ist, und es ist alles ihre Schuld."

„Ich bin mir nicht sicher, ob ich das verstehe", sagte
Thorn. „Warum erzählen Sie mir nicht von Anfang an,
was passiert ist? Wer ist Rollo?"

Addie räusperte sich und sagte, nachdem sie sich die
Augen gerieben hatte: „Rollos vollständiger Name ist
Roland Weatherspoon. Er hat mir eine Nachricht
geschickt und mich gebeten, ihn an der Achilles-Statue
zu treffen."

Ihre Emotionen schienen sie wieder übermannen zu
wollen, und Thorn sagte schnell: „Hyde Park, ja. Das
haben Sie erwähnt."

Addie drückte das Taschentuch an ihre Augen. „Ich
hatte keine Ahnung. Überhaupt keine Ahnung. Ich
fühlte mich so unbeschwert und glücklich, als ich das
Haus verlassen habe. Ich wusste, dass er gleich einen
Antrag machen würde."

„Wie haben Sie das gewusst?"

Addie lächelte, und selbst mit ihrem fleckigen
Gesicht sah sie hübsch aus. „Ein Mädchen weiß sowas.

Es hatte kleine Hinweise gegeben. Wir haben sogar ein paarmal darüber gesprochen … wie schön es wäre, verheiratet und die ganze Zeit zusammen zu sein." Addies Blick senkte sich. Sie zupfte an ihrem Taschentuch. „Aber als ich im Park ankam, sah Rollo schrecklich aus. Ich habe ihn gefragt, ob er krank sei, doch er sagte nein. Er hatte schlechte Nachrichten."

Ihr Kinn zitterte, und sie presste ihr Taschentuch für einen Moment auf ihren Mund. „Er wurde auf große Reise geschickt. Seine Familie kann es sich nicht leisten, aber sie schicken ihn weg, um ihn von mir fernzuhalten. Sie halten mich für ungeeignet."

Überraschung zeigte sich auf Thorns Gesichtszügen, und Addie fügte schnell hinzu: „Ich habe keine Mitgift, und Rollos Familie besteht darauf, dass er Geld heiratet."

„Und Sie glauben, die Witwe hatte etwas mit dieser Entscheidung zu tun, ihn wegzuschicken?", fragte Thorn verwirrt.

„Ich weiß, dass sie es getan hat. Sie hat eine Nachricht an Rollos Mutter geschickt und ihr mitgeteilt, dass wir es ernst meinten. Die Witwe schlug vor, Rollo wegzuschicken. Seine Mutter hat ihm das alles erzählt, und er hat es mir erzählt. Alles war für seine Abreise an diesem Tag arrangiert worden, ein Zug an die Küste und dann eine Kanalüberquerung nach Frankreich, alles begleitet von seinem Kammerdiener, der dafür sorgen soll, dass Rollo nicht zurückkehrt. Rollo hatte kaum Zeit, sich von mir zu verabschieden." Ihre Stimme wechselte von Trauer zurück zu Entschlossenheit. „Aber die Entfernung spielt keine Rolle. Wir lieben einander. Rollo wird mir jeden Tag schreiben und ich ihm. Wenn er zurückkommt, wird seine Familie sehen, dass er niemals jemand anderen heiraten wird, und dann müssen sie uns heiraten lassen."

Ich bewunderte ihre Überzeugung, dass Rollo ihr treu bleiben würde, doch ich fragte mich, ob seine Hingabe eine lange Reise überdauern würde. Es war ein effizienter Weg, ein junges Paar zu trennen. Ich hatte von mehreren Familien gehört, die diese Taktik anwandten, um das zu beenden, was sie als „ungeeignete" Verbindungen bezeichneten.

Thorn nickte, doch ich sah auch den Zweifel in seinem Blick. „Das tut mir leid, Miss Inglebrook. Was ist passiert, nachdem Ihr junger Mann Ihnen diese Neuigkeiten mitgeteilt hat?

„Wir mussten Abschied nehmen." Sie schniefte, brach aber nicht wieder in Tränen aus. „Ich bin hierher zurückgekommen und habe den Rest des Tages in meinem Zimmer verbracht. Ich wollte mit niemand anderem sprechen."

„Sie haben mit niemandem gesprochen?"

„Nun, Gigi hat zweimal an meine Tür geklopft. Sie hat gefragt, ob es mir gut gehe. Später hat sie mich zu einer Schnitzeljagd eingeladen, aber ich konnte nicht. Ich konnte niemandem unter die Augen treten."

Thorn legte seinen Bleistift weg und widmete sich ganz dem Studium von Addies Gesicht. „Sie hatten einen sehr guten Grund, auf die Witwe wütend zu sein."

„Ich war wütend auf sie. Es tut mir leid, dass sie tot ist, weil ich weiß, dass ihre Familie um sie trauern wird, aber wenigstens kann sie sich nicht mehr in das Leben anderer einmischen."

KAPITEL DREIZEHN

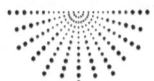

*T*horn entließ Addie, und Elrick erschien in der Tür. „Lady Gina möchte Sie darüber informieren, dass das Frühstück im Frühstückszimmer bereitsteht, falls Sie daran teilnehmen möchten."

Thorn klappte sein Notizbuch zu. „Exzellente Idee. Kommen Sie mit, Sergeant. Nach dem Essen werde ich mit Inglebrook sprechen und den Familienanwalt Mr. Tower ausfindig machen. Er sollte –" Thorns Stimme verklang, als sie den Raum verließen.

Ich wartete ein paar Augenblicke, dann spähte ich um den Rand des Paravents herum. Ein Dienstmädchen eilte herein, und ich wich zurück in den Schatten. Sie sammelte das Glas und den Krug ein und ging wieder.

Ich zählte bis zwanzig und rannte dann durch den leeren Raum zur Tür. Ich steckte meinen Kopf in den Flur. Als ich sah, dass er leer war, lief ich in die dem Frühstücksraum entgegengesetzte Richtung und eilte nach oben.

Gigi füllte meine Kaffeetasse nach und stellte die Kanne mit einem Knall ab, der die silbernen Teelöffel auf dem Tablett zum Klappern brachte. „Also hatte ich recht. Inspector Thorn verdächtigt mich."

„Ja, aber du bist bei weitem nicht die einzige mit einem Motiv."

„Ein schwacher Trost." Ihr Löffel klapperte energisch gegen das Porzellan, als sie Zucker in ihren Kaffee rührte.

Wir waren in Gigis Salon, einem gemütlichen Zimmer mit Chintz-Sesseln und gold- und cremefarben gestreiften Tapeten. Hohe Fenster blickten auf den kleinen Garten hinter dem Haus. Winterliches Sonnenlicht fiel in hellen Quadraten auf den topasblau und rosa gemusterten Axminsterteppich. An einer Wand standen die mit Goldfiligran verzierten Doppeltüren zu Gigis Schlafzimmer offen, und an einer anderen umrahmte ein weißer Marmorsims den Kamin. Grüße ihrer Tanzpartner vom Vorabend – zwei Blumensträuße, einer mit Rosen und der andere mit Gardenien – ruhten zusammen mit einer Schachtel Pralinen auf dem niedrigen Tisch zwischen uns.

Meine Füße, die jetzt in meinen bequemsten Schuhen steckten, lagen auf einem flauschigen Fußschemel und zeigten in Richtung Feuer. Ich nippte an dem Kaffee, und die heiße Flüssigkeit schoss durch mich hindurch und weckte mich auf.

Gott sei Dank hatte ich es in mein Zimmer geschafft, ohne jemandem zu begegnen. Der Anblick von mir in meinem goldenen Abendkleid hätte für Stirnrunzeln gesorgt, von Fragen ganz zu schweigen. Ich hatte gebadet und das dunkelste Kleid angezogen, das ich mitgebracht hatte, ein Crêpe de Chine-Tageskleid in Marineblau mit Perlmuttknöpfen und weißen Paspeln. Auch Gigi hatte sich umgezogen. Ihr elegantes schwarzes Seidenkleid flüsterte, als sie ihre Schuhe abstreifte und ihre Füße unter ihren Rock steckte.

Ich hatte Gigi eine Zusammenfassung dessen gegeben, was ich im Speisesaal gehört hatte. Sie hielt die Kaffeetasse auf Kinnhöhe und sah mich darüber hinweg an. „Inspector Thorn glaubt nicht ernsthaft, dass Felix das hätte tun können."

„Glaubst du, dass er dazu imstande ist?"

„Nein, natürlich nicht." Sie sprach schnell und mit absoluter Sicherheit. „Wenn Felix eine Spinne im Bad findet, fängt er sie mit Glas und Papier, trägt sie in den Garten und lässt sie frei."

„Aber du hast dir Sorgen um ihn gemacht. An dem Tag, an dem ich hier war, ist mir aufgefallen, wie du ihn im Salon mit deinem Blick verfolgt hast."

Sie richtete sich auf. „Das war anders."

„Was meinst du?"

Sie blickte stirnrunzelnd in ihre Tasse und sagte dann in vorsichtigem Ton: „Ich hatte Angst, dass er *sich* etwas antun könnte."

„Oh. Ich verstehe."

„Er ist ein sensibler Junge. Grannys Einmischung bei der Kritik hätte ihn in eines seiner melancholischen Tiefs schleudern können. Doch er kommt immer wieder raus. Du hast ihn in den Grafton Galleries gesehen – glücklich wie ein Honigkuchenpferd. Und du hast gesagt, er hat hart gearbeitet – zumindest laut Clara – also kann er es nicht getan haben."

„Doch wenn ihm ein erfolgreiches Stück so viel bedeutet, gibt es ihm ein Motiv. Und er war eindeutig besorgt, dass der Inspector ihn als potenziellen Verdächtigen sehen würde."

Gigi nippte unbeirrt an ihrer Tasse. „Felix war schon immer jemand, der sich viele Sorgen macht. Wenn er aus seinem Schreibkokon aufgetaucht ist, wurde ihm klar, dass er als Verdächtiger angesehen werden könnte, also hat er natürlich versucht, den Verdacht abzuwenden. Doch er hatte nichts zu gewinnen. Er steht nicht in Grannys Testament."

„Mrs. Dowd schien sich sicher zu sein, dass deine Großmutter vorhatte, ihr Testament zu ändern."

Gigi verzog das Gesicht, ihre Mundwinkel zogen sich nach unten, als sie einen Schluck Kaffee trank. „Wie ich schon sagte, Granny hat ständig gedroht, ihr Testament zu ändern. Doch sie hat es nie getan."

„Aber da kannst du dir nicht sicher sein."

„Natürlich kann ich. Einmal habe ich sogar Benny danach gefragt." Ich muss verwirrt ausgesehen haben, denn sie sagte: „Mr. Tower, vom Abendessen. Wir haben ihn auch in den Grafton Galleries gesehen. Erinnerst du dich an ihn? Nicht sonderlich attraktiv, aber treu und diplomatisch."

„Gigi! Er ist ein perfekt aussehender Mann."

„Darling, ich wollte nicht unhöflich sein. Es ist nur so, neben Captain Inglebrook ist Benny ziemlich langweilig – zumindest sein Gesicht. Benny hat die entzückendsten breiten Schultern." Sie grinste. „Ich glaube, ich werde ihm das eines Tages sagen, nur um seine Reaktion zu sehen. Aber zurück zur Sache." Sie stellte ihre Tasse ab und griff nach einer Zigarette. „Ich habe Benny gefragt, wie oft Granny ihr Testament geändert hat, und er sagte, kein einziges Mal." Sie klappte das Feuerzeug zu und blies eine Rauchwolke von mir weg.

„Nicht ein einziges Mal! Dutzende Male hat sie gedroht, es zu ändern, und es nie getan. Ich kann nicht glauben, dass sie es jetzt wirklich tun wollte."

Gigi legte die Zigarette auf den Aschenbecher und ging, um ein Fenster einen Spaltbreit zu öffnen. Sie ließ sich wieder aufs Sofa fallen und nahm die Zigarette. „Ich vermisse meine geliebte Zigarettenspitze." Sie streckte ihre Hand aus, ihre Handfläche und Finger flach, als würde sie einen Ring bewundern, doch es war die Zigarette, die sie zwischen ihren Fingern balancierte. „Es ist nicht annähernd so elegant, wenn man eine Zigarette mit den Fingern hält. Also, zurück zu Felix", sagte sie zwischen den Zügen, „ich verspreche dir, dass er an dem Tag, an dem Granny vergiftet wurde, nur an sein Stück gedacht hat, an nichts anderes."

„Bei Felix bin ich mir nicht so sicher. Ob er den ganzen Tag getippt hat oder nicht, er war im Haus und hatte die Gelegenheit, Arsen in das Essen der Witwe zu mischen."

„Arsen!" Gigi schüttelte den Kopf, als sie an der Zigarette zog. „Es ist zu absurd." Sie atmete aus. „Aber es nutzt nichts, sich mit dem aufzuhalten, was nicht geändert werden kann. Das war einer von Grannys Lieblingssprüchen, also konzentrieren wir uns auf das Hier und Jetzt." Ihr Ton wurde forsch. „Mrs. Dowd war die Nächste, hast du gesagt. Ich bin sicher, sie ist bereit, meinen Hals für die Schlinge des Henkers zu messen."

„Sie mag dich nicht."

„Das ist milde ausgedrückt."

„Glaubst du, sie hätte es tun können?"

„Granny vergiften? Definitiv nicht." Gigi schüttelte so heftig den Kopf, dass ihre kurzen Haarsträhnen gegen ihre Wangen flatterten. „Mrs. Dowd war Granny gegenüber schrecklich loyal."

„Auch wenn Mrs. Dowd ein Vermächtnis erwartet?"

„Es gibt kein Vermächtnis. Granny hat das deutlich gemacht. Sie hat ihre Diener gut bezahlt – sehr gut – also gibt es dafür kein Motiv. Und jetzt ist sie arbeitslos. Nein, dass Mrs. Dowd es getan hätte, ergibt keinen Sinn."

„Nun, Clara ist jetzt auch arbeitslos."

„Ja, das arme Ding. Ich bin sicher, wir finden etwas anderes für sie." Gigi nahm die Schachtel mit Fortley's Chocolates. Sie bot mir eine Praline an, doch ich schüttelte den Kopf. Sie nahm eine und untersuchte sie, während sie sprach. „Wen vergesse ich? Du sagst, der Inspector hat auch Stella verhört?"

„Ja, aber ich glaube nicht, dass er sie verdächtigt hat. Er wollte einfach Informationen von ihr."

Gigi nickte beim Kauen und sagte dann: „Das erscheint mir sinnvoll. Stella hatte nicht viele Interaktionen mit Granny, und ich sehe nicht, wie Stella von Grannys Tod profitieren würde. Aber Addie – ich kann sehen, dass sie wütend ist. Granny hat für Addie alles ruiniert."

Ich neigte meinen Kopf. „Hat sie das?"

„Was meinst du?"

„Anscheinend sind Rollos Eltern gegen die Verbindung gewesen, da sie wollten, dass er Geld heiratet. Die Witwe hat es nur beschleunigt."

Gigi wischte einen Schokoladensplitter von ihren Fingern. „Da hast du wohl recht."

„Und was würde es ihr bringen, die Witwe zu töten?", fragte ich.

Sie hielt die geöffnete Pralinenschachtel wieder in meine Richtung. „Bist du sicher, dass du keine willst?"

Ich schüttelte den Kopf, und Gigi schloss den Deckel der Pralinenschachtel wieder und warf sie in den Mülleimer. „Ich erlaube mir nur eine. Sonst würde ich nie in meine Kleider passen."

Als sie zu ihrem Platz zurückkehrte, sagte ich: „Rollo wurde weggeschickt. Der Witwe Schaden zuzufügen, würde nichts ändern."

„Rache." Gigi drückte die Zigarette aus. „Unterschätze niemals den Reiz der Rache."

„Glaubst du, Addie würde das tun?" Gigi kannte Addie besser als ich. Addies sonniges Gemüt passte nicht zu Rachegedanken. Doch Addies Stimme war fest gewesen, und sie hatte es vollkommen ernst gemeint, als sie gesagt hatte, sie sei froh, dass die Witwe tot sei.

„Ich glaube nicht, aber ich kenne sie nicht besonders gut. Sie war sehr fröhlich – sogar lebhaft – doch das könnte der Zauber der Liebe sein. Sobald ihr der genommen wurde – nun, ich nehme an, es ist möglich, dass sie entschieden haben könnte, dass sie sich an der Witwe rächen wollte. Doch wie konnte sie wissen, wo das Arsen aufbewahrt wurde?"

„Sie hätte es selbst in einer Apotheke kaufen können. Ich bin sicher, Thorn wird das überprüfen."

Gigi seufzte. „Ich glaube nicht wirklich, dass es irgendjemand in Alton House getan hat. Hat der Inspector jemanden gefragt, ob Granny Angst hatte?"

„Nein. Es scheint nicht, dass er dem nachgehen will. Aber ich denke, das könnte die Antwort sein."

„Ich stimme zu. Ich habe Dr. Benhurst bereits eine Nachricht geschrieben. Er wird das genaue Datum haben, an dem Granny und ich krank waren, doch ich erinnere mich, dass wir an diesem Abend beide dasselbe Essen gegessen haben, Lammkoteletts und junge Karotten mit Curry. Felix hat an diesem Abend auch mit uns gegessen. Er hatte nichts. Der Lammeintopf der Diener wurde mit den gleichen Zutaten zubereitet, und keiner von ihnen wurde krank."

„Hast du damals etwas geahnt? Wurde Dr. Benhurst deshalb gerufen?"

„Nein, es war mehr, um Granny zu beruhigen. Ich fand, dass sie überreagiert hat, doch ich habe Mrs. Monce gefragt, ob jemand anderes dasselbe Essen gegessen hatte. Als mir klar wurde, dass nur Granny und ich krank waren, ließ ich Elrick Dr. Benhurst anrufen. Er sagte, Granny und ich hätten eine leichte Grippe, also habe ich es abgeschrieben."

„Was ist mit dem Automobil?"

Gigi ging zum Fenster und starrte mit verschränkten Armen hinaus. „Ich habe heute Morgen darüber nachgedacht und nachgedacht, und ich kann mich an nichts anderes erinnern. Es ging alles so schnell. Wir gingen die Straße entlang, und ich hörte einen Motor. Es war am Rande meines Bewusstseins, wenn du verstehst, was ich meine. Ich dachte nicht daran, aber dann schrie jemand in unserer Nähe auf, und ich bemerkte, dass der Motor lauter war. Ich drehte mich um, und die Scheinwerfer waren auf uns gerichtet. Da habe ich Grannys Arm gepackt, und sie an die Fassade des Hauses gezogen. Doch zu diesem Zeitpunkt war das Automobil schon wieder auf die Straße geschwenkt. Es brauste an uns vorbei und fuhr weiter."

„Welche Farbe hatte es?"

Gigi starrte immer noch aus dem Fenster. „Es könnte dunkelbraun oder schwarz gewesen sein. Ich bin mir nicht sicher. Ich habe mich auf Granny konzentriert und mich vergewissert, dass es ihr gut ging. Ich kann nicht einmal mit Sicherheit sagen, was für ein Wagen es war."

„Und du bist sicher, dass du den Fahrer nicht gesehen hast? Nicht einmal ein kurzer Blick?"

„Nein. Als ich gesehen habe, dass das Auto auf uns zu kam, habe ich mich darauf konzentriert, uns von der Straße wegzubringen."

„Erinnerst du dich, wo es passiert ist?"

„Hardcastle Street. Granny war so aufgewühlt, dass wir in einen kleinen Teeladen gegangen sind und uns für einen Moment hingesetzt haben. Ich habe ihr eine Tasse Tee bestellt, damit sie sich beruhigen konnte."

„Dann lass uns dorthin gehen. Vor Ort zu sein könnte dir helfen, dich zu erinnern."

Gigi wandte sich vom Fenster ab. „Ausgezeichnete Idee. Hier zu warten ist furchtbar."

Der Tag war wolkenlos. Als wir im Sonnenschein spazieren gingen, fühlte es sich nicht extrem kalt an. Ich zog nicht einmal meine Handschuhe an, als wir zu Fuß zur Hardcastle Street gingen. Gigi sagte: „Schau dir all diese Leute an, die zu so einer erbärmlich frühen Stunde unterwegs sind."

„Gigi, es ist fast Mittag."

Ein Grinsen verzog ihre Mundwinkel. „Wie ich schon sagte, eine erbärmlich frühe Stunde."

„Kommt dir irgendetwas bekannt vor?"

Sie blieb stehen und blickte die Straße hinauf und hinunter. „Nein. Gehen wir noch ein Stück weiter." Wir schlenderten weiter, an einem Teeladen vorbei. Nach einem weiteren Block blieb sie wieder stehen. „Ich habe keine Ahnung, ob es hier passiert ist. Es könnte in der Nähe des Teeladens da hinten gewesen sein, aber ich bin mir nicht sicher. Ich weiß es einfach nicht, und nichts weckt meine Erinnerung."

„Lass uns zurück zum Teeladen gehen. Vielleicht erinnern sie sich dort an dich."

Eine Glocke läutete, als wir den überfüllten Laden betraten. Gigi trat vor, um ein Serviermädchen auf dem Weg zu einem Gast anzuhalten, doch ich ergriff Gigi am Arm und nickte zu einem Tisch.

„Lass uns bestellen. Es ist immer besser, ein bisschen Geld auszugeben, bevor man Fragen stellt", sagte ich, als ein Serviermädchen mit zu großer Brille an unseren Tisch kam.

Doch als sie mit unserem Tee zurückkam, fragte ich sie, ob sie sich an einen Vorfall erinnere, bei dem zwei Frauen beinahe von einem Automobil überfahren worden waren. Sie schüttelte den Kopf. „Ich arbeite erst seit einer Woche hier. Lassen Sie mich Harriet holen." Sie rief eine andere Frau, die etwas älter war und ungeduldig aussah.

Die Frau sah Gigi an und nickte. „Ja, ich erinnere mich. Ich erkenne Ihren Mantel." Sie neigte ihren Kopf zu Gigis Zobel. „Richtig schön ist der. Und Sie waren mit einer älteren Frau hier, einer Lady mit einem feinen Hut mit Fischadlerfedern."

„Das stimmt", sagte Gigi. „Was für ein gutes Gedächtnis Sie haben. Das war meine Großmutter. Wir hatten einen kleinen Schrecken auf der Straße. Ein Auto war auf uns zu geschlingert. Haben Sie es zufällig gesehen?"

Die Aufmerksamkeit der Frau richtete sich auf einen anderen Tisch, als ein Gast ihr ein Zeichen gab. „Nein. Wir sind zu beschäftigt, um von irgendetwas draußen Notiz zu nehmen. Ich habe keine Zeit für sowas." Die

Frau wandte sich ab, nachdem sie einen weiteren Blick auf Gigis Mantel geworfen hatte.

Wir aßen unseren Toast auf und tranken unseren Tee, dann setzten wir unseren Spaziergang fort. Nach einigen Schritten blieb Gigi stehen. „Das ist sinnlos, Olive. Ich werde mich nicht plötzlich an etwas erinnern."

„Olive!"

Wir drehten uns beide in die Richtung des Schreis. Jasper, in einem grauen zweireihigen Wollmantel, winkte uns von der anderen Straßenseite zu. Er wartete darauf, dass sich der Verkehr ein wenig beruhigte, und rannte dann über die Straße.

„Meine Güte", sagte Gigi, als wir auf ihn zugingen, „er kann es kaum erwarten, dich zu sehen."

„Das ist nicht meinetwegen, da bin ich mir sicher."

„Darling, Jasper rennt normalerweise nicht."

„Nur bei Schnitzeljagden."

„Und wenn er versucht, zu dir zu kommen", flüsterte Gigi, als er näherkam.

Jasper hob seinen Fedora, als er uns begrüßte, und sein blondes, welliges Haar sprang hervor, als es nicht mehr vom Hut plattgedrückt wurde. „Olive, altes Mädchen. Gigi, altes Ding."

„Hallo, Jasper", sagte ich und dachte, dass sein Butler, Grigsby, die lässige Art, wie Jasper sich seinen Hut wieder auf den Kopf setzte, nicht gutheißen würde.

„Ich habe gerade die Neuigkeiten über die Witwe in meinem Club gehört. Es tut mir leid, Gigi. Schreckliche Dinge passieren."

„Danke, Jasper. Es ist zu schrecklich. Ich bin mir ziemlich sicher, dass ich gleich aufwachen werde und das Ganze ein Traum gewesen sein wird, doch gleichzeitig ist es zu real. Gott sei Dank habe ich Olive hier, die mir hilft herauszufinden, was wirklich passiert ist. Es ist schön, dich zu sehen, Jasper, aber ich muss meinen Eltern ein Telegramm schicken. Wärst du ein Schatz und begleitest Olive nach Hause?"

„Das ist nicht nötig –", sagte ich.

„Es wäre mir ein Vergnügen." Jasper warf mir einen langen Blick zu.

Es waren nur Worte – höfliche Worte –, doch aus irgendeinem Grund, als ich ihn „Vergnügen" sagen hörte, begann mein Inneres ein wenig zu tanzen.

„Wunderbar!" Gigi verabschiedete sich von Jasper und mir, dann drehte sie sich um, sodass nur ich sehen konnte, wie sie mir zuzwinkerte. Sie schritt mit flatterndem Zobelmantel davon und winkte nach einem Taxi. Gigi hatte nie ein Problem, eines anzuhalten. Ein Taxi überquerte eine Fahrspur und hielt neben ihr an. „Viel Spaß, ihr zwei!", rief sie, bevor sie die Tür zuschlug.

Jasper bot mir seinen Arm an. „Ich möchte natürlich alles darüber hören, doch das ist vielleicht kein idealer Ort, um über eine Vergiftung zu sprechen."

„Hast du auch davon gehört?", fragte ich überrascht.

„Ja, das war das Erste, was ich gehört habe – eine Vergiftung in einem Herrenhaus in Mayfair. Die Nachricht hat sich bis jetzt wahrscheinlich in ganz London herumgesprochen."

„Ich bin sicher, du hast recht." Die Details waren pikant. Natürlich verbreitete sich die Geschichte schnell.

„Wir sind nicht weit von Gunter's entfernt. Möchtest du auf einen Tee mit mir kommen?"

Ich hatte eigentlich schon viel zu viel Tee und Kaffee getrunken, doch ich wollte mit ihm über alles reden. Ich legte großen Wert auf seine Meinung. „Großartige Idee."

KAPITEL VIERZEHN

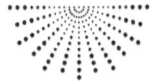

Sobald wir an unserem Tisch im Gunter's saßen und unser Eis mit Sahne und Löffelbiskuits mit rosa Zuckerguss serviert bekommen hatten, sagte Jasper: „Es hört sich so an, als ob sich dieser neue Fall als etwas anderes herausgestellt hat, als du erwartet hast."

„Ganz anders." Ich erzählte ihm, wie Gigi dafür gesorgt hatte, dass ich Thorns Vernehmungen belauschen konnte. „Ich weiß, dass das nicht sauber ist, aber wir haben einige sehr nützliche Dinge erfahren … obwohl Gigi sich weigert zu glauben, dass irgendjemand in Alton House etwas mit dem Tod der Witwe zu tun haben könnte."

„Nein?"

„Sie ist sich sicher, dass es jemand von außen war, vor allem wegen der Geschichte mit dem Automobil, denke ich. Für Eiscreme ist es zu kalt. Möchtest du meins?" Ich bot Jasper meine Schale an.

„Grigsby wird mich kritisch ansehen und mir morgen sagen, dass meine Weste zu eng ist, da bin ich mir sicher, aber ich mache es mir zur Devise, nie Essen abzulehnen, das mir eine Dame angeboten hat." Er griff nach seinem Löffel. „Du scheinst zu zögern, Gigis Einschätzung zuzustimmen, dass diejenigen, die der Familie nahestehen, unschuldig sind."

„Ich habe das Gefühl, dass alle Wege irgendwie nach Alton House zurückführen." Ich blickte an den Gästen vorbei auf das Grau und Weiß der Platanenstämme auf der anderen Straßenseite am Berkeley Square. Das Sonnenlicht fiel durch die dicken, kahlen Äste und dünnen Zweige und bildete ein Maßwerk gegen den hellblauen Himmel. „Ich wünschte, ich wüsste mehr über die Beteiligten. Ich habe Felix, Clara und Addie gerade erst kennengelernt – und ich habe nur ein paarmal mit Stella und Mrs. Dowd gesprochen."

„Ich könnte mich über Felix in der Schule und über Claras Arbeit im Krieg erkundigen. Vielleicht hat sie dir nicht die ganze Geschichte über ihre Zeit im Krankenhaus erzählt."

„Würdest du das tun, Jasper? Das wäre wunderbar." Ich hatte aus einem früheren Fall gelernt, dass manchmal der Hintergrund einer Person genauso wichtig ist wie die gegenwärtigen Umstände. „Ich werde Boggs heute Nachmittag kontaktieren und fragen, ob er etwas über Stella und Mrs. Dowd herausfinden kann."

„Klingt nach einem ausgezeichneten Plan."

Ich hatte Boggs bei einer anderen Ermittlung kennengelernt. Mit seiner Fähigkeit, sich behände durch die Gesellschaftsschichten zu bewegen, war er beim Sammeln von Informationen von unschätzbarem Wert.

„Du hast also keine Bedenken, der Sache nachzugehen?"

„Ich habe Gigi versprochen, ihr zu helfen. Sie hat die Sorgen ihrer Großmutter abgetan, und schau, was passiert ist. Ich muss mein Versprechen halten und ihr helfen. Außerdem ist da noch Thorn. Er scheint den Verdächtigenkreis ungern über Gigi hinaus auszuweiten."

Jasper schwenkte den Löffel über der schmelzenden Eiscreme, sein Gesicht nachdenklich. „Die Witwe hat ihr Testament nie wirklich geändert, obwohl sie ihre Absicht dazu öffentlich gemacht hat?"

„Gigi glaubt das."

Jasper kratzte das letzte Eis auf seinen Löffel. „Wenn bekannt war, dass die Witwe ihr Testament nie geändert hat, warum wurde sie dann vergiftet?"

„Das ist eine sehr gute Frage. Wenn ihr Tod nichts mit dem Testament zu tun hat, worum ging es dann?"

Jaspers Löffel klirrte, als er ihn in die leere Schüssel legte und seinen Blick auf mich richtete. „Es hört sich an, als hätten du und Gigi alle Verdächtigen bis auf einen besprochen."

„Du meinst Gigi selbst."

„Ich spreche das nur ungern an. Ich weiß, dass sie eine enge Freundin ist, aber sie war auch im Haus."

„Der Gedanke ist mir gekommen, aber man platzt nicht mit einer Frage heraus wie: *Gigi, du hast deine Großmutter nicht vergiftet, oder?* Sowas tut man einfach nicht."

„Das wäre natürlich nicht angebracht, aber so, wie ich Gigi kenne, würde ihr das wahrscheinlich nichts ausmachen."

Ich musste lächeln. „Ich bin sicher, du hast recht. Sie hat Inspector Thorn gesagt, dass sie den ganzen Morgen geschlafen hat."

„Doch sie hat mit der Witwe Tee getrunken."

„Ja, das hat sie. Wenn wir nur wüssten, wann die

Witwe das Arsen zu sich genommen hat. Das könnte den Kreis erheblich eingrenzen."

„Es sollte nicht schwer sein, das herauszufinden", sagte Jasper. „Es scheint, dass es in den Zeitungen immer einen Artikel über einen schrecklichen Fall von Arsenvergiftung gibt. Wir könnten wahrscheinlich die Details zum Timing aus diesen anderen Fällen erarbeiten."

„Ich will damit nicht respektlos Essie und ihren Kollegen gegenüber sein, doch die Zeitungsberichte sind normalerweise ziemlich sensationell. Ich bin sicher, dass wir zuverlässigere Informationen aus einem guten Lehrbuch bekommen werden." Ich griff nach meinen Handschuhen, die unter meiner Handtasche auf meinem Schoß lagen, und zog sie an. „Wir brauchen eine Bibliothek."

„Eine noch bessere Idee." Jasper gab dem Serviermädchen ein Zeichen.

Wir entschieden, dass der Tag zu schön war, um mit dem Taxi zum British Museum zu fahren, das auch die British Library beherbergte. Wir gingen schweigend die Straße entlang, meine Hand bei Jaspers untergehakt, während die Sonne unsere Schultern wärmte. Jasper war ein angenehmer Mann, und ich hatte nicht das Bedürfnis, ein Gespräch über das schöne Wetter oder die letzte Party zu erzwingen. Ich dachte darüber nach, was Jasper über Gigi gesagt hatte. Als der Säuleneingang des British Museum in Sicht kam, sagte ich: „Egal, was wir darüber herausfinden, wie lange es dauert, bis Arsen wirkt, ich glaube nicht, dass Gigi es war."

„Warum nicht?", erkundigte sich Jasper akademisch.

„Weil Gigi keine Angst vor Konfrontationen hat. Sie mochte ihre Großmutter nicht. Sie ist die Erste, die das zugibt, doch Gigi war diejenige, die mich gebeten hat zu kommen, um ihr die Sorgen zu nehmen."

„Vielleicht war es ein Bluff."

„Nein, das glaube ich nicht. Gigi ist nicht so hinterhältig. Sie mochte es nicht, dass ihre Großmutter mit ihr im Haus gelebt hat, doch sie hat keinen Hehl aus diesen Gefühlen gemacht. Ich könnte mir vorstellen, dass Gigi ein Verbrechen aus Leidenschaft begeht, etwas mit einem Messer oder einer Schusswaffe. Aber kein Gift."

Wir stiegen die Steinstufen zum Eingang hinauf. „Arsen erfordert ein gewisses Maß an Voraussicht", sagte Jasper. „Obwohl Arsen geschmacks- und geruchlos ist, wäre nur minimale Planung erforderlich."

„Wie kannst du das wissen?"

„Aus all diesen sensationslüsternen Zeitungsartikeln." Er warf mir ein Grinsen zu, als wir aus dem hellen Sonnenlicht in den spärlich beleuchteten Eingang traten und uns auf den Weg zur Bibliothek machten. „Wir werden früh genug herausfinden, ob das korrekt gemeldet wurde."

Wir fanden einen Bibliothekar, und ich sagte: „Bitte eine Wegbeschreibung zur Giftabteilung."

Der Bibliothekar war so erschrocken, dass er fast die Bücher fallen ließ, die er trug. Nachdem er sie fest in seiner Armbeuge platziert hatte, musterte er mich von oben bis unten, sein Blick verweilte mit etwas, das ich für Missbilligung hielt, auf meinen kurzen Haaren. „Und wozu brauchen Sie diese Informationen, junge Dame?"

Jasper trat vor. „Forschung. Meine Begleiterin und ich sind an einer Studie über Gifte, Toxine und Kontaminanten im Rahmen einer Arbeit für die Society of Citizen

Knowledge beteiligt. Vielleicht haben Sie schon von uns gehört, SOCK?"

„Ähm – nein."

„Oh, in diesem Fall würde ich Ihnen gerne etwas über unsere Organisation erzählen –"

Der Bibliothekar hob eine Hand. „Ich fürchte, ich habe keine Zeit."

„Vielleicht könnten Sie uns dann den Weg zu den medizinischen Texten weisen?"

Der Bibliothekar blickte von mir zu Jasper. „Nun, ich denke, das ist akzeptabel ..."

Nachdem der Bibliothekar uns verlassen hatte und wir in der hoch aufragenden Rotunde des Lesesaals Platz genommen hatten, flüsterte ich: „SOCK?"

„Nun, wir sind Bürger und streben nach Wissen, nicht wahr?"

Jemand ein paar Tische weiter sah uns finster an, und wir wandten uns unseren Lehrbüchern zu. Das einzige Geräusch war das Rascheln der Seiten beim Umblättern und mein heiseres Atmen, als ich versuchte, ein Gähnen zu unterdrücken.

Nach einer Viertelstunde sagte Jasper, seine Aufmerksamkeit auf das Buch gerichtet, in dem er blätterte: „Wirklich, Olive, du wirst mich auch gleich einschläfern. Ich fühle mich wie Rip Van Winkle."

„Tut mir leid. Ich bin nicht wie Gigi. Ich bin es nicht gewohnt, bis zum Morgengrauen zu tanzen." Ich hatte aufgehört zu zählen, wie viele Stunden ich ohne Schlaf verbracht hatte. Der zügige Spaziergang im Sonnenlicht war wunderbar gewesen, aber jetzt, wo wir in dem ruhigen, dämmrigen Raum saßen, fühlten sich meine Augenlider an, als wären sie aus Blei.

Der eng geschriebene Text auf der Seite

verschwamm. Ich blinzelte und rollte mit den Schultern, dann fuhr ich mit dem Finger über das Inhaltsverzeichnis des Buches. „Nichts über Arsen hier", flüsterte ich und griff nach dem nächsten Wälzer.

Ich überflog gerade den Index, als Jasper murmelte: „Hier ist etwas. *Bei einer akuten Arsenvergiftung treten die Symptome innerhalb von zwanzig bis vierzig Minuten nach der Einnahme auf.*"

Die Worte waren erschreckend. Kaum eine halbe Stunde und der Körper begann zu reagieren. „Mrs. Dowd sagte, die Witwe habe kaum zu Abend gegessen. Was das angeht, haben wir natürlich nur ihr Wort. Doch sowohl Mrs. Dowd als auch Clara haben gesagt, die Witwe hätte sich früher am Tag nicht gut gefühlt, sie hätte Verdauungsstörungen gehabt."

„Diese Informationen sind also nicht schlüssig."

„Und wenn überhaupt, würde es eher gegen Gigi sprechen. Wenn die Witwe ihr Essenstablett kaum angerührt hat, war das letzte Essen, das sie zu sich genommen hat, während des Tees. Und sie ist nicht zum Abendessen heruntergekommen, also muss sie sich nach dem Tee nicht wohlgefühlt haben."

„Doch wie du schon sagtest, Clara war im Salon", sagte Jasper und fügte dann hinzu: „Und Felix und die Dienstmädchen waren auch im Haus."

Ich klappte das dicke Buch zu und legte es zu den anderen auf den Stapel, mit dem Gefühl, einen Schritt zurück gemacht zu haben. Ich hatte gehofft, dass die Informationen Gigi entlasten würden, doch sie machten sie nur verdächtiger. „Ich sollte zurückgehen, aber danke für den Tee und den Ausflug in die Bibliothek. Das ist immer ein schöner Nachmittag für mich – auch wenn die Antworten, die wir gefunden haben, eher entmutigend sind."

„Es ist immer ein Vergnügen, Zeit mit dir zu verbringen", sagte Jasper, und sein Blick verweilte auf mir.

Ich konzentrierte mich darauf, den Bücherstapel zu ordnen. „Mir geht es genauso", sagte ich, doch Jasper hörte es nicht, weil ein Mann, der an unserem Tisch vorbeiging, ein Buch fallen ließ und Jasper sich bückte, um es für ihn aufzuheben.

Jasper bestand darauf, mit dem Taxi zurück nach Alton House zu fahren. „Ich setze dich ab und fahre von dort aus weiter. Es liegt auf meinem Weg."

Ich stritt mich nicht. Ich war froh über die Fahrt, doch als wir im Taxi saßen und die Sonne hereinströmte und einen gemütlichen Kokon bildete, wurden meine Lider schwer. Angesichts des monotonen Motorbrummens und des sanften Schaukelns des Taxis musste ich wieder ein Gähnen unterdrücken.

In einem Moment saß ich in der Wärme des Taxis, meine Schulter gegen Jaspers gelehnt, und im nächsten flüsterte Jasper meinen Namen.

Mein Gesicht ruhte auf der Wolle seines Mantels, und mir wurde klar, dass Jaspers Arm um mich gelegt war. Ich schmiegte mich an seine Schulter und als ich aufsah, war sein Gesicht nur wenige Zentimeter von meinem entfernt. „Wir sind da." Seine Worte wurden kaum gesprochen, nur für mich hörbar.

„Sie haben gesagt, Sie fahren weiter, Sir?"

Die laute Frage des Fahrers riss mich zurück in die Realität. Was tat ich, zusammengerollt an Jaspers Brust? Es war völlig unangemessen – wunderbar, aber unangemessen. Ich richtete mich abrupt auf, und mir war kalt. „Danke für die Fahrt. Und den schönen Tee bei Gunter's – ähm – einen guten Tag noch." Ich kletterte aus dem

Automobil, bevor Jasper herumkommen konnte, um meine Tür zu öffnen.

Während des ganzen Nachmittags und Abendessens an diesem Abend konnte ich den Ausdruck auf Jaspers Gesicht – und das Gefühl seiner Brust unter meiner Hand, als ich mich aufgerappelt hatte – nicht ganz aus meinem Kopf bekommen.

Jasper legte großen Wert auf sein Aussehen, gab sich jedoch keine Mühe, sich körperlich anzustrengen. Er war nicht jemand, der boxte oder Fechtunterricht nahm. Ich wusste, dass einige der Mädchen dachten, er sei ein bisschen schwächlich, aber seine Brust! Sie war so muskulös und – nun ja, männlich gewesen.

Röte stieg in meine Wangen, und ich trug Creme auf. Ich saß in meinem Nachthemd am Schminktisch, während Stella im Zimmer umherging und meine Kleider wegräumte. Ich hatte erwartet, dass Thorn an diesem Nachmittag zurückkehren würde, um meine Aussage aufzunehmen, doch er war nicht gekommen. Tee und Abendessen waren steife Veranstaltungen gewesen, und niemand war im Salon geblieben. Wir waren alle froh, auf unsere Zimmer zu fliehen, sobald es akzeptabel war.

Ich bemerkte, dass Stellas Bewegungen im Raum aufgehört hatten. Während ich die Creme wegwischte, warf ich einen Blick in den Spiegel, suchte nach ihr und dachte, sie wäre vielleicht gegangen, während ich abgelenkt gewesen war. Doch sie stand regungslos vor dem Kleiderschrank, in der einen Hand mein Unterkleid und in der anderen einen einzelnen Schuh.

Ich nahm meine Haarbürste. „Stella, ist alles in Ordnung?"

Sie erschrak und legte den Schuh weg. „Ja, Miss."

Sie faltete das Unterkleid, schüttelte es dann aus und faltete es erneut. „Wird der Inspector nochmal wiederkommen, Miss?"

„Ja, da bin ich mir sicher." Ich war so auf meine eigene innere Unruhe konzentriert gewesen, dass ich Stella keine Aufmerksamkeit geschenkt hatte, doch jetzt wurde mir klar, dass sie weniger gesprächig als sonst war. Ich drehte mich auf dem Hocker zu ihr um. „Warum fragen Sie?"

„Oh – nur so." Sie glättete die Seide zu einem sauberen Quadrat und legte es schnell weg. „Ist das alles?"

„Ja. Danke, Stella."

Sie nickte und als sie gegangen war, ließ ich Mr. Quigley aus seinem Käfig. Nachdem er zwischen den Kosmetikdosen und meiner Puderquaste auf dem Schminktisch herumgestochert hatte, flatterte er empor und setzte sich auf den Spiegel. Ich bürstete mein Haar und versuchte zu ergründen, ob Stella besorgt oder nur nachdenklich war. Ich konnte mich nicht entscheiden. Ich legte die Bürste weg und ging zum Schreibtisch, wo ich mehrere Blätter herausnahm und mich an die Arbeit machte, alles aufzuschreiben, was passiert war. Ich war müde, doch ich hatte Angst, dass ich etwas Wichtiges vergessen würde, wenn ich nicht alle meine Gedanken und Eindrücke zu Papier brachte.

Mr. Quigley kreischte ein paarmal, dann stürzte er zu mir an den Schreibtisch. Er marschierte über mein Papier hin und her und kreischte, während ich schrieb.

Ich hatte gerade angefangen zu schreiben, als mir ein Dienstmädchen einen Brief auf einem Tablett brachte. Sie behielt Mr. Quigley im Auge, als sie den Raum durchquerte. „Er ist freundlich", sagte ich, als sie endlich zentimeterweise nah genug herankam, damit ich den Brief nehmen konnte.

„Ja, Miss. Ist das alles?"

„Ja, danke."

Sie trat ein paar Schritte zurück und eilte dann davon.

An der Handschrift auf dem Umschlag konnte ich auf den ersten Blick erkennen, dass der Brief nicht von Jasper war. Ich zog das dicke Papier aus dem Umschlag, während Mr. Quigley pfiff. „Er ist von Sebastian", sagte ich zu ihm. „Und ich bin nicht im Geringsten enttäuscht, dass er nicht von Jasper ist." Mr. Quigley drehte seinen Kopf zur Seite. „Überhaupt nicht", wiederholte ich.

Sebastian war am übernächsten Vormittag frei und wollte mich in einer Wohnung treffen, die zur Vermietung stand, falls es mir passte. Einen Moment lang wusste ich nicht, was er meinte. Oh ja. Die Wohnung, die er erwähnt hatte, als wir in den Grafton Galleries waren. Die Wohnung, die ich mir unmöglich leisten könnte. Doch es wäre unhöflich, eine Absage zu schicken. Ich hätte ihm schreiben und das Angebot ablehnen sollen, doch da ich das nicht getan hatte, musste ich einfach einen Grund finden, warum es nicht funktionieren würde. „Vielleicht erlauben sie keine Papageien."

Mr. Quigley breitete seine Flügel aus und stieß einige meiner Seiten zu Boden.

„Keine Sorge, ich lasse dich nicht im Stich. Vielleicht bist du sogar genau die Ausrede, die ich brauche."

Mr. Quigley schien besänftigt und flog an die Decke. Dann stürzte er zu seinem Käfig hinab, wo er aus dem Sturzflug durch die offene Tür sauste.

„Jetzt gibst du nur an", sagte ich, als er aus seiner Wasserschale trank. Ich schloss die Käfigtür und drapierte das Tuch darüber, dann ging ich zurück zum Schreibtisch. Dort nahm ich meinen Stift und wandte mich wieder meinen Notizen zu. Eine Dreiviertelstunde später war ich fertig und hatte die Seiten gerade in die Schublade gelegt, als es an meiner Tür klopfte. Ich dachte, es könnte Addie sein, doch als ich die Tür öffnete, stand Clara davor.

„Tut mir leid, Sie zu stören", sagte sie, „aber ich habe das Licht unter Ihrer Tür gesehen." Sie trug einen abgewetzten Morgenmantel aus Flanell, und ihr Gewicht lastete auf ihrem hinteren Bein, als wollte sie sich umdrehen.

„Schon gut." Ich öffnete die Tür weiter. „Kommen Sie rein." „Oh nein. Ich werde nicht bleiben, ich wollte nur fragen, ob sie eine Kamee-Brosche gesehen haben? Sie ist klein." Sie hielt Daumen und Zeigefinger etwa drei Zentimeter auseinander. „Ich kann sie nicht finden. Der Verschluss auf der Rückseite war locker, und ich fürchte, sie muss abgefallen sein. Ich habe gerade bemerkt, dass sie weg ist, und mir ist klar geworden, dass ich sie das letzte Mal an dem Tag getragen habe, an dem Sie angekommen sind. Gigi hat mich gebeten, dafür zu sorgen, dass Ihr Zimmer vorbereitet ist, und ich habe mich gefragt, ob sie vielleicht hier heruntergefallen ist. Ich habe überall gesucht, wo ich sonst an diesem Tag war."

„Ich habe sie nicht gesehen, aber bitte kommen Sie rein und vergewissern Sie sich, dass sie nicht hier ist."

„Nun, wenn es Ihnen recht ist. Ich möchte Sie nicht stören, aber sie hat meiner Großmutter gehört."

„Das ist überhaupt kein Problem. Sehen wir uns um."

Clara schien mein Zimmer nur widerwillig zu betreten. Ich stieß die Tür ganz auf und begann, die Säume der Vorhänge hochzuheben. Sie folgte mir hinein, und wir suchten überall. Clara ging sogar auf die Knie und spähte unter das Bett und den Schrank. Als sie sich wieder aufrichtete, sagte sie: „Nun, das war ein fruchtloses Unterfangen, aber ich fühle mich besser, jetzt, wo ich nachgesehen habe."

„Es tut mir leid, dass wir sie nicht gefunden haben. Ich hoffe, Sie finden sie. Wenn ich zufällig darauf stoße, bringe ich sie Ihnen."

Sie bedankte sich noch einmal bei mir, schlüpfte hinaus und schloss die Tür lautlos hinter sich. Erst, nachdem ich die Tür geschlossen hatte und ins Bett gekrochen war, wurde mir klar, dass ich sie nach den Ängsten der Witwe hätte fragen sollen. Ich machte meinen schläfrigen Zustand dafür verantwortlich, dass ich nicht schnell genug erkannt hatte, was für eine erstklassige Gelegenheit es gewesen wäre, mit ihr zu plaudern. Clara war häufig in der Gesellschaft der Witwe gewesen. Hatte die Witwe Clara gegenüber ihre Sorgen erwähnt? Ich würde sie morgen früh fragen müssen.

Ich zog die frischen Laken bis zu meinem Kinn hoch. Ich musste gleich eingeschlafen sein, nachdem ich meinen Kopf auf das Federkissen gelegt hatte.

KAPITEL FÜNFZEHN

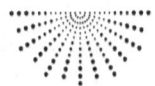

„Guten Morgen", sagte ich zu Clara, als ich im Frühstückszimmer ankam. Elrick kontrollierte das Geschirr auf der Anrichte. Er stellte die neue Kanne Kaffee ab und ging mit der leeren davon. Ich füllte meinen Teller mit Eiern, Toast und Würstchen und setzte mich Clara gegenüber an den Tisch. „Ist Ihre Kamee aufgetaucht?"

„Nein, ich fürchte nicht." Sie legte ihre Serviette neben ihren Teller und klappte einen Gedichtband zu, der neben ihrem Gedeck lag.

Ich bestrich meinen Toast mit Butter. Ich hätte lieber Smalltalk betrieben und mich langsam hochgearbeitet, um ihr meine Frage nach der Witwe zu stellen, doch Clara wollte gerade den Tisch verlassen, und Elrick war nicht im Zimmer. „Clara, darf ich Ihnen eine Frage stellen?"

Clara hatte ihren Stuhl zurückgeschoben, stand aber nicht auf. „Natürlich."

„Es ist ein bisschen seltsam, aber ich denke, Sie können mir vielleicht helfen. Sie waren ziemlich viel in der Gesellschaft der Witwe. Hat sie jemals mit Ihnen darüber gesprochen, dass sie Angst hatte?"

„Nein, niemals."

„Sie klingen überrascht von meiner Frage."

„Nun ja. Die Witwe war nicht von der Sorte, die sich vor irgendetwas gefürchtet hat. Es war umgekehrt. Die Leute hatten Angst vor ihr. Doch auf jeden Fall, selbst wenn sie Angst gehabt hätte, hätte sie sich mir nicht anvertraut." Sie hielt inne, doch als ich nicht näher darauf einging, nahm sie ihr Buch. „Kann ich sonst noch etwas tun?"

„Nein. Ich habe mich nur gefragt, ob sie etwas erwähnt hat."

„Nicht mir gegenüber."

Clara ging, und ich aß mein Frühstück, während ich die Zeitungen durchblätterte. Der Tod der Witwe stand in allen Ausgaben ganz oben. Ich wusste, dass sie die öffentliche Aufmerksamkeit gehasst hätte. Schließlich sollte der Name einer Lady nur zweimal in den Zeitungen erscheinen – einmal bei ihrer Heirat und noch einmal bei ihrem Tod.

Ich goss mir gerade eine zweite Tasse Kaffee ein, als Gigi hereinkam. Sie hatte tiefviolette Ringe unter den Augen und bewegte sich wie eine Schlafwandlerin zum Buffet. „Ich hatte nicht erwartet, dich heute Morgen so früh hier unten zu sehen", sagte ich.

„Felix und ich müssen Vorkehrungen für die Beerdigung treffen. Ich habe von Inspector Thorn die Nachricht erhalten, dass wir alles veranlassen dürfen. Die Beerdigung wird morgen stattfinden, und die Untersuchung findet ebenfalls an diesem Tag statt."

„Meine Güte. Ich hatte nicht erwartet, dass es so bald sein würde."

„Die Beerdigung?"

„Die und auch die Untersuchung."

„Granny hat sehr genaue Anweisungen zu ihrer Beerdigung hinterlassen. Die meisten Vorkehrungen sind getroffen. Felix und ich müssen nur ihren Plan ausführen. Sie hat festgelegt, dass ihre Beerdigung so schnell wie möglich stattfinden und ihr Testament direkt im Anschluss verlesen werden soll. Natürlich war sie niemand, der zu Lebzeiten Zeit vergeudet hat. Es passt perfekt zu ihrer Persönlichkeit, auch aus dem Grab heraus etwas bewegen zu wollen."

„Ich helfe gerne, wo immer ich kann."

„Das ist nett von dir. Deine Schrift ist so viel besser als meine. Vielleicht kannst du mir helfen, die Listen zu schreiben, die ich brauche."

„Natürlich."

„Was die Untersuchung betrifft" – Gigi trank einen großen Schluck von ihrem Kaffee – „ich glaube, die Polizei will die Ermittlungen so schnell wie möglich abschließen. Anscheinend hat die Presse Wind bekommen, und je früher alles geregelt ist, desto besser – jedenfalls für die Polizei."

Felix schob den Kopf durch den Türrahmen. „Fertig, altes Mädchen? Ich habe in meinem Zimmer gefrühstückt, damit ich heute Morgen ein paar Seiten schreiben konnte. Ich bin im Tagessalon, wann immer du bereit bist." Er verschwand.

„Er meint es ernst mit dem ersten Entwurf für sein Stück. Will ihn so schnell wie möglich fertig haben", sagte Gigi und schüttelte den Kopf. „Ich kann mir nicht vorstellen, so früh so wach und munter zu sein." Sie füllte ihren Kaffee auf. „Ich nehme an, ich könnte genauso gut dazu kommen."

„Du isst nichts?"

Gigi wandte sich von den Tellern ab. „Eine Tasse Kaffee und eine Zigarette reichen mir als Frühstück."

Ich ging mit Gigi in den Tagessalon. Eine Stunde später schrieb ich eine Liste mit Dingen, die sie vor der Beerdigung erledigen musste. Mir gegenüber am runden Tisch hatten Gigi und Felix gerade die endgültige Entscheidung für die Blumen getroffen.

Ich legte meinen Stift ab und streckte meine Finger. „Felix, hat die Witwe dir gegenüber jemals erwähnt, dass sie Angst hat oder sich Sorgen macht?"

„Granny und Angst?" Er lachte. Dann verstummte er mit verwirrter Miene. „Du meinst es ernst."

„Ja", sagte Gigi. „Sie hatte Angst."

Felix sah Gigi an, als wäre sie plötzlich in eine Oper geplatzt.

„Hat sie irgendetwas in dieser Richtung zu dir gesagt?", fragte Gigi. „Hat sie sich dir auch anvertraut?"

„Nicht ums Ver– ähm" – Felix rutschte auf seinem Sitz hin und her – „ich meine, eher nicht. Die einzigen Gespräche, die ich mit Granny hatte, waren die über meine Mängel."

Elrick verkündete: „Inspector Thorn."

„Guten Morgen, Lady Gina, Viscount Daley", sagte Thorn, als er den Raum betrat. Der scharfäugige Sergeant folgte Thorn und wartete in der Nähe der Tür.

Ein Aufflackern von Sorge huschte über Gigis Gesicht, doch ihre Stimme war ruhig, als sie sagte: „Ich fürchte, wir sind mitten in den Vorbereitungen für die Beerdigung –"

„Ich will Sie auch gar nicht stören, Lady Gina", sagte Thorn. „Ich würde gern mit Miss Belgrave sprechen."

Ich schob meinen Stuhl zurück. Ich war tatsächlich

überrascht, dass Thorn am Tag zuvor nicht darauf bestanden hatte, mich zu vernehmen. „Vielleicht sollten wir auf die andere Seite des Raumes gehen."

Thorn nickte. Der Tagessalon war nicht so groß wie der Salon, doch als wir uns zu der Gruppe von Sitzmöbeln begeben hatten, die mit apfelgrün gestreiftem Stoff bezogen war, waren wir außer Hörweite von Gigi und Felix. Der Sergeant folgte Thorn und nahm neben uns Platz.

Nachdem ich meinen vollständigen Namen genannt hatte, fragte Thorn: „Und Ihr Wohnsitz?"

Ich gab ihm die Pensionsadresse von Frau Gutler und sagte: „Das war meine letzte Adresse. Ich bin dabei, nach einer neuen Unterkunft zu suchen."

„Sie wohnen also hier bei Lady Gina?"

„Das ist korrekt."

„Dann sind Sie also auf ihre Großzügigkeit angewiesen?"

Ich unterdrückte meine Verärgerung über seine Andeutung, dass ich ein Schmarotzer sei. Nachdem ich Thorn hinter dem Wandschirm im Speisesaal beobachtet hatte, hatte ich seine Technik durchschaut, mit Fragen zu stupsen und zu stoßen und sein Gegenüber aus dem Tritt zu bringen. „Gigi ist eine Schulfreundin von mir. Ich kenne sie seit Jahren. Mir würde nicht im Traum einfallen, mich ihr aufzudrängen. Ich bin auf ihre Einladung hier."

Thorn sagte: „Sie haben also die Witwe gekannt?"

„Nein. Ich habe Alton House nur einmal während unserer Schulferien besucht. Obwohl die Witwe damals hier gewohnt hat, habe ich sie nicht getroffen."

„Wirklich? Warum nicht?"

„Die Witwe war mit verschiedenen Gremien und

Vorsitzen beschäftigt. Sie und Gigi haben nachmittags Tee getrunken, aber ich war nicht eingeladen."

„Ich verstehe." Thorns Ton deutete darauf hin, dass das Fehlen einer Einladung der Witwe bedeuten musste, dass mein Charakter in irgendeiner Weise mängelbehaftet sein musste.

Ich hielt meinen Gesichtsausdruck neutral. Ich würde es mir nicht erlauben, auf seine Provokationen zu reagieren.

„Doch Sie haben die Witwe bei diesem Besuch kennengelernt, nicht wahr?"

„Ja. Gigi hat mich ihr vorgestellt und versucht, sie davon zu überzeugen, mir zu erzählen, was sie beschäftigt hat. Die Witwe war ziemlich besorgt wegen etwas –"

„Ja, das haben Sie schon erwähnt. Wo waren Sie am Vortag und in der Todesnacht der Witwe? Bitte so detailliert wie möglich."

Ich schluckte meinen Protest über sein mangelndes Interesse an den Ängsten der Witwe herunter. Ich berichtete, dass ich Wohnungen angesehen, dann Nachtclubs besucht und schließlich an der Schnitzeljagd teilgenommen hatte. „Und dann sind wir hierhergekommen und haben die Nachricht vom Tod der Witwe erhalten."

„Wie war Ihr Eindruck von der Beziehung zwischen Lady Gina und ihrer Großmutter?"

„Sie schienen sich nicht gut zu verstehen." Diese Information war für Thorn sicherlich nichts Neues.

„Zum Beispiel hat die Witwe einige von Gigis Aktivitäten missbilligt, doch sie hat Gigi nie verboten, sich mit ihren Freunden zu treffen – zumindest habe ich das nie von ihr gehört. Ich hatte auch den Eindruck, dass ihr Gigis Esprit insgeheim gefiel, obwohl sie mit einigen von Gigis Entscheidungen nicht glücklich war."

„Und diese Mordparty", sagte Thorn, „wie hat Lady Gina darauf reagiert, einem Streich auf den Leim gegangen zu sein?"

„Sie war natürlich nicht begeistert, doch man muss Sportsgeist zeigen. Sie hat mitgespielt." Das entsprach nicht ganz der Wahrheit, doch ich hatte nicht vor, Gigi in den Rücken zu fallen. „Haben Sie herausgefunden, wovor die Witwe Angst hatte?", fragte ich noch einmal, bevor er weitere Fragen zu Gigis Reaktion auf die Mordparty stellen konnte.

„Nein." Er nickte dem Sergeant zu, der sein Notizbuch wegsteckte. Zu mir sagte Thorn: „Danke für Ihre Zeit, Miss Belgrave. Vielleicht muss ich noch einmal mit Ihnen sprechen. Verlassen Sie London nicht."

Er und der Sergeant waren weg, bevor ich ihn ein drittes Mal auf die Sorgen der Witwe ansprechen konnte. Er hatte es vermieden, mir zu antworten, doch ich glaubte nicht, dass es daran lag, dass er Informationen hatte, die er nicht teilen wollte. Im Gegenteil, seine Reaktion verriet, dass er meine Frage für völlig irrelevant hielt und nicht einen Moment darauf verschwenden wollte, darüber zu reden.

Gigi verbrachte den Rest des Tages damit, die Beerdigung vorzubereiten, und ich half, wo ich konnte. Später am Nachmittag klingelte Gigi nach Mrs. Dowd und bat sie, uns im Zimmer der Witwe zu treffen. Mrs. Dowd sah so streng aus wie immer, doch sie beugte sich ein wenig, als Gigi sagte: „Mrs. Dowd, ich brauche Ihre Meinung dazu, welches Kleid für die Beerdigung am besten geeignet wäre."

„Der schwarze Samt mit den Seideneinsätzen", sagte Mrs. Dowd sofort.

„Danke. Das klingt perfekt."

Ein Dienstmädchen trat ein und sagte: „Telefon für Sie, Lady Gina."

Gigi nickte und wandte sich Mrs. Dowd zu: „Darf ich das Ihnen überlassen?"

„Ich werde mich um alles kümmern", sagte Mrs. Dowd.

Gigi ging. Ich folgte ihr, blieb aber stehen, bevor ich den Raum verließ. „Mrs. Dowd, hat die Witwe jemals mit Ihnen darüber gesprochen, dass sie Ängste oder Sorgen hatte?"

Mrs. Dowd schnaubte. „Nein, Miss." Sie nahm das schwarze Kleid aus dem Kleiderschrank. „Es wäre nicht angemessen gewesen, wenn sie das getan hätte. Die Witwe war eine Lady. Sie hätte ihre Bediensteten nicht mit Sorgen belastet, selbst wenn sie welche gehabt hätte." Ihr Tonfall sagte, dass das Thema für sie abgeschlossen war. „Kann ich sonst noch etwas für sie tun?"

„Nein. Danke." Ich ging mit dem Gefühl, dass ich Gigi in dieser Sache mit ihrer Großmutter sehr wenig von Nutzen sein würde, auf den Flur hinaus.

Das Abendessen an diesem Abend fand wieder in gedämpfter Stimmung statt. Addie hatte ein Tablett auf ihr Zimmer bringen lassen, also waren nur Gigi, Felix, Clara und ich da. Wir bemühten uns, uns normal zu benehmen, doch da wir es vermieden, über das Thema zu sprechen, das uns am meisten beschäftigte, war die Unterhaltung mühsam. Nach dem Abendessen spielten wir ein paar halbherzige Bridgepartien, dann zog sich Clara für die Nacht zurück, und der Rest von uns folgte wenig später.

KAPITEL SECHZEHN

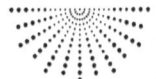

*J*ch erwachte aus einem tiefen Schlaf und nahm allmählich Geräusche aus dem Flur wahr. Eine Tür schlug zu, und ich drehte mich um, um auf das leuchtende Zifferblatt meiner Uhr zu blicken, die ich auf dem Nachttisch liegen gelassen hatte. Fünf Uhr morgens. Stimmen murmelten und eilige Schritte hämmerten vorbei. Ich schlug die Decke zurück und griff nach meinem Morgenmantel.

Die Kronleuchter und Wandleuchten im Flur leuchteten hell, und ich musste einen Moment innehalten, während sich meine Augen an das Licht gewöhnten. Ich folgte dem Stimmengewirr den Flur entlang. Als ich zur Haupttreppe kam, hörte ich Elricks tiefe Stimme. Er stand am Telefontisch und bat darum, mit der Polizei verbunden zu werden.

Die Tür zur Dienstbotentreppe stand, was ungewöhnlich war, einen Spalt offen, und Stimmen in scharfem, fragendem Ton drangen heraus. Als ich weiterging, sanken meine nackten Füße in den dicken Teppichläufer, dann steckte ich meinen Kopf durch die halboffene Tür.

Im Gegensatz zu der prachtvollen Einrichtung in den anderen Räumen des Hauses, bestand die Dienertreppe aus kleinen Stufen aus schlichtem dunklem Holz. Kein Läufer bedeckte die schmalen Stufen, und die Wände waren mattweiß gestrichen.

Mrs. Monce, die einen hellblauen Morgenmantel trug und einen Schal um ihr Haar gebunden hatte, führte ein junges Hausmädchen die Treppe unterhalb von mir hinunter. Der Arm der Haushälterin lag um die Schultern des Mädchens, und das weiße Baumwollnachthemd des Mädchens bauschte sich um sie herum. Mrs. Monce redete beruhigend auf das Mädchen ein, doch der stete Strom von Worten des Hausmädchens floss weiter.

„… nicht bemerkt, dass sie in der Nacht unser Zimmer verlassen hatte und zur Toilette gegangen war. Ich hatte keine Ahnung, dass sie so krank war. Ich fühle mich so schrecklich. Dr. Benhurst sagte, sie muss stundenlang dort gewesen sein, zu schwach, um sich zu bewegen. Wenn sie es nur zurück in unser Zimmer geschafft hätte, hätte ich Hilfe rufen können. Ich wusste nicht einmal –"

„Still jetzt", sagte Mrs. Monce. „Was Sie brauchen, ist eine Tasse Tee …"

Ihre Stimmen verschwanden, als sie um die Ecke bogen, doch die Stimmen aus dem Stockwerk über mir wurden lauter. Ich stieg die Treppe zum oberen Stockwerk hinauf, meine nackten Füße klatschten auf das kalte Holz. Diener in Nachthemden standen in Gruppen auf dem schmalen Flur. Ich hätte Mrs. Dowd mit ihren lockigen Haaren und einem rosa Morgenmantel mit Rüschen, den sie um ihre massige Figur gewickelt hatte, fast nicht erkannt, doch ihr Blick war unverkennbar. Mrs. Dowd sprach mit einem anderen

Diener in der Nähe und sagte: „Ich weiß, warum Stella nach diesem Luder gerufen hat. Stella wollte es ihr direkt ins Gesicht sagen. Wenigstens ist Dr. Benhurst da drin. Er wird sich alles anhören und kann aussagen –"

Mrs. Dowd hielt inne, als ich auf sie zu ging. „Was ist passiert?"

„Stella war die ganze Nacht krank – genau wie Ihre Durchlaucht."

Ich ging zur offenen Tür und hielt inne, als mir der Geruch von Erbrochenem entgegenschlug. Das Zimmer war klein und einfach, mit nur zwei schmalen Betten, die an gegenüberliegenden Wänden standen, und einer Kommode dazwischen. Ein dünner Baumwollvorhang verdeckte ein hoch in der Wand über der Kommode sitzendes Fenster. Ein Bett war leer, die Steppdecke zurückgeschlagen und die Laken zerknittert.

Die einzige Person in Straßenkleidung, von der ich annahm, dass es Dr. Benhurst war, war ein schlanker Mann, den ich noch nie zuvor gesehen hatte, mit einem struppigen Schnurrbart. Er hatte seine Jacke ausgezogen und über das Fußende des leeren Betts gelegt. Über seine Weste spannte sich eine goldene Uhrkette, und seine Hemdsärmel waren hochgekrempelt.

Als ich in der Tür stehenblieb, zog er ein Laken über das Gesicht der Toten, die im zweiten Bett lag. Ich erhaschte nur einen flüchtigen Blick auf fliegendes, wirres braunes Haar, bevor er Stellas Gesicht zudeckte. Geschockt presste ich eine Hand auf meine Brust. Was war passiert?

Der Arzt strich das Laken glatt und fing an, seine Ärmel herunterzurollen, als er sich Gigi zuwandte, die neben dem Bett kniete. Sie schwieg und sah ebenfalls geschockt aus. Ihr Gesicht und ihr Hals waren kalkweiß gegen ihren blutroten Seidenkimono.

„Hier gibt es nichts mehr zu tun", sagte Dr. Benhurst. „Sie sollten auf Ihr Zimmer gehen und versuchen, sich auszuruhen. Ich kann Ihnen etwas verschreiben, wenn Sie möchten."

Gigi rührte sich nicht. Ich trat ein. „Dr. Benhurst?"

Er antwortete nicht, sondern schlüpfte nur in seine Jacke, während er meinen seidenen Morgenmantel betrachtete. „Sie sind eine Freundin von Lady Gina?"

„Ja. Ich bin Olive Belgrave."

„Nun denn, Miss Belgrave, bringen Sie Ihre Freundin nach unten, und geben Sie ihr eine Tasse heißen Tee mit viel Zucker. Sie hat einen Schock erlitten und muss sich ausruhen, bevor die Polizei mit ihr spricht."

„Sind Sie sicher, dass es sich um eine Polizeiangelegenheit handelt?", fragte ich, obwohl mir kein Grund einfiel, warum Stella, die Stunden zuvor vollkommen gesund gewesen war, jetzt mit einem Laken über dem Gesicht im Bett liegen sollte.

„Oh ja. Daran besteht kein Zweifel. Sie hatte genau die gleichen Symptome wie Ihre Durchlaucht."

Ich breitete eine weitere Decke über Gigi aus. „So. Das sollte dich aufwärmen."

Ich hatte Gigi auf die Beine gezogen und sie zurück in ihren Salon geführt. Dann hatte ich nach einem Dienstmädchen gerufen, um das Feuer anzuzünden, weil Gigis Hände eisig gewesen waren, als ich ihr hochgeholfen hatte.

Ein Feuer knisterte, und ich hatte ihren Sessel so nah

wie möglich an die Wärme gerückt, doch sie zitterte immer noch. Ich setzte mich ihr gegenüber auf den Stuhl und goss ihr eine Tasse Tee ein, dann rührte ich mehrere Stücke Zucker hinein. „Trink das."

Sie trank einen Schluck, dann huschte der Anflug eines Lächelns über ihr Gesicht. „Ich hätte gedacht, es wäre was Stärkeres – zumindest Brandy."

„Anordnung des Arztes. Tee mit viel Zucker für dich."

Sie verzog das Gesicht. „Er glaubt, ich habe es getan."

„Was getan?"

„Stella vergiftet. Es war wieder Arsen." Gigi trank nicht mehr, hielt nur die Tasse und wärmte ihre Hände. „Er sagte, es bestünde kein Zweifel. Es ist dasselbe, was mit Granny passiert ist."

Ich nahm mir auch eine Tasse Tee. „Doch wie kann er sich so sicher sein?"

„Dr. Benhurst war die letzten Stunden bei Stella. Er sagte, Stellas Symptome waren dieselben wie bei Granny." Ich hätte nicht gedacht, dass Gigi schlechter aussehen könnte, doch ihre Hautfarbe wechselte von weiß zu aschfahl. Ihre Teetasse klirrte gegen die Untertasse, als sie sie abstellte. „Die Polizei wird bald hier sein und mich mitnehmen."

„Was meinst du? Wie kommst du auf sowas?"

„Wegen der Schachtel Pralinen."

„Ich verstehe nicht."

Gigi deutete mit dem Kopf auf den Mülleimer. „Erinnerst du dich an die Pralinenschachtel? Sie war in Stellas Zimmer. Jemand hat sie mit einer Notiz auf ihrem Bett liegen lassen, auf der stand: ‚Von deinem heimlichen

Verehrer'. Es war das Einzige, was nur Stella gegessen hat."

„Aber das würde bedeuten, dass jemand hier reingekommen ist –"

„Ja", sagte Gigi mit einem scharfen Nicken, „und die Schachtel mitgenommen und die Pralinen mit Arsen vergiftet hat. Ich habe sie gesehen – die Pralinen –, als Dr. Benhurst sie betrachtet hat. Es waren noch ein paar in der Schachtel. Sie waren aufgeschnitten und dann wieder versiegelt worden, würde man wohl sagen. Es war schlampig gemacht, überhaupt nicht wie Fortley's Chocolates aussehen. Das sind die feinsten Pralinen, weißt du?"

„Die, die du vorhin gegessen hast – bist du sicher, dass sie nicht so ausgesehen hat wie die anderen in Claras Zimmer?"

„Nein. Ich weiß es genau. Sie haben so hübsche Designs. Sie sahen aus wie Blumen oder hatten Kreuzmuster, als ich eine gegessen habe, doch bei denen in Claras Zimmer war die Prägung auf den Pralinen verschmiert."

„Ich nehme an, jemand könnte sie aufgeschnitten, dann ein bisschen Hitze von einer Kerze oder einem Feuerzeug verwendet haben, um die Schokolade zu erwärmen, und den Schnitt glatt gestrichen haben, um ihn zu vertuschen."

„Ja, genau so sah es aus. Mir wäre es aufgefallen. Aber Stella nicht."

Gigi beugte sich vor und stützte ihre Ellbogen auf die Knie, dann ließ sie ihre Stirn auf die Handballen sinken. Ihre Worte waren gedämpft, als sie sagte: „Es war so schrecklich, Olive. Es war das Schrecklichste, was ich je erlebt habe – jemanden sterben zu sehen."

Ich stellte meine Tasse ab und tätschelte ihre Schulter. Nach ein paar Augenblicken kramte sie in einer Tasche und holte ein Taschentuch heraus.

„Warum warst du dort – in Stellas Zimmer, meine ich?", fragte ich, als sie sich über die Augen wischte.

„Weil sie nach mir gerufen hat. Aber als ich dort ankam, war sie verwirrt. Sie hat immer wieder nach ihrer Mutter gefragt. Es war –" Gigi presste das Taschentuch für einen Moment an ihren Mund. „Sie hat immer wieder ‚Ma' gesagt. Olive, warum sollte jemand Stella das antun?"

Ich erinnerte mich daran, dass Stella abgelenkt war und dass sie nach dem Inspector gefragt hatte. „Sie muss etwas gesehen oder erkannt haben, das eine Bedrohung für die Person dargestellt hat, die deine Großmutter ermordet hat."

Ein scharfes Klopfen ertönte. Die Tür wurde aufgerissen, und Thorn trat ein. Er ging direkt zu Gigi. Als Thorn vor ihr stehenblieb, hatte sie das Taschentuch weggesteckt, ihre Haltung gestrafft und ihr Gesicht war gefasst. Der Sergeant, dessen Haar hinten etwas zerzaust war, folgte Thorn ins Zimmer und ging zu einem Stuhl in der Ecke des Raums. Er nahm einen Notizblock heraus und balancierte ihn auf seinem Knie.

„Guten Abend, Lady Gina." Thorn wartete nicht auf eine Einladung, sich zu setzen. Er zog einen Stuhl zu uns heran.

„Lassen Sie mich Ihnen etwas Zeit ersparen, Inspector", sagte Gigi. „Meine Fingerabdrücke werden auf der Pralinenschachtel sein, aber ich habe es nicht getan."

„Das waren Ihre Pralinen."

„Nein, sie wurden mir von einem Verehrer geschickt. Ich hatte die Schachtel in den Müll geworfen."

„Haben Sie welche gegessen?"

„Eine."

„Nur eine?" Unglaube lag in Thorns Ton.

„Ja, nur eine", sagte Gigi bestimmt. „Ich erlaube mir immer nur eine. Ich bin sehr streng mit Süßigkeiten."

„Dann waren noch dreiundzwanzig übrig."

„Und die sind manipuliert worden", sagte Gigi und berichtete, dass die Pralinen verschmiert aussahen, als Dr. Benhurst sie untersucht hatte.

„Das sagen Sie", murmelte Thorn leise. „Wer hat Ihnen die Pralinen geschickt?"

„Einer meiner Tanzpartner, ein junger Mann, den ich kaum kenne. Thomas war sein Name, glaube ich."

„Sie kennen seinen Nachnamen nicht?"

„Nein, ich erinnere mich nicht."

„Und er hat Ihnen Pralinen geschickt?"

„Er will mich besser kennenlernen, Inspector. Elrick kann Ihnen seinen vollen Namen geben. Er kümmert sich um alle Lieferungen. Doch ich bin mir sicher, dass der junge Mann nichts mit Stellas Tod zu tun hatte."

„Da klingen Sie sehr überzeugt."

„Warum sollte mir jemand, den ich kaum kenne, vergiftete Pralinen schicken?"

„Ich nehme an, es hängt davon ab, was zwischen Ihnen beiden auf der Tanzfläche vorgefallen ist."

„Ich muss Sie bitten, auf Ihren Ton zu achten, Inspector." Gigis sorgfältig modulierte Worte waren so kalt wie der Novemberwind. „Ich bin bereit, mit Ihnen zu sprechen, weil das, was Stella passiert ist, entsetzlich ist, und ich möchte, dass die Person, die ihr das angetan hat, gefasst wird. Wenn Sie jedoch weiterhin diese unangebrachten Kommentare abgeben, werde ich meinen

Anwalt kontaktieren und nicht weiter mit ihnen sprechen."

Thorn senkte den Kopf. „Ich entschuldige mich, Lady Gina." Bevor Gigi antwortete, fuhr er fort: „Sie wissen, dass, wenn es nicht Ihr Tanzpartner war, der die Pralinen manipuliert hat, es jemand in diesem Haus gewesen sein muss."

Gigi schloss kurz die Augen. „Ja."

Thorn streckte die Hand aus. „Erkennen Sie die?" Eine kleine Kamee-Brosche ruhte in einem Taschentuch.

„Ja, die gehört Clara", sagte Gigi. „Sie trägt sie an ihrem Mantel oder manchmal an ihrem Hut."

„Aber sie hatte sie verloren." Ich berichtete, dass Clara an meine Tür gekommen war und wir mein Zimmer durchsucht hatten.

„Wo wurde sie gefunden?", fragte Gigi Thorn.

Er faltete den Stoff über die Kamee und steckte sie in seine Tasche. „In einer Schublade im Zimmer des toten Mädchens."

„Stella", sagte Gigi. „Ihr Name war Stella Barstow."

„Richtig. War Stella dafür bekannt, lange Finger zu machen?" Gigi sah empört aus. „Nein. Sicherlich nicht. Stella war keine Diebin."

„Das muss man in Betracht ziehen", sagte Thorn sanft.

„Stella mochte schöne Dinge, aber sie hat nie etwas genommen, das ihr nicht gehört hat. Ich weiß nicht, wie sie dazu gekommen ist, aber ich bin mir sicher, dass sie die Brosche nicht gestohlen hat."

„Das Mädchen, das sich mit Miss Barstow ein Zimmer geteilt hat –" Thorn sah seinen Sergeant an, der ihm den Namen nannte.

„Lillian Gramarcy."

„Richtig", nickte Thorn. „Miss Lillian Gramarcy sagt, sie hat gesehen, wie Stella die Kamee in die Schublade gelegt hat, und sie danach gefragt. Sie sagte, sie habe sie gefunden, und da es schon spät sei, würde sie sie Mrs. Monce morgen früh geben."

„Da haben Sie es", sagte Gigi.

„Doch eine vorbildliche Hausangestellte hätte sie in dem Moment übergeben, in dem sie sie gefunden hat", sagte Thorn.

„Das mag sein, aber wie gesagt, Stella mochte schöne Dinge. Sie verstehen das sicher, Inspector. Man kann ihr nicht vorwerfen, dass sie sie für ein paar Stunden in ihrer Nähe haben wollte. Ich bin sicher, sie hätte sie gleich morgen früh zu Mrs. Monce gebracht."

Thorn gab ein Brummen von sich, das verriet, dass er daran zweifelte. Ich konnte seinen Standpunkt verstehen. Des Diebstahls beschuldigt zu werden, war ein Alptraum für eine Hausangestellte. Es konnte die fristlose Kündigung bedeuten. Doch Stella hatte mein goldenes Abendkleid mit Ehrfurcht behandelt. Sie hatte die Seide auf eine Weise gestreichelt, die fast einer Liebkosung gleichgekommen war. Ich konnte mir vorstellen, dass sie bereit war, ein Risiko einzugehen, und sich eine Weile an der Kamee erfreuen wollte.

Jemand klopfte an die Tür, und ein Constable steckte seinen Kopf herein. Als er Thorn sah, eilte er durch den Raum und flüsterte ihm etwas ins Ohr.

Thorn stand auf. „Ich habe später noch mehr Fragen an Sie, Lady Gina."

Nachdem er und der Sergeant gegangen waren, brach Gigis steife Haltung zusammen, und sie sank in den Stuhl zurück. „Was für ein schrecklicher Mann. Stella eine Diebin! Das ist absurd."

Die Teekanne war noch warm, also schenkte ich uns frische Tassen ein. Wir tranken einen Moment lang schweigend, dann sagte Gigi: „So wenig ich den Mann auch mag, er hat recht."

„Dass es jemand aus dem Haus ist? Ja, das muss es sein."

„Aber wer würde so etwas tun – zweimal!"

„Lass uns alle sorgfältig durchgehen, beginnend mit dem Tod deiner Großmutter."

Gigi hob ihre Tasse und schwenkte ihren Tee. Sie beobachtete die Flüssigkeit einen Moment lang. „Mrs. Dowd würde Granny niemals etwas antun. Sie ist zu loyal, und sie würde ihre Arbeitgeberin nicht töten. Dasselbe gilt für Clara. Sie wären beide arbeitslos. Und Felix hat auch nichts zu gewinnen – zumindest finanziell nicht", sagte Gigi. „Er wäre aber frei von Grannys Manipulation."

Genauso wie Gigi, dachte ich, sagte es aber nicht laut. Gigi fuhr fort: „Und dann ist da noch Addie. Granny hat sich in ihr Leben eingemischt, doch würde sie zwei Menschen deswegen vergiften?" Gigi rieb sich die Stirn. „Nein, ich kann es mir einfach nicht vorstellen."

„Aber jemand hat es getan."

„Es ergibt keinen Sinn. Niemand hat ein starkes Motiv."

„Vielleicht haben wir das wahre Motiv einfach noch nicht aufgedeckt."

„Aber wie können wir das tun?"

Ein leises Klopfen brachte Gigi und mich dazu, uns zur Tür umzudrehen. Einen Moment lang dachte ich, Thorn wäre zurückgekehrt, doch er konnte es nicht sein, denn das sanfte Klopfen, das erneut kam, unterschied sich stark von Thorns entschiedenem Hämmern. Eine junge Frau, die ich als das Dienstmädchen erkannte, das Mrs. Monce die Treppe hinuntergeführt hatte, steckte den Kopf durch die Tür. Ihr langes schwarzes Haar war jetzt zu einem ordentlichen Knoten gebunden, und sie hatte sich ein schwarzes Kleid und eine frisch gebügelte Schürze angezogen, doch ihre Augen und ihre Nase waren gerötet.

„Kommen Sie rein, Lillian", sagte Gigi. Das Dienstmädchen hielt ein Tablett mit einem Umschlag und brachte ihn mir. Ich schob meinen Finger unter die Klappe und zog dann das dünne Blatt Papier heraus.

Es war von Boggs. „Das war schnelle Arbeit", murmelte ich. Ich hatte ihm geschrieben, nachdem ich aus dem Gunter's zurückgekommen war. Ich hatte erwartet, erst in ein paar Tagen von ihm zu hören. Er schrieb, *Ich habe Ihnen ein paar Details mitzuteilen. Wenn es Ihnen passt, bin ich den ganzen Tag im Mathis-Theater.*

Das Dienstmädchen sagte: „Lady Gina, Mrs. Monce hat mich geschickt, um Sie daran zu erinnern, dass die Untersuchung heute Morgen stattfindet, und um Ihnen beim Ankleiden zu helfen."

„Oh, das stimmt. Danke, Lilian. Ich hatte es komplett vergessen. Sie findet also statt?"

„Halb neun, Mylady", sagte Lillian. „Mr. Elrick hat den Inspector gefragt."

Gigi rieb sich die Stirn. „Dann trage ich mein schwarzes Seidenkleid, das mit den Jet-Perlen. Ich werde baden, während Sie es mir zusammen mit den passenden Schuhen herauslegen."

„Sehr wohl, Mylady." Lillian ging in Gigis Zimmer und öffnete den riesigen Kleiderschrank.

Gigi stellte ihre Tasse auf das Tablett und stand auf.

„Die Beerdigung findet nach der Untersuchung statt und ist auf Anordnung von Granny nur für die Familie, dann kommen wir alle hierher zurück, wo das Testament in der Bibliothek verlesen wird – furchtbar abgedroschen, ich weiß. Aber Benny sagt, Granny hat den Ablauf sehr detailliert festgelegt."

„Benny?"

„Mr. Tower. Er ist jemand, der die Regeln befolgt, also wird er die Anweisungen genau ausführen. Granny hatte jedoch nicht die Weitsicht, sich vorzustellen, dass es eine Untersuchung ihres Todes geben würde. Kommst du dorthin mit?"

„Nein." Ich steckte die Nachricht von Boggs zurück in den Umschlag. „Ich denke, meine Zeit ist woanders besser investiert. Ich habe ein paar Dinge zu erledigen."

KAPITEL SIEBZEHN

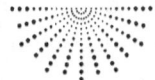

Sebastian hatte mich gebeten, ihn am Morgen zu treffen, doch in Mayfair bedeutete „Morgen" zehn Uhr oder später. Es war jetzt halb zehn, und ich hoffte, dass ich nicht zu früh war. Ich ging langsamer, als ich mich der Adresse näherte, die er in seiner Nachricht aufgeführt hatte. Ein stürmischer Wind zerrte an den Falten meines Mantels. Ich hob meine Hand, um meinen Hut festzuhalten. Als ich mich dem Gebäude näherte, wurde mir klar, warum mir die Adresse bekannt vorgekommen war. Ich war schon einmal in den South Regent Mansions gewesen. Ich war so damit beschäftigt gewesen, über die schrecklichen Ereignisse rund um Stellas Tod nachzudenken, dass ich die Adresse nicht wiedererkannt hatte.

Als ich den Blick über das Gebäude schweifen ließ, hatte ich ein flaues Gefühl im Magen. Ich war schon einmal hier gewesen und wusste, dass ich mir keine Wohnung leisten konnte. Flügel erstreckten sich vom Eingang auf beiden Seiten des Mittelblocks des Gebäudes, doch anstelle von geraden Linien und scharfen

Ecken floss die Fassade des fünfzehnstöckigen Back-
steingebäudes in einer sanften Kurve, was ihr ein
modernes Aussehen verlieh.

Sebastian hatte angeboten, mir zu helfen, und ich
hatte ihm eine Nachricht geschickt, in der ich mich bereit
erklärt hatte, ihn zu treffen, also wäre es unhöflich, jetzt
unverrichteter Dinge wieder zu gehen. Ich straffte meine
Schultern und betrat das Gebäude. Zumindest hatte ich
Mr. Quigley als Entschuldigung, damit ich nicht
zugeben musste, wie weit die South Regent Mansions
über meinem Budget lagen. Meine begrenzten Finanzen
offenzulegen, würde sowohl Sebastian als auch mich in
Verlegenheit bringen. Es wäre am besten, wenn möglich
nicht darüber zu sprechen.

Der Eingang mit seinen Marmorfliesen und dem
Kristallkronleuchter war still und strahlte eine Atmosphäre teurer Raffinesse aus. Ein breiter purpurroter
Teppich verlief von der Haustür über eine Reihe seichter
Stufen zu einem Aufzug. Während die äußeren Linien
des Gebäudes geschwungen und wellenförmig waren,
dominierten im Inneren gerade Linien. Lange recht-
eckige Kristalle funkelten im Kronleuchter, und ineinan-
dergreifende dreieckige Muster rahmten die Spiegel und
Wandleuchten. Ein riesiger Strauß weißer Chrysan-
themen stand auf einem Tisch gegenüber dem Empfang.

Bei meinem letzten Besuch in den South Regent
Mansions hatte ich meiner Cousine geholfen, ein
Problem mit ihrem Verlobten zu lösen. Ich hatte damals
mit dem Portier gesprochen. Mit seiner großen Statur
und dem struppigen Schnurrbart hatte er mich an ein
Walross erinnert, doch heute begrüßte mich ein schlanker, glattrasierter Mann mit Brille.

Ich sagte: „Ich bin hier, um Mr. Blakely zu sehen."

„Mr. Blakely ist vor kurzem angekommen. Sie können gerne direkt nach oben gehen. Wohnung 221."

„Im zweiten Stock? Sind Sie sicher, dass es nicht der sechste ist?"

„Ja, Miss. Zweiter Stock. Mr. Blakely besitzt zwei Wohnungen hier. Heute ist er in der im zweiten Stock."

„Danke." Ich betrat den Aufzug, und der Liftboy, ein etwa vierzehnjähriger Junge, setzte ihn in Bewegung. Der Boden im zweiten Stock war mit dem gleichen roten Teppich ausgelegt wie das Foyer. Die Wände und die Täfelung waren schneeweiß.

Ich klopfte an die Tür, und Sebastian öffnete sie ein paar Sekunden später, ein Grinsen zog sich über die magere Struktur seines Gesichts. „Olive, freut mich, dich zu sehen. Immer herein, immer herein. Hier an der Tür ist es ein bisschen eng, aber die Wohnung öffnet sich schön. Komm und schau." Der Flur war tatsächlich eng, mit zwei Türen rechts und einer leeren Wand links. Ich musste zur Seite treten, damit Sebastian die Wohnungstür schließen konnte. Er winkte zur ersten offenen Tür, während er den Flur hinunterging. „Kochnische." Der Raum enthielt einen Herd mit zwei Kochplatten und eine Spüle. „Unten gibt es eine Küche, und du kannst alles bestellen, was du möchtest. Das Essen ist überragend gut. Reinigungsservice dienstags und donnerstags." Sebastian ging zur nächsten Tür. „Bad." Der Boden war mit schwarz-weißen achteckigen Fliesen gefliest, während Metrofliesen die Wände zierten. Ein Waschbecken, eine Toilette und eine Badewanne mit Duschvorrichtung waren so eingebaut worden, dass der kleine Raum perfekt genutzt wurde.

„Es ist sehr modern und gut durchdacht", sagte ich.

„Ich mag es sehr. Wenn ich keine anderen Verpflichtungen hätte, könnte ich glatt selbst hier einziehen."

Der Flur endete an zwei Türen. Das rechte Zimmer war ein Schlafzimmer mit einem Doppelbett, einem Schminktisch und einem gepolsterten Clubsessel. Der Raum links war ein Wohnzimmer. An einem Ende des Raumes stand ein Sofa, das von zwei Sesseln flankiert wurde. Auf der anderen Seite stand ein Schreibtisch in einem Winkel, der dem dahinter Sitzenden erlaubte, den Blick aus dem wandfüllenden Fenster auf den Garten auf der Rückseite des Gebäudes und auf die Skyline von London zu genießen. Gegenüber des Fensters hing ein Gemälde mit Calla-Lilien über dem Marmorsims des Kamins. Die Malerei war modern mit dicken Linien. Das Bild erinnerte mich an die kubistische moderne Kunst, die ich mir mit Jasper angesehen hatte, doch die kräftigen Linien dieses Gemäldes hatten eine weiche, fast strahlende Anmutung.

Sebastian ging zum Fenster und gab mir einen Moment Zeit, mich umzusehen. „Wie du sehen kannst, ist es der gleiche Grundriss wie die andere Wohnung, falls du dich erinnerst."

„Oh ja. Ich erinnere mich. Sie ist entzückend." Es wäre wunderbar, am Schreibtisch zu arbeiten und aufzublicken und die Aussicht zu bewundern oder sich mit einer Tasse Tee auf dem Sofa einzukuscheln. „Aber ich fürchte, ich bin in den Besitz eines Papageis gekommen. Ich hätte es dir sofort sagen und dir heute Morgen den Weg hierher ersparen sollen –"

„Haustiere sind kein Problem. Wir haben einen Pekinesen, eine Schildkröte und einen Igel, alle auf dieser Etage." Sebastian beugte sich vor und senkte die

Stimme. „Aber erzähl dem Portier nichts von dem Igel. Anscheinend hat er Todesangst vor Stacheltieren."

„Oh." Ich überlegte krampfhaft, wie ich mich elegant aus der Situation befreien könnte. Die Wohnung war wirklich wunderbar und tausendmal schöner als alles andere, was ich gesehen hatte, doch sie würde mein Budget bei weitem überschreiten.

Das Einzige, was ich tun konnte, war, die Wahrheit zu sagen, doch Sebastian war zu dem Gemälde über dem Kamin gegangen und untersuchte den Rahmen, während er sprach. „Ich hatte nur Ärger mit den letzten Mietern, also bin ich gerne bereit, sie dir zu einem Rabatt zu geben, einfach, weil ich weiß, dass es mit dir keinen Ärger geben wird."

Ich lächelte. „Möglicherweise muss ich dich bitten, mir das schriftlich zu geben, damit ich es Jasper zeigen kann. Er glaubt nämlich, dass ich Ärger anziehe."

Die Haut spannte sich über Sebastians Wangenknochen, als er mein Lächeln erwiderte. „Du führst ein interessantes Leben, aber du wirst nichts stehlen, die anderen Mieter verärgern oder die Einrichtung beschädigen." Er drehte sich um und strich mit dem Finger über den Rand des Rahmens. „Die letzten Mieter hatten einen Streit, und die Frau hat ihre Haarbürste auf den Ehemann geschleudert. Sie hat ihn verfehlt, dafür aber dieses Gemälde getroffen. Sie schlug es von der Wand und zerschmetterte den Rahmen. Der Vormieter – der Vormieter des unglücklich verheirateten Paares – ist in Handgreiflichkeiten geraten und hat seine Hand durch die Wand im Flur geschlagen, anstatt gegen den Kiefer seines Gegners. Auch das musste repariert werden."

„Du meine Güte."

Er wandte sich von dem Gemälde ab. „Die Wand

und der Rahmen waren reparabel, aber natürlich möchte ich mich nicht mit etwas herumschlagen müssen."

„Nun, wenn das deine Definition von kein Ärger ist, muss ich dir zustimmen."

„Gut", sagte er und nannte einen Betrag für die Miete, bei der ich blinzeln musste.

„Aber das ist so wenig."

„Ist es? Wenn ich nicht die Wände reparieren, den Pförtner besänftigen oder mir Sorgen um meine Kunstwerke machen muss – ich mag meine Bilder sehr, weißt du? –, dann halte ich es für ein gutes Geschäft. Außerdem hast du mir in gewissen Situationen sehr geholfen. Das ist meine Art, danke zu sagen."

„Das ist sehr großzügig. Fast zu großzügig."

„Unsinn. Du tust mir einen Gefallen. Ich habe vor zu reisen, und zu wissen, dass du hier bist, bedeutet eine Sache weniger, um die ich mir Sorgen machen muss, während ich weg bin."

„Wo willst du hin?"

„Meine Nichte und meinen Neffen in Südamerika besuchen."

„Oh wie schön. Das wird eine Reise."

„Ja, also wenn du diese Wohnung übernehmen willst, dann muss ich nur noch die Verwaltung der anderen koordinieren."

„In diesem Fall – ja, ich nehme sie."

Ich verließ die South Regent Mansions und tanzte praktisch die Stufen hinunter. Selbst der kalte Wind, der über meine Wangen strich, konnte meine Freude nicht trüben. Ich fühlte mich, als wäre mir eine große Last von den Schultern genommen worden. Ich hatte ein Zuhause!

Die Möbel würden bleiben. Es waren gute, brauchbare Stücke. Nichts Auffälliges oder extrem Modernes, und ich stellte mir vor, dass sie wahrscheinlich aus einem von Sebastians vielen Häusern kamen. Ich sollte in zwei Tagen mit der Kaution zurückkommen, den Vertrag unterschreiben und den Schlüssel abholen. Ich war fast schwindelig vor Glück. Ich konnte es kaum erwarten, Jasper davon zu erzählen. Besonders der Teil, dass ich keinen Ärger machen würde.

Ich stieg in einen Bus und fuhr zum Trafalgar Square. Dort ging ich an Springbrunnen und Tauben vor der National Gallery vorbei zum Theater, wo Boggs für sein Stück probte.

Das Mathis-Theater hatte fünf Türen, die geöffnet werden konnten, um Besucher einzulassen. Eine Tür war angelehnt, und ich schlüpfte hindurch in das düstere Foyer. Geradeaus führten weitere Türen ins Parkett, während rechts eine schwere Eichentreppe über die Abendkasse zur Galerie führte. Eine Frau saugte den Teppich. Sie schaltete den Staubsauger ab, als ich hereinkam. „Ich bin hier, um mich mit Mr. Boggs zu treffen."

Sie deutete mit dem Kopf zur Treppe. „Er hat gesagt, dass heute vielleicht eine junge Frau nach ihm fragen würde. Er ist oben."

Sie nahm das Staubsaugen wieder auf, als ich die geschwungene Treppe hinaufstieg. Als ich die Galerieebene erreichte, fand ich zwei Männer in einem Gang hinter der letzten Sitzreihe. Sie trugen federgeschmückte Dreispitzhüte und hüftlange Mäntel mit Samtrevers. Sie bewegten sich mit ausgestreckten Armen vor und zurück. Die Rapiere, die sie hielten, klapperten gegeneinander, als sie die Bewegungen des anderen parierten.

„Es wird viel besser funktionieren, wenn du dich nach links bewegst ..." Trotz des aufwändigen Kostüms erkannte ich Boggs. Er brach ab und entspannte sich, als er mich sah. Er sagte etwas zu seinem Fechtpartner, der sich an den Hut tippte, als er auf dem Weg zur Treppe an mir vorbeiging.

Boggs nahm seinen Hut ab und enthüllte eine Perücke mit dunklen Locken, die um seine Schultern wallten, als er eine tiefe Verbeugung vollführte. „Ich grüße Sie, Miss Belgrave. Danke, dass Sie hierher ins Theater gekommen sind."

„Gern geschehen. Sie sehen ziemlich beschäftigt aus." Ich warf einen Blick auf die Bühne, wo ein Mann in Straßenkleidung eine Gruppe von etwa fünfzehn Schauspielern arrangierte und ihnen Anweisungen gab, wo sie stehen sollten. „Herzlichen Glückwunsch zur neuen Rolle. *Die Piraten von Penzance?*"

„Ja, und danke. Nehmen wir Platz. Hier oben ist es ruhiger." Er deutete auf die Sitzreihen mit Blick auf die Bühne. „Ich fürchte, ich habe keine Zeit auszugehen, sonst könnten wir auf ein Sandwich oder eine Tasse Tee verschwinden."

Ich klappte den roten Samtsitz herunter. „Das ist vollkommen in Ordnung."

Er griff in die tiefe Manschette seines Kostüms und holte ein Stück Papier hervor, das er mir reichte. „Dort finden Sie alle Einzelheiten über die Bediensteten von Alton House."

Ich faltete die Seite auseinander und überflog sie. „Ich hätte nicht gedacht, dass ich so schnell von Ihnen höre."

„Ich habe ein paar Pubs besucht und konnte einige Leute ausfindig machen, die in Alton House Dienst tun. Hatte ein sehr produktives Gespräch. Dann habe ich die Bediensteten eines Nachbarhauses auf ein paar Pints eingeladen. Möchten Sie eine Zusammenfassung?"

„Ja, bitte." Ich steckte seine Notizen in meine Handtasche.

„Die Zofe der Witwe, Mrs. Dowd, ist seit vierzehn Jahren bei ihr angestellt. Sie stammt aus einem kleinen Dorf namens Danford in Surrey. Sie hat keine Verwandten und keine anderen Verbindungen, soweit ich in Erfahrung bringen konnte. Sie ist dafür bekannt, äußerst loyal und ein wenig cholerisch zu sein."

„Dem würde ich auf jeden Fall zustimmen."

„Ich fürchte, ich habe nicht so viele Informationen über Stella Barstow."

Ich erzählte ihm die traurige Neuigkeit über Stella, und er stieß einen leisen Pfiff aus. „Was für ein tragisches Ende eines kurzen Lebens."

„Ja, ich weiß."

Wir saßen beide einen Moment lang schweigend da, dann rührte sich Boggs. „Nun, das Wenige, was ich über Stella herausgefunden habe, ist, dass ihr Vater Hafenarbeiter war, doch er ist vor drei Jahren gestorben. Sie hat drei ältere Schwestern, die alle in verschiedenen Häusern in London im Dienst stehen. Mehr konnte ich nicht über sie finden."

„Irgendwelche fragwürdigen Gerüchte über sie?"

„Von welcher Sorte?"

„Dass sie ein Langfinger oder unehrlich war?"

„Nein, so etwas habe ich nicht gehört."

„Und Clara?"

Er erzählte dieselben Dinge, die ich bereits gehört

hatte – dass Clara aus einem kleinen Dorf in der Nähe des Wohnsitzes der Witwe stammte und eine entfernte Verwandte der Alton-Familie war. Boggs rückte die Feder an seinem Hut zurecht, als er hinzufügte: „Das Einzige, was ich sonst noch gehört habe, war, dass sie während des Krieges im Krankenhaus gearbeitet hat, den Abwasch gemacht hat und dann als Mechanikerin auf einem der Flugplätze aufgestiegen ist. Anscheinend ist sie ziemlich stolz darauf und spricht gerne darüber." Er hob seinen Hut, um ihn wieder auf den Kopf zu setzen, dann hielt er inne. „Oh, und sie und der Chauffeur von Alton House sind einander sehr zugetan."

„Wirklich?" Ich hatte keinen Hinweis darauf gehört – oder gesehen.

„Es heißt, sie besucht den alten Benson manchmal in den Stallungen."

„Also das hätte ich mir nie vorgestellt. Ich werde wohl die Bekanntschaft des Chauffeurs machen müssen. Benson, sagten Sie?" Der Chauffeur hatte uns zu den Grafton Galleries gefahren, aber ich konnte mich nicht mehr an ihn erinnern, außer dass er ziemlich untersetzt war.

„Ja. Trinkt scheinbar gerne einen über den Durst, wenn er dienstfrei hat –"

Ein Tumult von der Bühne erregte unsere Aufmerksamkeit. Die Schauspieler bewegten sich zu den Kulissen, während sich der Mann in Straßenkleidung zum Theater umdrehte und seine Augen gegen das Licht abschirmte. „Boggs? Winterhart? Lassen Sie uns Ihre Szene durchgehen."

Boggs stand auf und setzte seinen Hut auf. „Das ist mein Stichwort."

„Hals- und Beinbruch. Ich werde versuchen, mir das

Stück anzusehen", sagte ich und begleitete ihn die Treppe hinunter. In der Lobby war die Frau mit dem Staubsauger verschwunden. Ich tätschelte meine Handtasche. „Danke für die Information. Ich werde Ihnen eine Zahlung für Ihre Hilfe schicken."

„Danke. Es ist immer eine Freude, mit Ihnen Geschäfte zu machen, Miss Belgrave."

Ich ging zum Ausgang und drehte mich dann noch einmal um. „Ach, Boggs?"

Er war bereits im Theater, doch er steckte seinen Kopf zurück in die Lobby. „Ja, Miss Belgrave?"

„Sie wollen nicht zufällig einen Papagei? Es wäre genau das Richtige für Ihr Kostüm."

Er grinste. „Danke, Miss Belgrave, aber der Regisseur würde mir bei lebendigem Leib die Haut abziehen, wenn ich ein echtes Tier auf die Bühne bringen würde. Der ausgestopfte Vogel aus der Requisite macht keine Probleme."

KAPITEL ACHTZEHN

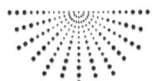

*A*ls ich nach Alton House zurückkehrte, parkte die Limousine der Familie am Fuß der Treppe, und Benson, der uniformierte Chauffeur, stand bereit, um die Tür zu öffnen. Nachdem ich gehört hatte, dass Clara und der Chauffeur freundlich miteinander waren, begrüßte ich ihn und sah ihn länger an, als ich es normalerweise getan hätte. Er sah aus, als wäre er etwa fünfzehn Jahre älter als Clara und hatte ein kantiges Gesicht mit dicken Falten, die von seiner Nase bis zu seinem Kinn verliefen. Die Knöpfe seiner Uniform drückten gegen seine massige Figur. Er war sicherlich nicht das, was ich mir als möglichen romantischen Partner für Clara vorgestellt hätte, aber in Frage kommende Männer waren dünn gesät, und ich hatte Paare mit einem noch größeren Altersunterschied gesehen.

In der Eingangshalle fand ich Gigi, die ihre Handschuhe anzog. Elrick hielt ihren Zobelmantel bereit. „Der Wagen ist bereit für Sie und Viscount Daley, Mylady. Die Hausangestellten werden Ihnen in Taxis zur Kirche folgen."

Felix stand im dunklen Anzug vor einem der gold-
umrandeten Spiegel der Eingangshalle, sein Haar mit
Pomade zurückgekämmt. Ich war es nicht gewohnt, ihn
ohne widerspenstige Haarsträhnen zu sehen, die auf
beide Seiten seines Gesichts fielen. Sein blasses, falten-
loses Gesicht sah mit seinen an die Kopfhaut geklebten
Haaren sehr jung aus. Er fuhr sich mit der Hand über
die Schläfen und überprüfte, ob seine Haare richtig
saßen, dann rückte er seine Krawatte zurecht und
schluckte, während sein Adamsapfel auf und ab
wanderte.

Clara kam gerade in einem elegant geschnittenen
schwarzen Wollkleid die Treppe herunter. Es war ein
paar Jahre alt, und ich nahm an, Gigi hatte es ihr geliehen. Gigis Kleid aus Samt und Seide flatterte, als sie sich
umdrehte und ihre Arme in den schwarzen Mantel
steckte, den Elrick für sie hielt. Ein Diener half Clara und
Felix in ihre Mäntel.

Elrick ging zur Tür, doch Gigi sagte: „Augenblick.
Ich muss mit Olive sprechen." Sie zog mich an die Seite
der Eingangshalle. „Hast du etwas herausgefunden?"
Sie hatte ihre Stimme gesenkt, doch ihre Worte hallten
durch die marmorne Eingangshalle.

Ich passte mich ihrem leisen Ton an. „Ja, ein paar
interessante Dinge, aber nichts Bestimmtes."

„Oh. Ich hatte gehofft –" Ihre Miene verfinsterte sich.
„Was ist bei der Untersuchung passiert?"

„Sie wurde vertagt. Sie haben noch keine Testergeb-
nisse für das Gift." Gigi drehte sich zum Spiegel um,
um ihr Aussehen zu begutachten. Sie strich über ihren
kurzen Pony, während sie leise weitersprach. „Stellas
Untersuchung ist für morgen angesetzt, und ich bin
sicher, sie wird dasselbe Ergebnis haben." Ihr düsterer

Blick hielt meinen im Spiegel fest. „Es ist klar, dass sie denken, dass die beiden Fälle durch mich verbunden sind. Sobald das Testament verlesen ist, wird mein Erbe der Polizei ein Motiv für mich liefern, und ich fürchte, sie werden zu demselben Schluss kommen wie wir bei Stella – dass sie etwas herausgefunden hat, das eine Bedrohung für Grannys Mörder war. Nur werden sie denken, dass ich das war und dass ich Stella zum Schweigen gebracht habe. Immerhin war sie mein Dienstmädchen. Wer kennt meine Geheimnisse besser?"

Es war leicht, sich von Gigis Aussehen, ihren wunderschönen Kleidern, ihrem Zobelmantel, ihrem dramatischen dunklen Haar, das mit ihrer perlmutt-weißen Haut kontrastierte, und ihrem selbstbewussten Auftreten mitreißen zu lassen, doch das war alles nur oberflächlich. Es schuf eine Fassade, die nicht leicht zu durchschauen war, doch sie hatte einen dunklen Blick in ihren Augen, den ich bisher nur gesehen hatte, als sie die Nachricht vom Tod ihres Bruders erhalten hatte. Ihre übliche selbstbewusste und optimistische Art war verschwunden. Sie hatte Angst.

Elrick räusperte sich. Gigi legte ihre Hand auf meinen Arm. „Bitte hör nicht auf zu suchen, was wirk-lich passiert ist, Olive. Ich muss gehen." Sie wandte sich ab.

Gigi, Felix und Clara gingen durch die Tür hinaus, die Elrick für sie aufhielt, dann schickte er den Diener los, um den Rest der Dienerschaft zu rufen, als die Taxis eintrafen. Ich blieb am Fenster stehen und beobachtete Clara, als sie auf das Automobil zuging. Sie sah den Chauffeur nicht einmal an. War sie schüchtern, oder versuchte sie, ihre Beziehung geheim zu halten? Natürlich wäre eine Beerdigung kein geeigneter Zeitpunkt, um eine Romanze bekannt zu machen.

Die Bediensteten gingen in ihren besten Uniformen zu den Taxis hinaus, dann schloss Elrick die Tür und verriegelte sie von außen. Er steckte den Schlüssel in seine Weste und stieg in das erste Taxi. Als die Taxis abgefahren waren, legte sich Stille wie eine Schneedecke über Alton House. Das einzige Geräusch war das Ticken der großen Standuhr in der Eingangshalle.

Ich war auf halbem Weg die Treppe hinauf, als ein Hämmern an der Tür mein Herz pochen ließ. Hatten sie etwas vergessen? Ich drehte mich um, um wieder nach unten zu gehen, dann erstarrte ich. Über mir hörte ich die Schritte von jemandem, der den Flur entlang rannte. Weibliche Beine und ein wirbelnder Rock erschienen, als Addie die Treppe heruntergeflogen kam. Ihr Mantel war über einen Arm drapiert, und sie hatte ein Buch in der Armbeuge. Den Blick auf ihre Füße gerichtet packte sie den Pfosten und drehte sich um, um den nächsten Absatz der Treppe hinunterzulaufen. Sie sah mich, holte tief Luft, presste ihre Hand an ihre Brust und blieb plötzlich stehen. „Olive! Du meine Güte! Du hast mich erschreckt." Ihre Augen waren gerötet, doch ihr Haar war ordentlich, und es sah aus, als hätte sie sich die Nase gepudert.

„Mir geht's genauso. Ich wusste nicht, dass noch jemand hier ist." Ich hatte Addie ganz vergessen. Sie würde nicht an der Beerdigung teilnehmen, weil sie nicht zur Familie gehörte.

Das Hämmern an der Haustür war wieder zu hören, noch lauter, und sie eilte an mir vorbei. „Das ist mein Bruder. Ich hatte eine Nachricht, dass er mich besuchen würde." Sie eilte durch die Eingangshalle und schob den Riegel der Tür zurück.

Inglebrook trat über die Schwelle, fing Addie auf und schob sie herum. „Du wirst es nicht glauben, Addie." Ihr Mantel schwang auf, und das Buch fiel mit einem dumpfen Knall auf die Marmorfliesen. „Wir haben ausgesorgt, Addie, mein Mädchen. Alles wird gut. Du wirst –" Er bemerkte mich auf der Treppe und ließ Addie los. Der überschwängliche Ausdruck verschwand und wich einem kontrollierten Lächeln. „Miss Belgrave, hallo. Ich habe Sie gar nicht gesehen. Wie geht es Ihnen?"

„Gut, danke. Und Ihnen?"

„Sehr gut", sagte er genüsslich. Wie die Sonne, die hinter einer Wolke hervor strahlt, ließ sich sein früherer Überschwang nicht zurückhalten. Er winkte Addie, die ihren Mantel angezogen hatte und ihn zuknöpfte. „Ich führe meine Schwester zum Tee aus. Ich würde Sie einladen, sich uns anzuschließen, aber ..."

„Oh, ich würde mich nicht aufdrängen wollen."

Ein Ausdruck der Erleichterung huschte über sein Gesicht. „Nun, dann sollten wir gehen."

Addie hob das Buch auf. „Lass mich nach oben in mein Zimmer gehen und das hier wegräumen."

Inglebrook machte eine ungeduldige Geste. „Mach dir keine Sorgen. Lass es einfach da, auf dem Konsolentisch."

„Ich kann nicht. Du hast keine Ahnung, was für einen schrecklich vorwurfsvollen Blick Elrick hat. Er würde nichts sagen, aber er würde deutlich machen, dass ich es liegengelassen habe, anstatt es wegzulegen. Es dauert nur einen Moment."

Ich ging die Treppe hinunter. „Ich kann es mit nach oben nehmen und in dein Zimmer bringen."

„Ach, würdest du das tun? Danke. Ich habe gelesen, während ich auf Thomas gewartet habe, und ich habe es einfach zusammen mit meinem Mantel und meiner Handtasche genommen. Ich weiß nicht, warum ich es nicht in meinem Zimmer gelassen habe."

Sie hatte kaum Zeit, mir das Buch zu reichen, als Inglebrook sie aus der Tür drängte und sie mit einem dumpfen Knall schloss. Ich wartete ein paar Augenblicke in der leeren Eingangshalle, um zu sehen, ob ich irgendeine andere Bewegung aus dem Inneren des Hauses hören konnte. Nichts, außer dem gedämpften Geräusch des Windes, ein Stöhnen, als das alte Haus sich beruhigte, und die tickende Uhr. Warum hört man das Knarren nur, wenn man allein in einem Haus ist?

Ich schloss die Tür ab, dann neigte ich das Buch, um den Buchrücken anzusehen, während ich die Treppe zu Addies Zimmer hinaufging. *Das Geheimnis von Newberry Close.* Ich musste lächeln. Es war ein sehr beliebtes Buch. Ich hatte die Autorin kennengelernt und das Buch auch gelesen. Sogar mein Vater hatte es gelesen. Er hatte es „eine krachend gute Lektüre" genannt. Ich war froh zu sehen, dass Addie etwas unternahm, um sie von ihren Sorgen wegen Rollo abzulenken.

Addies Zimmer war unordentlich, und es roch ein bisschen muffig. Offensichtlich hatte sie die Dienstmädchen seit ihrem Treffen mit Rollo im Park nicht mehr zum Saubermachen hereingelassen. Kleider lagen auf dem Bett verstreut und über den offenen Türen des Kleiderschranks drapiert. Die Finger eines Handschuhs ragten aus einer nicht vollständig geschlossenen Schublade des Schminktisches. Ein rosa Band war um einen

Stapel Briefe gewickelt, während ein versiegelter Umschlag, der an Rollo adressiert war, in der Mitte des Schreibtisches lag und darauf wartete, aufgegeben zu werden. Der Mülleimer quoll über mit zerknülltem Schreibpapier.

Eine leere Teetasse mit Untertasse stand auf einem Stapel Magazine und Bücher auf einem Beistelltisch neben einem Sessel. Ich nahm die Tasse und die Untertasse, um das Buch auf die Zeitschriften zu legen, doch dann hielt ich inne. Das oberste Magazin war auf eine Seite gefaltet. Ich musste nicht den Titel sehen, um zu wissen, dass das Magazin *The Sketch* war. Ich hatte diese Ausgabe kürzlich durchgesehen, während ich darauf wartete, dass ein Vermieter kam, um mir eine Wohnung zu zeigen. Er war zu spät gekommen, und ich hatte Zeit gehabt, ziemlich viel zu lesen, einschließlich der Kurzgeschichte, die Addie anscheinend auch gelesen hatte. Es war eine Krimi-Geschichte von einer neuen Autorin, die anscheinend einige Geschichten in der Zeitschrift hatte, Agatha Christie. Dieser hieß *Die mysteriöse Angelegenheit in Cornwall*.

Ein Anflug von Unbehagen durchfuhr mich, als ich von dem Buch in meiner Hand auf die zusammengefaltete Zeitschrift mit der Kurzgeschichte blickte. Ich stellte die leere Teetasse und Untertasse beiseite und nahm die Zeitschrift. Ein kurzer Blick bestätigte, dass ich mich richtig erinnerte. In der Geschichte ging es um Arsen ... ebenso wie in dem Buch, das Addie gelesen hatte, *The Mystery of Newberry Close*.

Hatte das etwas zu bedeuten? Wahrscheinlich nicht, aber es war ... ein wenig seltsam. Ich sah die restlichen Bücher im Stapel durch. Es waren alles Kriminalgeschichten. Seit Jasper mir einen Krimi geliehen und mich in das Genre eingeführt hatte, war ich ein Fan geworden. Ich hatte mehrere Titel gelesen. Die Handlung eines anderen Buches im Stapel beinhaltete eine Strychninvergiftung.

Ich legte die Bücher wieder auf den Tisch und sah mich noch einmal im Raum um. Interessierte sich Addie für Gifte? Hatte sie Informationen darüber gesucht? Oder war es Zufall, dass sie Bücher las, in denen Vergiftungen eine große Rolle spielten, während in dem Haus, in dem sie wohnte, zwei Menschen an einer Arsenvergiftung gestorben waren?

Ich verließ Addies Zimmer und blickte den Flur hinunter zu Claras Zimmer am anderen Ende. Der Wind rüttelte wieder an den Fensterscheiben, und die Uhr tickte weiter. Eine Gelegenheit wie diese würde sich so schnell nicht wiederholen. Ich rang einige Augenblicke mit meinem Gewissen. Es war die Erinnerung an den düsteren Ausdruck auf Gigis Gesicht, der die Entscheidung für mich traf. „Wer A sagt muss auch B sagen", murmelte ich und ging in Richtung von Claras Zimmer.

Ich hoffte beinahe, dass die Tür abgeschlossen war, was meinem Herumschnüffeln ein Ende setzen würde, doch die Tür öffnete sich, als ich den Griff herunterdrückte. Der kleine Raum schien unverändert zu sein, seit Gigi und ich einen Blick hineingeworfen hatten, als wir nach Clara gesucht hatten. Jetzt, da ich nicht in Eile war, hatte ich Zeit, mich umzusehen. Auf der Kommode stand ein gerahmtes Foto von Clara, das einige Jahre zuvor aufgenommen worden war. Sie sah viel jünger und glücklicher aus. Neben ihr war eine ältere Frau, die ähnliche Gesichtszüge hatte, wahrscheinlich ihre Mutter. Sie saßen auf einer Decke an einem Bach mit einem Picknickkorb zwischen ihnen. Aus Claras Handarbeitskorb hing ein langes Strickstück, und über der Lampe auf dem Schminktisch lag ein pfirsichfarbener Schal.

Ich unterdrückte meinen Widerwillen zu stöbern und ging zum Kleiderschrank. Es lag auf der Hand, dass Gigi Clara ihre ausrangierten Sachen gab, und die Qualität der Kleidungsstücke im Kleiderschrank variierte stark von vernünftig und einfach bis hin zu extravagant hinreißend mit verräterischen Spuren an den Manschetten und Säumen, wo sie geändert worden waren.

Flaschen und Tiegel waren vor dem Schminkspiegel aufgereiht, und der Duft von Puder hing in der Luft. Jetzt, wo ich darüber nachdachte, hatte Clara, als sie die Treppe heruntergekommen war, blasser ausgesehen, und ihre Sommersprossen waren weniger auffällig gewesen. Sie musste eine dicke Puderschicht aufgetragen haben. Ich drehte die Flaschen, damit ich die Etiketten lesen konnte. Die meisten waren für den Teint. Es sah so aus, als hätte Clara alles ausprobiert, von Hautcremes über Tabletten bis hin zu Peelings, um ihre Sommersprossen loszuwerden. Ich seufzte. Egal, was die Etiketten versprachen – und einige der Behandlungen klangen ziemlich schmerzhaft – ich bezweifelte, dass sie funktionieren würden.

Ich schloss Claras Tür und ging den Flur hinunter zu Felix' Zimmer. Die Tür schwang auf, und ich blieb auf der Schwelle stehen. Ich hatte mich ziemlich sicher gefühlt, mich in den Räumen von Addie und Clara umzusehen, doch ich war mir nicht sicher, wo ich mit der Domäne eines jungen Mannes anfangen sollte. Ich hatte keinen Bruder, und ich war nie auch nur in der Nähe des Schlafzimmers meines Cousins gewesen.

Ich schüttelte das Prickeln des Unbehagens ab, im

Schlafzimmer eines Mannes zu sein. Ich ging zum Kleiderschrank, doch dann hörte ich in der Ferne ein heftiges Klopfen. Ich neigte den Kopf und lauschte. Es kam vom Eingang. Es kam wieder, diesmal lauter.

Ich ging zu einem der Flurfenster, von dem aus man die Vorderseite des Hauses überblicken konnte, und lehnte den Kopf an die Scheibe, um die Treppe vor dem Haus sehen zu können. Jasper hatte sich abgewandt und starrte auf die andere Straßenseite, seine Hände auf dem Rücken verschränkt. Meine Güte, Alton House war heute so gut besucht wie die Paddington Station. Ich eilte die Treppe hinunter.

Jasper drehte sich um, als ich die Tür öffnete. „Hallo, altes Mädchen. Ich hatte nicht erwartet, dass du die Tür öffnest."

„Die Familie und die Bediensteten sind bei der Beerdigung der Witwe."

„Natürlich. Wie wäre es mit einer Tasse Tee im Savoy?"

Ich blickte hinter Jasper die Straße hinauf und hinunter. Wie lange war ich in Addies Zimmer gewesen? Sicherlich war es zu früh für irgendjemanden, von der Beerdigung zurückzukehren. „Ich kann im Moment nicht. Normalerweise würde ich gerne, aber ich – nun, ich kann einfach nicht."

„Ich verstehe." Er hielt meinen Blick für einen Moment fest, dann spähte er über seine Schulter. „Stimmt was nicht?"

„Ob was nicht stimmt? Nein, überhaupt nicht."

Jasper warf mir einen langen Blick zu. „Nein, alles ist in Ordnung, doch –" Er runzelte die Stirn, als er sich vorbeugte und mich ansah, als wäre ich ein Laborexperiment. „Du wirkst entschieden ... ähm ... ängstlich? Nein, warte – ich habe es – nervös. Das ist es, nervös."

In diesem Moment wusste ich, dass es keinen Sinn hatte, ihn abzuspeisen. Er würde jetzt nie mehr gehen. „In Ordnung, ja, ich bin ein bisschen nervös. Und ich könnte tatsächlich deine Hilfe gebrauchen."

Er neigte seinen Kopf nach vorn. „Ich freue mich immer, dir zu Diensten zu sein, Olive."

„Wunderbar." Ich schwang die Tür weit auf. „Dann komm doch bitte rein."

Jetzt war es Jasper, der über seine Schulter zurückblickte. „Ähm, das gehört sich nicht wirklich, weißt du – du bist allein im Haus."

„Dann komm schnell rein, bevor dich jemand sieht. Ich schnüffele ein bisschen herum und könnte die Perspektive eines Mannes gebrauchen."

KAPITEL NEUNZEHN

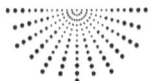

*I*ch stieß die Tür zu Felix' Zimmer auf, und Jasper folgte mir hinein. Ich hatte ihn nach oben geführt und ihm erklärt, was passiert war, seit ich ihn das letzte Mal gesehen hatte.

„Die Zimmer der Verdächtigen zu durchsuchen, war nicht ganz das, was ich im Sinn hatte, als ich vorbeigekommen bin." Als er den Raum überblickte, tippte Jasper mit seinem Finger gegen die Krempe seines Hutes, den er in seinen Händen hielt. Er trug immer noch seinen Wollmantel. „Ich dachte eher an einen Besuch in einem Teeladen."

„Eine Tasse Tee klingt wunderbar. Aber schau dich zuerst einmal um. Du nimmst den Kleiderschrank. Du weißt, wonach du suchen musst – ob etwas falsch oder fehl am Platz ist. Ich sehe mir den Schreibtisch an, ja?"

„Es gehört sich nicht, in den Habseligkeiten anderer Leute herumzustöbern."

„Es gehört sich auch nicht, Pralinen zu manipulieren, damit es so aussieht, als hätte Gigi ihr Dienstmädchen ermordet." Ich wartete nicht auf eine Antwort, sondern ging zum Schreibtisch.

„Ja, wenn du es so ausdrückst ..." Jasper legte seinen Hut auf das Bett und ging zum Kleiderschrank.

Der Schreibtisch war offensichtlich der Ort, an dem Felix die meiste Zeit verbrachte. Der Rest des Zimmers war ordentlich. Seine Kleider waren weggeräumt, die Tagesdecke auf dem Bett war glatt, und die Ablage auf der Kommode war sauber und glänzte von frischer Politur. Auf dem Schreibtisch lagen jedoch eine Menge Papier, Stifte und Stapel von Büchern. Felix' Umhang war über die Rückenlehne des Schreibtischstuhls drapiert, und ein Stück Papier war in der Schreibmaschine eingespannt. Es war zur Hälfte mit getipptem Text gefüllt, Zeilen seines Stücks.

Ein paar Minuten später schloss Jasper die Schranktüren. „Nichts Ungewöhnliches hier. Jacketts, Hemden und Hosen. Einstecktücher, Socken, Kragen und so weiter."

Der Schreibtisch war unordentlich, doch ich achtete darauf, nichts zu sehr zu bewegen. Mein Vater arbeitete auf die gleiche Weise und erzeugte einen kleinen Tornado aus Papier um sich herum. Doch er kannte immer die genaue Position jedes Gegenstands auf seinem Schreibtisch, und wenn etwas bewegt worden war, konnte er es sofort erkennen.

Jasper gab ein Geräusch von sich, und ich drehte mich um. „Was ist es?"

Er blätterte in einem Stapel Bücher und Broschüren auf dem Nachttisch. „Sagen wir einfach, man könnte Felix' Wahl seines Lesestoffs als ziemlich radikal betrachten."

„Er hat gesagt, die Aristokratie sei veraltet. Sagte, sie

seien Dinosaurier."

„Das ist mild im Vergleich zur Rhetorik hier."

„Er hat auch gesagt, dass er die Witwe hasst."

Jasper drehte sich mit immer noch gesenktem Kopf um und sah mich an. „War er angetrunken?"

„Das ist eine Untertreibung. Aber er wusste genau, was er sagte. Sein Ton war ... kalt. Nur so kann man es beschreiben."

„In vino veritas, nicht wahr? Aber es gibt einen großen Unterschied zu sagen, dass man jemanden hasst, und ihn tatsächlich zu töten."

Ich wandte mich wieder dem Schreibtisch zu. „Ja, und ich kenne Felix nicht gut genug, um zu wissen, ob er so etwas wirklich tun würde." Ich hob die Ecken von Papieren und Kanten von Büchern an und grub mich durch die Schichten. Ich entdeckte eine zerknüllte Schokoladenriegelverpackung, einen Hefter, eine Schachtel Streichhölzer und ein scharfes Taschenmesser, die auf der Schreibtischunterlage lagen. Ich wollte gerade die Ränder der Papiere und Bücher vorsichtig wieder an ihren Platz zurückschieben, als ich neben der Klinge des Taschenmessers dunkle Flocken bemerkte.

Ich musste ein Geräusch gemacht haben, denn Jasper kam durch den Raum zu mir herüber. „Hast du was Interessantes gefunden?"

„Ich weiß nicht." Ich wies auf die Flocken hin. „Sie könnten vom Schokoriegel sein, nehme ich an. Sie sind zu dunkel, um von einem Radiergummi zu stammen."

Jasper nahm ein Monokel aus seiner Tasche und betrachtete sie. „Ich stimme zu, definitiv nicht von einem Radiergummi. Könnte ein Beweis sein, altes Mädchen."

„Aber würde Felix hier Pralinen aufschneiden und

Spuren zurücklassen? Würde er sie nicht wegfegen?", fragte ich.

„Wahrscheinlich hat er es nicht bemerkt. Sie sind ziemlich klein. Und er könnte immer noch behaupten, dass sie vom Schokoladenriegel sind." Jasper richtete sich auf und steckte das Monokel wieder in seine Tasche. „Nun, ich glaube, die Frage ist, lässt du alles *in situ*?"

Ich stieß einen Seufzer aus. „Nein, das glaube ich nicht. Auch wenn es so aussieht, als ob die Dienstmädchen den Schreibtisch nicht aufräumen und Felix sie nicht weggewischt hat, könnte er von der Beerdigung zurückkommen und entscheiden, dass sein Stück schrecklich ist, und alles ins Feuer werfen."

„Grundgütiger."

„Das hat er schon einmal getan." Ich nahm ein sauberes Blatt Schreibmaschinenpapier und schob es unter die Schneide des Taschenmessers.

„Nun, in diesem Fall –" Jasper holte sein Taschentuch heraus und strich die Flocken auf das Blatt Papier. Ich faltete das Papier zu einem kleinen Päckchen zusammen und steckte es in einen Umschlag, den ich auf dem Schreibtisch fand. Der Umschlag passte gerade in die Tasche meines Kleides.

Ein kurzer Blick durch die restlichen Schubladen brachte Belege zum Vorschein, Notizbücher mit Notizen, die so schwer zu lesen waren, dass sie genauso gut Hieroglyphen hätten sein können, und andere Dinge, doch nichts davon war für uns von Interesse.

Jasper hob seinen Hut auf und folgte mir in den Flur, als ich zur Dienertreppe ging. „Wir beeilen uns besser. Es wäre unangenehm, wenn Mrs. Dowd zurückkommt, während ich in ihrem Zimmer herumstöbere." Jasper folgte mir die Treppe hinauf, seine Schritte hallten durch

das enge Treppenhaus. „Kannst du nicht leiser gehen?",
fragte ich.

„Warum? Alle sind fort, oder? Du musst nicht
schleichen."

„Ich denke schon, aber ich habe das Gefühl, trotzdem
so leise wie möglich schleichen zu müssen."

Wir erreichten das oberste Stockwerk, und ich ging
voran durch den schmalen Flur aus kahlem Holz. „Ich
weiß nicht genau, welches Zimmer Mrs. Dowd gehört",
sagte ich, „aber sie stand diesem am nächsten, als sich
alle vor Stellas Zimmer versammelt hatten." Ich spähte
in das Zimmer. Es war genauso eingerichtet wie Stellas
Zimmer, mit dem einen Unterschied, dass es nur ein Bett
gab. Am Fenster stand ein Schaukelstuhl mit einem
Schal über der Armlehne. Auf dem Nachttisch standen
ein Spirituskocher und eine einzelne Teetasse. Das
Zimmer musste einer höheren Hausangestellten gehö-
ren. Die Dienstmädchen teilten sich ein Zimmer, und ich
bezweifelte, dass sie einen Spirituskocher haben durften.

Ein Seilteppich bedeckte die Dielen, und auf der
Kommode mit einem ovalen Spiegel stand eine Elfen-
bein-Toilettengarnitur. Hinter der Tür hing ein rosa
Schlafrock mit Rüschen an einem Haken. „Es ist Mrs.
Dowds Zimmer. Ich erkenne den Morgenmantel."
Zögernd trat ich ein.

„Hier gibt es nicht viel zu sehen", sagte Jasper und
ging zu dem Tisch neben dem Schaukelstuhl.

Die kleine Kammer mit der niedrigen Decke fühlte
sich mit uns beiden darin geradezu klaustrophobisch
eng an, und ich war mir des Dufts von Jaspers Limetten-
Aftershave sehr bewusst.

Ich warf einen schnellen Blick durch die Kommoden-
schubladen und fühlte mich noch schlechter, weil ich

hier herumschnüffelte, als ich mich unten gefühlt hatte. Diener hatten so wenig Privatsphäre. In ihren Habseligkeiten herumzuschnüffeln schien ein noch größeres Unrecht zu sein, als sich in den anderen Schlafzimmern umzusehen. Die Kommode enthielt nur Kleidung, alles einfach geschnitten und aus derbem Stoff. Ich schob die unterste Schublade zu, als Jasper sagte: „Hier ist nichts Interessantes."

„Da muss ich dir recht geben –" Ich hatte mich halb von der Kommode abgewandt, doch ich drehte mich wieder um. Flaschen und Tiegel waren vor dem Spiegel aufgereiht, darunter Tiegel mit Rosen- und Lavendel-Hautcremes und Puder. Doch es waren die kleinen Glasfläschchen mit Medikamenten, die mir aufgefallen waren. Das eine war ein Mittel gegen Husten und das andere ein Stärkungsmittel. „ Sieh dir das an, das hier enthält Arsen. Es steht auf dem Etikett."

Jasper spähte über meine Schulter. „Arsen hat eine lange Geschichte ‚medizinischer' Verwendung. Denk daran, dass die Arsenesser es zu sich nehmen, nicht nur für glänzendes Haar und blasse Haut, sondern auch für Langlebigkeit und Ausdauer – zumindest sagen das die begeisterten Anhänger." Er blinzelte auf das Kleingedruckte auf dem Etikett. „Die Menge ist allerdings relativ gering. Es wäre nicht tödlich, wenn sie es nicht eingekocht hätte –" Jasper verstummte, als er meinem Blick zu dem Spirituskocher auf dem Beistelltisch folgte. „Noch ein Beweis für den Inspector."

Jasper reichte mir sein Taschentuch, und ich packte die kleine Flasche ein und steckte sie in meine andere Tasche. „Eine ziemliche Sammlung, die du da zusammenträgst. Nimmst du auch die Teekanne mit?"

„Nein. Das würde auffallen."

„Mrs. Dowd könnte bemerken, dass die Tonic-Flasche weg ist."

„Ich werde was im Bad finden und es ersetzen."

Im Schrank im Bad der Dienerschaft fand ich eine Flasche ähnlicher Farbe und Größe. Es war durchsichtiges Glas, genau wie die Tonic-Flasche, doch sie enthielt einen Fingerbreit Mundwasser. Hoffentlich würde Mrs. Dowd nicht bemerken, dass ihr Tonic gegen Mundwasser ausgetauscht worden war, bevor ich Thorn meine Beweise bringen konnte. „Komm, lass uns nicht zu lange hier bleiben."

Ich stieg die schmale Treppe hinab, meine Schuhe klapperten auf dem Holz. Ich machte mir jetzt keine Sorgen, Lärm zu machen. Ich wollte zurück in den Hauptteil des Hauses, bevor jemand von der Beerdigung zurückkehrte. Die Diener würden zuerst zurückkommen, damit sie das Haus öffnen konnten, und ich war froh, als wir wieder im Flur waren und der dicke Teppich unsere Schritte dämpfte. Schweigen lag noch immer in der Luft von Alton House. „Sie sind noch nicht zurück", sagte ich und ging zur Haupttreppe.

„Was hast du in Gigis Zimmer gefunden?", fragte Jasper, als wir ungefähr die Hälfte der ersten Treppe hinunter waren.

„Ich habe ihr Zimmer nicht durchgesehen."

Jasper sagte nichts, hob nur eine Augenbraue.

„Es ist unnötig."

Jasper seufzte. „Du bist so unglaublich loyal, Olive. Du hattest keinen einzigen Zweifel an Gigi?"

Jetzt war ich an der Reihe zu seufzen. Ich machte kehrt und stapfte die Treppe hinauf. „Es ist sehr ärgerlich, wenn du mich auf solche Dinge hinweist, weißt du das?"

„Tut mir leid. Freundespflicht und so weiter. Ich mag Gigi, aber du kennst die erste Regel für einen Detektiv –"

„Jeder ist ein Verdächtiger. Ja, ja. Obwohl ich darauf hinweisen muss, dass du diese Regeln in Kriminalromanen gelesen hast."

„Haben sie sich je als schlecht erwiesen?"

„Nein", sagte ich mit einem weiteren heftigen Seufzen. „Zu Gigis Zimmer ist es ein ganzes Stück. Hier um die Ecke und dann weiter."

Als wir in Gigis Zimmer ankamen, nahm Jasper den Salon, während ich mich im Schlafzimmer umsah. Er war vor mir fertig und erschien in der Tür. „Irgendetwas?"

„Nichts. Gigis Kleiderkollektion kann mit dem Bestand eines Modehauses mithalten. Aber das ist nur natürlich. Die meisten Kleider stammen von den besten Pariser Designern. Ihre Hutschachteln enthalten nichts als Hüte. Nur der übliche Duft und Kosmetik- und Modemagazine auf ihrem Schminktisch."

„Na dann. Dein Vertrauen in Gigi scheint bestätigt zu sein. Ich bin sicher, du willst Thorn deine Erkenntnisse mitteilen –"

„Eigentlich habe ich überhaupt keine Lust, das zu tun." Ich konnte mir jetzt schon seine Reaktion vorstellen. Ich war mir sicher, dass Worte wie Einmischung und Wichtigtuer in seiner Reaktion eine herausragende Rolle spielen würden. „Vor allem, da ich keine Ahnung habe, wer die Witwe oder Stella tatsächlich vergiftet hat."

„Wie wäre es dann mit einer Tasse Tee? Ich habe ein paar Dinge zu erzählen, die du vielleicht hilfreich finden wirst, um alles zu klären."

„Brillante Idee. Ich hole meinen Mantel."

KAPITEL ZWANZIG

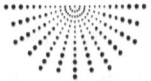

*E*s ist nicht ganz das Savoy", sagte Jasper, „während er an seinem Tee nippte.

„Nein, aber die Scones und die Gesellschaft sind wunderbar."

Aus Zeitgründen hatten wir uns entschieden, nicht ins Savoy, sondern in einen nahegelegenen Teeladen zu gehen. Im Vergleich zu der luftigen Glaskuppeldecke, dem weißen Gitterpavillon und den gestärkten Tischdecken des Hotels war der Teeladen, in dem wir saßen, klein und gemütlich. Anstelle des gedämpften Summens von Gesprächen und dem Klirren von Porzellan war dieser Teeladen von lebhaftem Geschwätz, dem Scharren von Stuhlbeinen auf dem Holzboden und dem Duft von frisch gebackenem Brot erfüllt.

Ich hatte den Riegel an der Tür von Alton House so eingestellt, dass sie sich hinter uns verriegelt hatte, als wir gegangen waren. Dann hatten wir einen kurzen Spaziergang zum Teeladen gemacht, während der Wind an unseren Mänteln und Schals zerrte.

Jasper schob Tasse und Untertasse weg und holte ein Notizbuch aus einer Innentasche seiner Jacke.

„Du hattest recht mit Clara." Er nahm ein Blatt Papier heraus und reichte es über den Tisch. Es war mit Jaspers präziser Handschrift vollgeschrieben. Ich überflog es, nachdem ich Erdbeermarmelade und Clotted Cream auf meinen warmen Scones gestrichen hatte.

„Ich konnte bestätigen, dass Clara während des Krieges tatsächlich in einem Offizierslazarett gearbeitet hat. Zu ihren Aufgaben gehörte das Abwaschen in der Kantine und das Fegen und Wischen der Krankenstationen."

„Sie hat also die Wahrheit gesagt." Die Nachricht bestätigte die Aussagen der Diener, die Boggs mir gegeben hatte.

„Ja. Danach hat sie auf einem Flugplatz gearbeitet."

„Als Mechanikerin", las ich vor, bevor ich in den Scone biss.

Jasper legte seinen Finger auf die letzte Zeile der Seite. „Ich denke, du wirst dieses Detail ziemlich faszinierend finden, wenn man bedenkt, was du in deinen Taschen herumträgst."

Ich hatte noch den Umschlag und die Tonic-Flasche bei mir. Ich würde sie bestimmt nicht in meinem Zimmer in Alton House lassen. Die einzige Möglichkeit war, sie herumzutragen.

Ich las die letzte Zeile und lehnte mich fassungslos in meinem Stuhl zurück. „Mrs. Dowd hat während des Krieges in einer Apotheke gearbeitet?"

„Korrekt. Sie hat bei der Herstellung der Stärkungsmittel und Medikamente geholfen. Sie hat über zwei Jahre lang dreimal pro Woche ehrenamtlich dort gearbeitet."

„Du meine Güte. Dann hätte sie detailliertes Wissen über Gifte und Medikamente."

„Ziemlich. Ich hätte es früher erwähnt, aber du wolltest unbedingt aus Mrs. Dowds Zimmer verschwinden, dass ich dachte, ich sollte warten. Zu den anderen Namen auf deiner Liste konnte ich leider nichts weiter finden. Felix war zu jung, um gedient zu haben oder sich freiwillig zu melden. Er war ein Musterschüler in der Schule, also gibt es nichts Interessantes zu berichten. Addie fällt in die gleiche Kategorie, zu jung, um irgendetwas im Krieg getan zu haben. Gigi auch."

„Ja, ich bin sicher, Addie und Gigi waren wie ich, haben Bandagen gerollt und gestrickt."

„Stricken? Gigi?"

„Jedes bisschen zählt. Sogar die schlecht gestrickten Handschuhe und Socken wurden geschätzt – zumindest wurde mir das gesagt. Meine waren ziemlich schrecklich. Die armen Soldaten, die meine Bemühungen bekommen haben, taten mir tatsächlich leid. Ich bin sicher, sie waren die Lachnummer ihrer Regimenter."

„Unterschätze niemals die Bedeutung eines Carepakets für jemanden an vorderster Front. Auch schlecht gestrickte Socken sind besser als gar nichts."

„Da hast du wohl recht. Aber Gott sei Dank hing die Moral nicht ausschließlich von meinen Strickanstrengungen ab. Wir wären in der Tat in große Schwierigkeiten geraten, wenn das der Fall gewesen wäre." Ich faltete Jaspers Notizen zusammen und steckte sie zusammen mit der von Boggs in meine Handtasche. Jasper rief nach der Rechnung.

Auf unserem Weg zurück nach Alton House sagte Jasper: „Du bist sehr still."

„Ich habe ziemlich viele Details über alle in Alton

House gesammelt, aber nichts belastet eine Person mehr als alle anderen. Das ärgert mich. Und ich finde es ein wenig beängstigend. Jemand in diesem Haus ist ein Doppelmörder."

„Ein Argument dafür, dass du gleich in deine neue Wohnung ziehst."

Ich hatte Jasper von meiner neuen Wohnung erzählt, während wir auf unseren Tee warteten. „Ja, sobald ich die Unterlagen unterschrieben und den Schlüssel habe, werde ich umziehen. Es wäre nicht richtig, länger zu bleiben, aber ich mag es nicht, Gigi allein zu lassen. Sie ist sich sicher, dass ihr Name nächste Woche bei der Untersuchung von Stellas Tod genannt wird."

„Gibt es handfeste Beweise?", fragte Jasper, als wir um die Ecke bogen und Alton House in Sicht kam.

„Sie sagt, ihre Fingerabdrücke werden auf der Pralinenschachtel sein, aber das ist nur natürlich, weil sie an sie geschickt wurden."

„Na dann." Er winkte ab. „Ein guter Anwalt kann das Gewicht dieses kleinen Details mildern."

„Und dann ist da noch das Testament der Witwe. Wenn Gigi das Vermögen ihrer Großmutter erbt, wird dieses nicht so kleine Detail ihr Motiv sein."

„Aber sie haben noch nicht genau herausgefunden, was die Witwe gegessen – oder getrunken – hat, das vergiftet wurde?"

Wir waren zügig gegangen, doch jetzt blieb ich stehen. Jasper ging einen Schritt weiter und drehte sich dann um, als ich sagte: „Du hast recht. Der Tod der Witwe ist der Schlüssel zum Ganzen. Stellas Tod ist nur ein Ableger." Ich ging weiter, und Jasper passte sich meinem Tempo an. „Ich muss mich wieder auf die Witwe konzentrieren. Dort liegen die Antworten."

Wir hatten die Steinbalustrade erreicht, die den kleinen Vorplatz von Alton House von der Straße trennte. Im Haus konnte ich Gestalten sehen, die sich hinter den Fenstern bewegten. Die Beerdigung war vorbei, und alle waren zurückgekehrt. Ich war froh, dass ich mich nicht auf die Balustrade setzen und warten musste, bis mir jemand die Tür öffnete. Ich dankte Jasper für den Tee und wandte mich ab, als er „Olive" sagte.

Ich drehte mich um, überrascht von der Ernsthaftigkeit seines Blicks.

„Mir ist klar, dass dir das Rätsel hinter Fällen wie diesem sehr gefällt."

„Ja, und das habe ich dir zu verdanken. Du bist derjenige, der mich in die Kriminalliteratur eingeführt hat."

„Das habe ich." Er grinste kurz, dann wurde er wieder ernst. „Vergiss nicht, dass jemand in Alton House unbedingt verhindern will, dass irgendwer herausfindet, dass er die Witwe vergiftet hat. Versprich mir, dass du gehst, wenn du auch nur den geringsten Hauch von Gefahr spürst."

„Offensichtlich hat derjenige nicht viel von mir zu befürchten. Ich komme einfach nicht drauf, wer es war. Ich bin mit meinem Latein am Ende." Er runzelte die Stirn über meine flapsige Bemerkung, also ging ich zu ihm zurück und drückte seine Hand. „Ich verspreche, dass ich extrem vorsichtig sein werde. Wenn ich auch nur das geringste Gefühl von Sorge oder Bedenken habe, werde ich gehen."

~

Lillian öffnete mir die Tür. „Guten Tag, Miss Belgrave."
Die schwere Stille war verflogen, und in Alton House
herrschte lebhafte Geschäftigkeit. Diener gingen hin und
her und trugen Tabletts in den Speisesaal.

„Guten Tag, Lilian. Wo ist Elrick?"

Sie nahm meinen Mantel, als ich herausschlüpfte,
und fügte ihrer Ladung meine Handtasche, Handschuhe
und meinen Hut hinzu. „Er ist mit Inspector Thorn in
der Bibliothek. Der Inspector bestand darauf, dass die
Möbel umgestellt wurden. Mr. Elrick überwacht es."

„Inspector Thorn ist hier?"

„Ja." Ihr Ton schwankte bei dem einen Wort, dann
zitterte ihr Kinn, und ihre Augen füllten sich mit Tränen.

„Lillian? Was ist?"

Sie schluckte. „Es ist –" Sie brach ab und schüttelte
den Kopf, als ein Schluchzen ihren zusammengepressten
Lippen entkam.

„Du meine Güte." Ich legte meinen Arm um sie und
führte sie in den kleinen Raum neben dem Eingang, in
dem Besucher warteten, während Elrick sich erkundigte,
ob die Familie „zu Hause" sei.

Ich schloss die Tür, führte sie zu einem Stuhl und
nahm ihr dann meine Sachen ab. Sie schniefte, entschuldigte sich und wollte aufstehen.

Ich legte eine Hand auf ihre Schulter. „Nein, nehmen
Sie sich einen Moment Zeit, um sich zu sammeln." Ich
holte ein Taschentuch aus meiner Handtasche und gab
es ihr, bevor ich mich ihr gegenüber setzte. „Sie haben
eine belastende Zeit hinter sich. Ich werde niemandem
etwas sagen."

„Danke." Sie nickte, das Taschentuch an ihre Augen
gepresst. Einen Moment später nahm sie das Taschentuch weg und atmete zittrig aus, bevor sie über ihre

Schulter zur Tür blickte. „Ich bitte um Verzeihung, Miss. Ich sollte gehen."

Armes Mädchen. Sie hatte miterlebt, wie ihre Freundin gestorben war, und jetzt hatte sie an einer Beerdigung teilgenommen. Kein Wunder, dass sie überreizt war. „Bleiben Sie einen Moment. Beerdigungen können sehr aufwühlend sein."

„Oh, es ist nicht die Beerdigung. Keiner von uns hat die Witwe gemocht –" Ihre Augen weiteten sich. „Ich meine –"

„Schon gut. Sie müssen es nicht erklären. Ich weiß, wie sie war. Doch wenn es nicht die Beerdigung war, warum sind Sie dann so aufgewühlt?"

Sie zögerte, als sie mein Gesicht absuchte. „Ich – ähm – ich habe den Inspector angelogen." Nach ihrem anfänglichen Zögern sprudelten ihre Worte hervor. „Ich habe gestern Nacht überhaupt nicht geschlafen, weil ich mir darüber Sorgen gemacht habe, und ich weiß nicht, was ich tun soll."

„Worüber haben Sie gelogen?"

„Die Kamee." Sie drehte das Taschentuch in ihren Händen. „Er war sich nur so sicher, dass Stella eine Diebin war, aber so war sie nicht. Sie war keine. Und sie war nett zu mir. Sie hat mir geholfen, als ich hier angefangen habe. Sie hat mir kleine Hinweise gegeben – wen ich meiden sollte, weil er oder sie schlechte Laune hatte, solche Dinge. Jedenfalls konnte ich den Inspector nicht glauben lassen, dass Stella etwas stehlen würde. Das würde sie nicht. Nein, das würde sie einfach nicht tun. Zum einen hätte es sie die Anstellung kosten können. Aber der Inspector war so überzeugt, und Stella war gerade auf so schreckliche Weise gestorben. Es war furchtbar, ihr war so übel, und dann hat sie immer wieder von der Marmelade gesprochen. Ganz wirr war sie. Es war der Schmerz. Und als Lady Gina angekommen ist, konnte Stella kaum mehr sprechen, so schlimm war es. Ich konnte Stellas Familie nicht glauben lassen, dass sie vor ihrem Tod etwas so Falsches getan hatte. Also habe ich gesagt, dass Stella mir gesagt hat, sie hätte die Kamee gefunden und würde sie Mrs. Monce geben." Sie verstummte, als wäre ein Wasserhahn abgestellt worden.

„Und das war eine Lüge?"

„Nun, in gewisser Weise, ja. Sie hat noch mehr gesagt, aber ich habe es dem Inspector nicht gesagt." Sie drehte das Taschentuch weiter. „Stella sagte, sie würde die Kamee zurückgeben, doch sie sagte auch, dass es nur der Anfang sei, dass es ein winziger Teil dessen sei, was sie bekommen könnte."

„Das waren ihre genauen Worte?", fragte ich fassungslos. Lillian konzentrierte sich auf ihre Zehenspitzen. Sie schien zurückzudenken, und einen Augenblick später sah sie mich an. „Ja, das ist richtig. Als ich gesagt habe, wie hübsch sie sei, lachte sie und sagte: ‚Das ist erst der Anfang. Ich werde viel mehr als das bekommen können.' Sie hat nichts weiter sagen wollen, doch sie hatte gewirkt, als hätte sie ein großes Geheimnis, wenn Sie verstehen, was ich meine."

„Du meine Güte."

„Miss?"

Fakten und Ideen ordneten sich in meinem Kopf neu und verwandelten sich in ein Muster, eines, das ich zuvor noch nicht gesehen hatte. Es war, als würde ich ein Puzzleteil betrachten und feststellen, dass ich versucht hatte, es an die falsche Stelle zu zwingen.

Mir wurde bewusst, dass Lillian gesprochen hatte. „Entschuldigung, was war das?"

„Denken Sie, ich sollte es dem Inspector sagen?"

„Ja, ich denke, das werden Sie müssen. Ich begleite Sie gerne, wenn Sie das möchten."

„Oh, das würden Sie tun? Vielen Dank, Miss Belgrave."

„Ich bin sicher, Sie werden keine Gelegenheit bekommen, mit ihm zu reden, bis das Testament verlesen ist. Versuchen Sie, sich bis dahin keine Sorgen zu machen."

„Ich muss zurück, bevor Mr. Elrick oder Mrs. Monce mich vermissen." Sie nahm meinen Mantel, meine Handtasche, und meinen Hut. Sie streckte ihre Hand ein wenig verlegen aus, um mir das Taschentuch zurückzugeben, und zog sie dann zurück. „Ich lasse es waschen und bringe es Ihnen zurück."

„Einen Augenblick. Ich brauche meine Handtasche, bitte." Lillian gab sie mir, und ich nahm die Notizen von Boggs und Jasper heraus. „Danke. Das ist alles, Lillian", sagte ich und gab ihr die Handtasche zurück. Sie nickte und eilte zur Tür hinaus.

Ich las die Seiten sorgfältig durch, verließ dann den Raum und sprintete die Treppe hinauf. Ich musste Gigi finden.

KAPITEL EINUNDZWANZIG

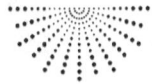

*A*ls ich die Treppe hinaufstieg, ging Gigi den Flur entlang zur Bibliothek. Ich beeilte mich und holte sie ein. „Hallo Gigi. Wie geht es dir?"

Sie war in Gedanken versunken und brauchte einen Moment, um sich auf mich zu konzentrieren. „Ach, Olive. Hallo."

„Wie war die Beerdigung?"

„Sie hat sich genau nach Grannys Entwurf abgespielt. Sehr angemessen und würdevoll." Ihr Ton war gedankenverloren. Wir betraten die Bibliothek, und sie bedeutete mir, ihr in eine Ecke ein wenig abseits der Stelle zu folgen, an der sich Mr. Tower vorbereitete. Der große rothaarige Mann saß hinter einem Mahagonitisch und öffnete die Verschlüsse seiner ledernen Aktentasche.

Gigi sagte: „Ich hatte gerade Besuch von Captain Inglebrook. Er bestand darauf, mich zu sehen, obwohl wir gerade von der Beerdigung kamen."

„Ich habe ihn vorhin gesehen. Er hat Addie abgeholt."

„Sie sind zurückgekommen, als wir von der Beerdigung gekommen sind. Addie ging in ihr Zimmer und bat um ein kurzes Gespräch mit mir. Er wird mit einer Sondergenehmigung heiraten."

„Was?"

„Es ist wahr. Er heiratet Beatrice Longchamp."

„Die amerikanische Erbin?"

„Ja."

„Kein Wunder, dass er Addie gesagt hat, dass sie ausgesorgt haben", murmelte ich. Als ich Gigis verwirrten Gesichtsausdruck sah, erklärte ich ihr, was ich gehört hatte, als er angekommen war. „Er war über-schwänglich."

„Nun, er hatte die guten Manieren, sein Benehmen zu zügeln, als er es mir gesagt hat", sagte Gigi. „Er war der Meinung, er sollte es mir sagen, bevor die Ankündi-gung gemacht wird."

„Du bist nicht verärgert?" Ich war mir sicher gewe-sen, dass Gigi keine großen Gefühle für Inglebrook hegte, doch bei ihr war das schwer zu sagen. Ihre wahren Gefühle verbarg sie tief unter ihrem lebens-frohen Äußeren.

„Keineswegs. Ich freue mich für ihn. Unser kleines Flirtspiel wurde sowieso langweilig." Ich warf ihr einen Blick zu, und sie fügte hinzu: „Ich gebe zu, er ist der hübscheste Mann, den ich kenne, und mit ihm zu flirten war ziemlich großartig. Ich mochte es nicht, wenn ich seine Aufmerksamkeit nicht ganz für mich behalten konnte, doch das war alles – ein Flirt, mehr nicht."

Es schien, als wäre Gigi ehrlich. Da ich nicht glaubte, dass sie durch Inglebrooks plötzliche Flucht insgeheim verletzt war, wandte ich mich dem Thema zu, das viel wichtiger war als seine Heirat. „Ich habe gerade mit Lillian über das gesprochen, was sie der Polizei erzählt hat. Wegen der Kamee. Wir haben völlig falsch gelegen mit unserer Annahme –"

Jemand hustete hinter mir. „Lady Gina, wir sind bereit." Mr. Tower deutete auf einen Stuhl vor dem Mahagonitisch.

Gigi und ich waren so in unser Gespräch vertieft gewesen, dass wir nicht bemerkt hatten, dass die Familie und die Bediensteten in die Bibliothek geströmt waren. Felix und Clara saßen an gegenüberliegenden Enden eines Sofas. Mrs. Dowd und Elrick standen hinter ihnen, abseits neben den Bücherregalen, die die Wände säumten.

Gigi sagte zu Mr. Tower: „Ich entschuldige mich. Ich wollte Sie nicht warten lassen." Mr. Tower kehrte zurück an den Tisch, wo ein einzelnes Dokument auf dem polierten Holz lag. Gigi setzte sich in den Ohrensessel, in dem ihre Großmutter in der Nacht der Mordparty gesessen hatte.

Ich überlegte, ob ich am Rand des Raums entlang schleichen und gehen sollte, doch Mr. Tower räusperte sich noch einmal und begann. „Die Witwe hat detaillierte Anweisungen hinterlassen, in denen festgelegt wurde, dass jeder von Ihnen hier sein sollte und dass ich die relevanten Teile des Testaments genau verlesen und keine Fragen beantworten solle, bis das geschehen ist."

Anstatt Mr. Tower zu unterbrechen, setzte ich mich in einen Clubsessel in der Nähe und fühlte mich ein wenig so, als hätte ich einen Platz in der ersten Reihe im Theater. Mr. Towers Rücken war mir zugewandt, doch die Familie und die Bediensteten saßen uns gegenüber. Ich hatte einen klaren Blick auf alle. Niemand außer Gigi schien zu bemerken, dass ich in der Bibliothek geblieben war. Alle anderen konzentrierten sich auf Mr. Tower.

Mr. Tower nahm das Blatt in seine Hände. „Ich, Vanessa Louisa Renee Alton –"

Eine Bewegung hinter der Gruppe erregte meine Aufmerksamkeit. Die Schiebetüren, die zum Arbeitszimmer führten, glitten ein paar Zentimeter auf. Inspector Thorn erschien in der Lücke, kam aber nicht herein.

Ich konzentrierte mich auf das, was der Anwalt sagte. „... für seine treuen Dienste vermache ich hiermit die Taschenuhr meines Vaters an Joseph Arnold Elrick."

Elricks Gesichtsausdruck änderte sich nicht. Das hatte ich auch nicht erwartet – er war der vollendete Butler – doch sein Hemd und der Kragen seines Anzugs bewegten sich, als sein Atem schneller ging.

Mr. Tower las weiter. „... und Angelina Joanna Dowd vermache ich für ihren treuen Dienst mein silbernes Handspiegel- und Bürstenset, weil sie es immer bewundert hat."

Mrs. Dowd war nicht so gut darin, ihre Gesichtszüge zu kontrollieren wie Elrick, und runzelte die Stirn. Sowohl sie als auch Elrick schienen sich in Erwartung einer weiteren Zeile im Testament, die sich auf sie bezog, ein wenig nach vorn zu lehnen.

Mr. Tower las den nächsten Teil, während sein Blick auf das Papier geheftet war. „Ich hinterlasse Referenzschreiben für Elrick und Mrs. Dowd. Ich habe sie zu Lebzeiten großzügig bezahlt, und wenn sie meine Anweisungen befolgt und den Überschuss klug angelegt haben, sind sie finanziell gut abgesichert."

Elricks Gesichtsausdruck änderte sich nicht. Er schien nicht einmal zu atmen. Die Stimme meines Vaters von der Kanzel, als er vorlas, wie Lots Frau in eine Salzsäule verwandelt wurde, kam mir in den Sinn. Mrs.

Dowd holte so scharf Luft, dass sie sogar für mich mehrere Meter entfernt hörbar war. Gigi hatte gesagt, es sei bekannt gewesen, dass die Witwe ihnen kein Geld in ihrem Testament hinterlassen würde, doch Elrick und Mrs. Dowd hatten eindeutig etwas anderes gehofft.

Mr. Tower las schneller, und ich dachte, er hoffte wahrscheinlich, den Rest des Testaments hinter sich bringen zu können, bevor es eine Szene gab. „Clara Clack hinterlasse ich meinen Nerzmantel und dreihundert Pfund."

Clara senkte den Blick, doch sie war nicht schnell genug, um ihre Enttäuschung zu verbergen.

„Felix Alton hinterlasse ich meine persönliche Bibliothek, die aus über zweihundert Bänden besteht, in der Hoffnung, dass er sie lesen und die wahre Definition guter Literatur lernen wird."

„Ich fasse es nicht!" Röte kroch Felix' Hals empor in sein Gesicht. „Die Dreistigkeit dieser alten Fledermaus –"

Tower erhob seine Stimme und sprach über Felix hinweg, der aussah, als hatte er aufstehen wollen, sich jedoch gegen die Sofakissen zurücklehnte, als Tower weiterlas: „Meinen übrigen Besitz hinterlasse ich Gina Alton."

Gigi nickte, doch sie sah nicht glücklich aus. Hinter ihr schob Thorn die Schiebetür weit auf, doch niemand sonst bemerkte es, als er lautlos auf sie zuging. Mr. Tower las den Rest des Testaments vor, doch seine Worte gingen unter, als meine Gedanken zu kreisen begannen.

Als Mr. Tower fertig war, legte er das Testament weg und griff in seine Ledertasche. Er nahm zwei versiegelte Umschläge heraus. Von meiner Position hinter ihm konnte ich die Namen erkennen. Sie waren für Elrick und Mrs. Dowd, und ich nahm an, dass es die Referenzen waren, die die Witwe versprochen hatte. Mr. Tower schob seinen Stuhl zurück, doch bevor er den Raum durchqueren und die Umschläge abgeben konnte, trat Thorn vor.

Er war ein kleiner Mann, doch er ragte bedrohlich über Gigis Stuhl. „Lady Gina, ich muss Sie bitten, mich zur Wache zu begleiten."

Mr. Tower trat auf beide zu. „Ist das nötig?"

„Ja. In Anbetracht des Testaments sogar von entscheidender Bedeutung."

Gigi stand auf und hob eine Hand, um Mr. Tower aufzuhalten, der kurz davor war, etwas zu sagen. „Schon gut, Benny. Ich gehe mit ihm. Ich habe nichts zu befürchten."

Mr. Tower sagte: „Aber Sie brauchen eine angemessene Vertretung. Ich werde mit meinen Partnern dafür sorgen –"

Ich stand auf. Mein Herz pochte so laut, dass ich mir sicher war, dass jeder im Raum es hören konnte. „Gigi hat recht. Sie hat nichts zu befürchten. Sie hat weder die Witwe noch Stella getötet, doch die Person, die sie beide ermordet hat, ist in diesem Raum."

Eine Sekunde lang herrschte fassungsloses Schweigen, dann sprachen alle gleichzeitig. Die Einzige, die schwieg, war Gigi. Sie warf mir einen fragenden Blick zu. Ich nickte auf eine, wie ich hoffte, beruhigende Weise.

„Ich will nichts von diesem theatralischen Unsinn hören." Thorn ergriff Gigis Arm.

Sie schüttelte ihn ab. „Ich glaube, Sie sollten Olive die Höflichkeit erweisen, ihr zuzuhören." Gigis klare aristokratische Stimme hallte durch den Raum, und alle anderen verstummten. „Schließlich hat Olive Ihnen in der Vergangenheit den Dienst erwiesen, einen Ihrer Fälle zu lösen. Es würde Sie in ein ziemlich schlechtes Licht rücken, wenn Sie sie jetzt ignorieren würden und sich erweisen sollte, dass sie recht hat."

„Ja, lassen Sie uns hören, was sie zu sagen hat." Mr. Tower, der sich vor den Tisch gestellt hatte, als Thorn sich Gigi genähert hatte, verschränkte die Arme und lehnte die Hüfte gegen den Tisch. „Ich bin sicher, Sie sind daran interessiert, alle möglichen Hinweise in diesem Fall zu sammeln, nicht wahr, Inspector? Es wäre peinlich, wenn die Presse erfahren würde, dass Sie mögliche Beweise ignoriert haben."

Thorns Kiefermuskeln zuckten. Ich war mir sicher, dass er die Zähne zusammenbiss. „Also gut. Raus mit der Sprache. Ich nehme an, Sie haben eine Art alberne Theorie, die Ihre Freundin entlastet."

„Es ist keine Theorie. Es ist eine Abfolge von Ereignissen, die genau erklärt, was passiert ist." Ich holte tief Luft und begann meinen Bericht, bevor Thorn seine Meinung ändern konnte. „Das erste Ereignis hat lange vor dem Tod der Witwe stattgefunden. Die Witwe und Gigi sind zu einem Geschäft gegangen, als sie einen Beinaheunfall hatten. Ein Automobil fuhr auf sie zu und drohte, sie zu überfahren. Glücklicherweise hatte Gigi die Geistesgegenwart, sich und die Witwe aus dem Weg des Automobils in Sicherheit zu ziehen, und niemand wurde verletzt."

Thorn sagte: „Ich verstehe nicht, was das –"

Ich sprach weiter. „Wenn Sie mich weiterreden lassen würden, wird der Zusammenhang klar."

Thorn trat vor und packte wieder Gigis Arm. „Das ist alles irrelevant. Als Nächstes werden Sie uns erzählen, dass der Vorfall, als die Witwe nach dem Abendessen krank wurde, ein Versuch war, sie zu vergiften, doch der Arzt hat keinen Zweifel, dass es nur eine Lebensmittelvergiftung war."

„Nein, ich stimme Dr. Benhurst vollkommen zu. Das war eine Lebensmittelvergiftung, mehr nicht, trug jedoch dazu bei, die Situation verwirrend zu machen. Die Symptome waren allerdings nicht die gleichen wie die, unter denen die Witwe und Stella litten, als sie starben. Nein, der nächste Vorfall ereignete sich am Morgen des Todes der Witwe und hat mit Marmelade zu tun. Wenn Sie Lillian noch einmal befragen, wird sie bestätigen, dass Stella versucht hat, allen etwas zu sagen, bevor sie gestorben ist."

Gigi riss ihren Ellbogen von Thorn los und sagte zu Elrick: „Rufen Sie Lillian. Ich denke, wir sollten hören, was sie zu sagen hat."

Thorn blickte von Gigi zu Mr. Tower und schüttelte den Kopf. „Also gut. Hören wir es uns an." Er drehte sich zu mir um und neigte den Kopf. „Ich freue mich darauf zu sehen, wie sich Ihre ,Theorie' in Wohlgefallen auflöst."

Wir warteten in angespanntem Schweigen, bis Lillian kam. Sie blieb in der Tür abrupt stehen, und ihre Augen weiteten sich, als sie sah, dass alle im Raum sie anstarrten.

„Schon gut, Lillian", sagte ich. „Kommen Sie rein." Sie zögerte einen Moment, dann kam sie durch den Raum. Ihre Schritte waren nicht schleppend, doch ich konnte sehen, dass sie sich viel lieber umdrehen und gehen wollte. Als sie an meiner Seite angekommen war, gestikulierte ich in Richtung des Inspectors. „Inspector Thorn muss hören, was Sie mir vorhin gesagt haben."

„Oh." Lillian, die Hände vor dem Bauch verschränkt, warf Thorn einen schnellen Blick zu, doch seine finstere Miene musste sie erschreckt haben, also konzentrierte sie sich wieder auf mich.

„Darüber, was Stella gesagt hat, als sie krank war", sagte ich in aufmunterndem Ton.

Lillian nickte und starrte auf den Teppich. „Sie hat deliriert. Es waren die Schmerzen, da bin ich mir sicher."

„Was hat sie gesagt?"

„Es war nur das Delirium."

„Lillian, was hat sie gesagt? Was waren ihre Worte?"

„Sie hat von Marmelade geredet. Immer und immer wieder."

„Danke, Lilian."

Sie machte einen Knicks und zog sich an das Bücher-regal zurück, ließ jedoch einen großen Abstand zwischen sich und Elrick und Mrs. Dowd.

Ich wandte mich Gigi zu. „Stella hat auch versucht, dir dasselbe zu sagen, doch sie konnte sich nicht mehr artikulieren. Du hast geglaubt, dass sie nach ihrer Mutter ruft, doch dem war nicht so."

„Du meinst, als Stella ‚Ma' gesagt hat, wollte sie ‚Marmelade' sagen?" Gigi neigte den Kopf schief und warf mir einen zweifelnden Blick zu.

Ich fuhr fort. „Das klingt unsinnig, ich weiß. Aber am Morgen des Tages, an dem die Witwe gestorben ist, hatte sie etwas gesehen. Als ich an diesem Morgen mein Zimmer verlassen habe, um zum Frühstück hinunterzu-gehen, war ich Stella begegnet, die mit einem Früh-stückstablett den Flur entlangkam. Sie war auf dem Weg zu deinem Zimmer, Gigi. Doch als Stella mich sah, bot sie an, das Tablett stattdessen in mein Zimmer zu brin-gen. Sie sagte, du bist nie so früh wach und isst nie etwas von dem Tablett, das dir jeden Tag gebracht wird." An Thorn gewandt erklärte ich: „Ein Tablett in Gigis Zimmer zu schicken, war die Art der Witwe, Gigi darauf hinzuweisen, dass es Zeit für sie war, aufzustehen und sich für den Tag vorzubereiten."

„Was ich natürlich ignoriert habe", sagte Gigi. „Es ist wahr. Das war eine von Grannys Gängeleien."

„Ich glaube, Stella hat mir das Tablett angeboten, weil sie nicht zu Gigis Zimmer gehen wollte, das etwas weiter entfernt lag."

Thorn holte Luft, doch ich sagte schnell zu ihm: „Ich bin sicher, sie hat es Ihnen nicht erzählt. Das war nicht etwas, das ein Dienstmädchen bereitwillig zugeben würde. Trotzdem bot sie mir das Tablett an, doch dann bemerkte sie, dass das Küchenmädchen vergessen hatte, einen Löffel auf das Tablett zu legen, und sie musste zurück in die Küche. Als ich gegangen bin, habe ich gehört, wie sie das Tablett unsanft auf einen Konsolentisch abgestellt hat. Stella muss das Tablett zurückgelassen haben und in die Küche gegangen sein, um einen Löffel zu holen. Anscheinend gab es an diesem Morgen einige Verwirrung. Das neue Küchenmädchen hat die Tabletts nicht richtig eingedeckt." Ich sah Mrs. Dowd an. „Nicht wahr, Mrs. Dowd?"

Mrs. Dowd zuckte zusammen und sah aus, als wolle sie nicht bestätigen, was ich gesagt hatte, doch nachdem sie die Lippen geschürzt hatte, sagte sie: „So ist es. Auf dem Tablett der Witwe fehlte die Marmelade."

„Und was haben Sie getan, als Sie es bemerkt haben?"

„Ich wollte selbst in die Küche gehen, doch als ich die Tür geöffnet habe, war Stella im Flur. Sie ist den Gang entlang geschlendert, wie sie es immer getan hat –

langsam, als hätte sie alle Zeit der Welt – und hatte einen einzigen Löffel in der Hand."

„Was haben Sie dann getan?", fragte ich Mrs. Dowd.

„Ich habe sie natürlich geschickt, um die Marmelade zu holen."

„Haben Sie ihr nachgesehen?"

„Natürlich nicht. Ich hatte zu tun."

„Und Stella kam mit Marmelade zurück?"

„Ja."

„Hat es lange gedauert, bis sie zurückkam, oder nur kurz?"

„Nur kurze Zeit. Ich hatte nur Gelegenheit, das Kleid der Witwe aufzuhängen, bevor Stella zurückgekommen ist." Sie runzelte die Stirn. Ihr Ton war von Ungeduld durchzogen, doch jetzt wurden ihre Worte langsamer. Es schien, als würde Mrs. Dowd die Szene in Gedanken noch einmal durchgehen, denn sie wandte den Blick ab, ihre Miene unkonzentriert. „Es hätte viel länger dauern sollen – besonders so, wie Stella sich bewegt hat. Damals habe ich mir nichts dabei gedacht – ich machte mir Sorgen wegen eines Risses, den ich an der Manschette des Kleides Ihrer Durchlaucht bemerkt hatte. Ich überlegte, ob ich Zeit haben würde, es zu reparieren, bevor sie mit dem Frühstück fertig war. Sie hätte länger brauchen sollen, besonders so langsam, wie Stella sich in der Regel bewegt hat."

„Korrekt", sagte ich. „Stella ist kein zweites Mal in die Küche gegangen. Sie hat die Marmelade von Gigis Tablett genommen und sie Ihnen für die Witwe gegeben, was bedeutet, dass die Marmelade entweder in der Küche vergiftet wurde oder während das Tablett unbeaufsichtigt im Flur gestanden hat. Da es schwierig wäre, mitten in einer geschäftigen Küche unbemerkt Gift in die

Marmelade zu mischen, glaube ich, dass es hinzugefügt wurde, als das Tablett unbeaufsichtigt war. Es bedeutet auch, dass das Gift nicht für die Witwe bestimmt war. Es war für Gigi bestimmt."

Gigis blasse Haut wurde noch blasser. „Für mich? Nein, das kann nicht sein."

Thorn sagte: „Warum sollte jemand versuchen, Lady Ginas Marmelade zu vergiften, wenn sie sie nie gegessen hat?"

„Der Giftmörder war kein Diener. Er wusste nicht, dass Gigi nicht zu frühstücken pflegt."

„Olive", sagte Gigi, „ich bin mir sicher, dass du versuchst zu helfen, aber ich glaube nicht –"

„Das ist die einzige Antwort, die passt. Das Frühstückstablett war deines. Die Marmelade war für dich bestimmt. Wenn du an den Vorfall mit dem Automobil zurückdenkst, ist es nicht möglich, dass der Fahrer des Automobils versucht hat, *dich* zu überfahren, und nicht deine Großmutter?"

„Nun, ich nehme an – aber sie hatte sich solche Sorgen gemacht."

„Ja. Du hast gesagt, sie hat etwas Unheilvolles gespürt, doch es galt nicht *ihr*. Es galt *dir*."

„Aber ich verstehe nicht."

„Nein. Weil du dir nicht einmal bewusst bist, dass dich jemand hasst."

Thorn sagte: „Das beantwortet nicht die Frage, wer das Arsen in die Marmelade gemischt hat."

„Doch, das tut es. Die Person, die das Gift hinzugefügt hat, ist die einzige, die Gigi aus dem Weg räumen wollte – Clara."

KAPITEL ZWEIUNDZWANZIG

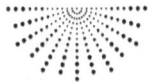

*C*laras Kopf ruckte hoch. Sie sagte nichts, kauerte sich nur in die Ecke des Sofas zurück.

Ich hatte erwartet, dass sie protestieren würde. Da sie schwieg, fuhr ich fort. „Als Stella mit dem Löffel aus der Küche zurückkam, muss sie gesehen haben, wie Sie etwas in die Marmelade gemischt haben, Clara. Das hat Stella erst Lillian und dann Gigi zu sagen versucht. Waren es die Teint-Pillen? Haben Sie sie zerkleinert und über die Marmelade gestreut? Oder war es eine der anderen Tabletten oder Toniken in Ihrem Zimmer? So viele davon versprechen, Sommersprossen zu entfernen, und nicht wenige enthalten Arsen, nicht wahr?"

Das leise Ticken der Uhr im Zimmer war das einzige Geräusch. Clara senkte den Kopf. „Ich wollte niemanden töten. Ich wollte nur, dass Gigi krank wird."

Gigis entsetzter Blick wanderte von mir zu Clara. „Aber warum, Clara? Was habe ich dir getan?"

Clara hob den Kopf, und ihr Gesicht verwandelte sich. Es war, als hätte man einen Schleier weggezogen. Ihre Sanftmut schwand, sie kniff ihre Augen zusammen und ihr Mund verzog sich angewidert. „Natürlich weißt du es nicht." Claras Brust hob sich. „Du denkst nicht an andere. Du betrittst einen Raum und ziehst die ganze Aufmerksamkeit auf dich. Alle anderen könnten sich genauso gut in Luft auflösen. Du stellst alle in den Schatten. Niemand kann irgendjemand anderen sehen, wenn du in der Nähe bist."

Gigi sah verblüfft aus. Sie war so geschockt, dass sie nicht zu wissen schien, was sie sagen sollte.

Ich sagte zu Clara: „Es war Inglebrook, nicht wahr?"

Clara richtete ihre Aufmerksamkeit auf mich. Ihre Augen glitzerten und leuchteten. „Er würde mich lieben, wenn sie nicht wäre." Clara packte die Armlehne des Sofas, die Finger wie Krallen gespreizt, und zog sich vor. „Er kann mich nicht sehen, weil Gigi immer da ist, funkelt und flirtet und seine Aufmerksamkeit auf sich zieht. Wenn sie weg wäre, würde er mich sehen, mich bemerken."

Gigi ließ sich langsam in den Ohrensessel sinken.

„Sie haben also das Arsen in die Marmelade gemischt", sagte ich. „Doch es war nicht Gigi, die sie gegessen hat. Es war die Witwe, und ihr war an diesem Morgen übel, nicht wahr, Mrs. Dowd?"

Mrs. Dowd sah Clara an, als wäre sie eine Art exotischer Käfer, der mitten beim Abendessen über ihrem Teller gekrochen war. Sie nickte schnell. „Ja, Ihre Durchlaucht hat sich an diesem Morgen unwohl gefühlt."

„Dann ging es ihr besser", sagte ich. „Die Witwe hatte nicht genug von der Marmelade gegessen, um sie zu töten, doch es reichte, ihr Übelkeit zu bereiten. Später am Nachmittag hat sie Tee und Toast zu sich genommen, und die Witwe hatte immer Marmelade auf ihrem Toast. Es war kein Zufall, dass das Teetablett an diesem Nach-

mittag verschüttet wurde. Sie waren es, die das Teetablett umgestoßen hat. Ihnen ist klar geworden, was
passiert war, nicht wahr, Clara? Haben Sie den Marmela-
dentopf erkannt? Es war derselbe, der an jenem Morgen
auf dem Tablett gestanden hatte, nicht wahr? Da ist
Ihnen bewusst geworden, was passiert war, dass die
Marmelade, die für Gigi bestimmt war, irgendwie der
Witwe gegeben worden war."

Clara wandte den Blick von mir ab, als ich fortfuhr:
„Und die Witwe hatte gerade noch mehr davon gegessen. Das war eine schnelle Überlegung von Ihrer Seite,
das Teetablett umzustoßen. Wenn der letzte Rest der
Marmelade auf dem Teppich landete, musste er weggewischt und entsorgt werden, sodass die Polizei nichts
hatte, was sie untersuchen könnte. Dann hat Gigi die
Schuld auf sich genommen, was bedeutete, dass Sie
keinen Ärger bekommen würden und die Polizei keine
Ahnung hatte, dass Sie es waren, die das Teetablett
umgeworfen hat."

„Aber das Automobil? Clara fährt nicht", sagte Gigi.

„Du hast Clara vielleicht noch nie fahren sehen, aber
das bedeutet nicht, dass sie nicht weiß, wie. Während
des Krieges hat Clara als Mechanikerin auf einem Flugplatz gearbeitet, etwas, worüber sie gern spricht. Da es
sich bei dem Ort um einen Flugplatz handelte, nahm ich
– fälschlicherweise – an, dass Clara an Flugzeugmotoren
gearbeitet hat, doch sie arbeitete auch an Autos. Und ich
würde annehmen, dass man, wenn man an einem Auto
arbeitet, auch Auto fahren muss. Nicht wahr, Clara?
Können Sie fahren?"

Sie hob ihr Kinn. „Selbstverständlich. Alle auf dem
Flugplatz wussten, wie es geht."

„Das erklärt auch ihre ‚Freundlichkeit' mit dem

Chauffeur", sagte ich. „Wie ich höre, hat er ein kleines Alkoholproblem. Haben Sie ihn in der Garage besucht und ihm eine schöne Flasche mitgebracht? Nach einer Weile hat es ihm wahrscheinlich nichts ausgemacht, wenn Sie das Automobil genommen haben, falls er es überhaupt bemerkt hat."

Lillian sagte plötzlich: „Und die Kamee! Es war Claras, nicht wahr? Deshalb hat Stella gesagt, es sei erst der Anfang!" Die Worte platzten aus Lillian heraus, und als sich alle zu ihr umdrehten, senkte sie den Kopf.

„Sie haben recht, Lillian", sagte ich. „Stella hat versucht, Clara zu erpressen, weil sie gesehen hat, wie sie etwas in die Marmelade gemischt hat. Clara hat Stella die Kamee gegeben, und ich bin mir sicher, dass sie versprochen hat, ihr später mehr zu bezahlen. Doch dann hat Clara die Pralinenschachtel aus Gigis Zimmer genommen, Arsen aus ihren Kosmetika in die Pralinen gefüllt und die Schachtel mit den Süßigkeiten auf Stellas Bett gelegt. Ich bin mir sicher, dass Sie die Kamee zurückholen wollten, doch Sie haben sie nicht finden können, also haben Sie die Geschichte erfunden, dass Sie sie in meinem Zimmer verloren haben." Ich wandte mich Thorn zu. „Die Vergiftung der Witwe war ein Versehen, doch Clara hat Stella absichtlich getötet und wollte Gigi den Mord anhängen."

Gigi starrte Clara an. „Und du hast das alles wegen Captain Inglebrook getan?"

„Ja." Sie hob trotzig ihr Kinn. „Ich liebe ihn. Und er liebt mich. Das tut er. Er würde es sehen, wenn ich dich nur aus dem Weg räumen könnte."

Felix, der neben Clara am anderen Ende des Sofas saß, hatte sich so weit von ihr entfernt, wie es die Kissen zuließen. „Dann müssen Sie auch das Longchamp-Mädchen loswerden."

Clara richtete ihre Aufmerksamkeit auf Felix. „Was meinen Sie?"

Er lehnte sich zurück, als hätte er Angst, ihr intensiver Blick könnte ihn durchbohren. „Er und das Longchamp-Mädchen – ich habe ihren Namen vergessen – die Erbin des Groschenladens. Sie sind verlobt."

„Nein! Das ist nicht wahr. Er liebt *mich*."

Ich schüttelte den Kopf in Felix' Richtung, doch er verpasste den Hinweis aufzuhören und fuhr fort: „Ich fürchte, so ist es, altes Mädchen. Inglebrook ist gerade vorbeigekommen, um es Gigi zu sagen. Ich habe die Tür zum Salon aufgemacht und alles mitangehört. Aus Versehen natürlich." Felix warf Gigi einen entschuldigenden Blick zu und sah den wütenden Ausdruck in Claras Gesicht nicht.

Gigi, immer noch schockiert, sagte: „Schon gut, Felix, ich weiß, dass du nicht stören wolltest."

„Das ist eine Lüge!", keifte Clara. Felix schüttelte den Kopf. „Ja, Sie lügen über Captain Inglebrook! Das tun Sie!"

Gigi sagte: „Nein, es ist wahr. Er ist vorbeigekommen, um es mir persönlich zu sagen. Er und Miss Longchamp werden mit einer Sondergenehmigung heiraten."

Clara schüttelte den Kopf. „Nein. Das ist nicht wahr!"

„Es tut mir leid, aber so ist es", sagte Gigi. „Die Ankündigung erscheint morgen in den Zeitungen –"

Clara sprang auf und rief: „Seid still! Ihr lügt!" Sie eilte durch den Raum zur Tür.

Thorn erholte sich als erster, doch Clara war bereits

in den Flur hinaus gerannt. Thorn rannte hinter ihr her und rief nach seinem Sergeant.

Wir eilten ihm nach, blieben aber an der Tür stehen. Ein Schrei zerriss die Luft, dann erklang ein dumpfes Poltern, das mich an die Zeit erinnerte, als den Lakaien in Parkview ein Schrankkoffer, den sie nach oben getragen hatten, aus den Händen gerutscht war. Genauso hatte es damals gepoltert, als er die Treppe hinuntergestürzt war.

Wir stürmten in den Flur, aber Thorn schrie uns an: „Bleiben Sie da! Kommen Sie nicht runter."

Ich stürzte zum Geländer und spähte darüber. Clara lag auf dem Treppenabsatz, den Kopf in einem unnatürlichen Winkel geneigt. Der Sergeant rannte die Treppe hinauf, als Thorn langsam hinunterging. „Ihr Fuß hat sich am Läufer verfangen, Sir", rief der Sergeant, als er sich neben sie kniete. Thorn blockierte meine Sicht auf Clara, doch ich konnte den Sergeant sehen, als er den Kopf schüttelte. „Wir können nichts mehr für sie tun."

KAPITEL DREIUNDZWANZIG

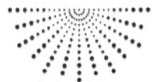

*D*rei Wochen tanzte ich im Ballsaal von Marlowe House Foxtrott mit Felix. Lisbet veranstaltete die Winterparty, das letzte gesellschaftliche Ereignis, bevor alle aufs Land aufbrachen, um Weihnachten zu feiern. Riesige, funkelnde Schneeflocken aus Kristallanhängern hingen von der Decke, Weihnachtssterne und Mistelzweige waren im Überfluss vorhanden, und ein Schlitten, dessen Kufen mit Stoff überzogen waren, war – von Gästen, nicht von Rentieren – durch den Raum gezogen worden, bevor die Menge so dicht geworden war, dass sich niemand weiter als einen Schritt in jede Richtung bewegen konnte, ohne mit einem anderen Gast zu kollidieren. Gigi sagte, der Weihnachtsmann und seine Elfen streiften durch die Gäste und verteilten Geschenke, doch ich hatte bisher keinen der kostümierten Geschenkträger in der Menge gesehen. Felix und ich mussten ein kleines Stück über die Tanzfläche kreisen, während sich die anderen Paare um uns drängten.

„Wie ich höre, sind Glückwünsche angebracht",

sagte ich zu ihm, „Bald werden Sie ein veröffentlichter Autor sein."

„Es ist wahr, dank Gigi." Felix nickte Gigi zu, als sie und Mr. Tower an uns vorbei fegten. Mr. Towers hochgewachsene Gestalt schnitt durch den Schwarm von Tänzern wie der Bug eines Schiffes durchs Wasser.

„Erzählen Sie mir, wie es passiert ist. Gigi war ziemlich zurückhaltend."

Die langen Haarsträhnen auf beiden Seiten von Felix' Gesicht waren nach vorn gefallen, als er seinen Kopf neigte, und jetzt schüttelte er sie zurück und sagte: „Gigi hat sich immer beschwert, dass meine Stücke zu düster sind, also habe ich ihr eines meiner frivolen kleinen Projekte gegeben, einen „Schocker." Viel Action und Spannung. Mann auf der Flucht vor Gefahr, so eine Geschichte. Purer Mumpitz. Doch sie hat mir immer wieder gesagt, dass es gut sei. Sie wollte, dass ich es den Verlagen vorlege, doch ich habe mich dagegen gewehrt, also hat sie die Sache selbst in die Hand genommen."

„Das hört sich ganz nach Gigi an."

„Sie hat es einem Freund von Mr. Tower geschickt. Er betreibt einen kleinen Verlag und, nun ja –" Felix zuckte mit den Schultern, konnte sich aber das Grinsen nicht verkneifen. „Der Roman wird nächsten Sommer veröffentlicht."

„Das sind wunderbare Neuigkeiten."

„Danke. Es ist keine ernsthafte Arbeit, aber man muss irgendwo anfangen."

„Sehr richtig. Ich werde ein Exemplar kaufen, wenn es herauskommt. Ich mag Kriminalgeschichten und Intrigen."

Jasper tippte Felix auf die Schulter.

„Guten Abend. Darf ich?", fragte Jasper, und Felix

trat zurück und stieß mit einem anderen Paar hinter sich zusammen. Als er sich entschuldigt hatte und Jasper mir seine Hand anbot, hatte ein Walzer zu spielen begonnen.

„Du meine Güte. Ich glaube nicht, dass wir in der Lage sein werden, einen richtigen Walzer zu tanzen", sagte ich.

„Wir werden unser Bestes geben."

„Ich hätte nicht gedacht, dass du heute Abend hier sein würdest." Jasper war mehrere Wochen aus London fort gewesen. „Wo bist du gewesen? Haverhill?"

„Nein. Nur hier und da. Die Arbeit eines Junggesellen ist nie getan, wie es scheint."

„Du bist ein ziemlicher Fang." Jaspers Aufmerksamkeit war zwischen unserem Gespräch und Blicken über meine Schulter geteilt, um sicherzustellen, dass wir mit keinem der anderen Paare zusammenstießen, doch bei meinen Worten kehrte sein Blick zu mir zurück. Ich sagte: „Ich meine, jede Gastgeberin wäre begeistert, dich zu Gast zu haben, da bin ich mir sicher."

„Oder es sind verzweifelte Zeiten, die verzweifelte Maßnahmen erfordern." Er wirbelte uns herum und wich einem kichernden Pärchen aus, das immer noch im Foxtrott unterwegs war. „Ich bin froh, dass ich dich in dieser Enge gefunden habe. Ich bin gespannt, von deiner Wohnung zu hören. Diesmal keine Probleme? Du bist eingezogen?"

„Ja, Gott sei Dank. Ich genieße sie sehr. Sie hat die perfekte Größe für mich, und ist in einer wunderbaren Lage. Ich bin das glücklichste *Working Girl* in London."

Wir tanzten ein paar Augenblicke schweigend. Jasper war ein ausgezeichneter Partner, und als sich eine kleine Lücke auf der Tanzfläche öffnete, wirbelte er uns herum. Die Lichter drehten sich und die bunten Kleider verschwammen. Es fühlte sich an, als würden wir dahingleiten, unsere Füße berührten kaum den Boden. „Das ist wunderschön, Jasper."

Er lächelte mich an. „Ja, das ist es."

Dieses Lächeln! Es weckte ein flatterndes Gefühl in mir. Ich wandte den Blick ab. Es war nur ein Lächeln. Keine Notwendigkeit, überzureagieren.

Wegen des Gedränges auf der Tanzfläche waren unsere Tanzpositionen überhaupt nicht richtig. Wir waren so eng aneinander gepresst, dass ich sein Zitrus- und Zimt-Aftershave riechen konnte. Meine Reaktionen darauf, Jasper so nahe zu sein, waren auch nicht angemessen. Die Wärme seiner Hand auf meinem Rücken drang durch den dünnen Chiffon meines Abendkleides. Plötzlich wünschte ich mir, ich hätte eines dieser gewagten Kleider mit tiefem Rückenausschnitt, damit ich seine Hand auf meiner Haut spüren könnte.

Was für ein skandalöser Gedanke! Ich musste mich fangen. Das war Jasper. Ich kannte ihn schon ewig. Ich konnte nicht anfangen, für ihn zu schwärmen. Ich spähte zu ihm auf und stürzte aus meinem Traumzustand auf die Erde. Unsere Nähe schien ihn überhaupt nicht zu berühren. Tatsächlich schien er sich der wilden Schwankungen meiner Gefühle überhaupt nicht bewusst zu sein.

Ich versteifte meine Arme und vergrößerte den Abstand zwischen uns um einen Zentimeter. Ich durfte mich nicht wie ein verliebtes Schulmädchen benehmen. Jasper und ich könnten ein bisschen scherzen und flirten, doch hatte er jemals in irgendeiner wesentlichen Weise signalisiert, dass er daran interessiert war, etwas zwischen uns zu ändern? Nein. Er lächelte mich auf eine meiner Meinung nach besondere Weise an, doch vielleicht interpretierte ich mehr hinein, als tatsächlich da war. Jasper war ein guter Freund. Was ich für ihn empfand, war eine tiefe Freundschaft – mehr nicht. Ich ignorierte den kleinen Stich der Unzufriedenheit, der mich durchfuhr, als ich mich selbst streng zurechtwies.

Jaspers Aufmerksamkeit war auf etwas hinter mir gerichtet. „Sieh an, wer da ist – der Captain und die neue Mrs. Inglebrook." Er drehte uns um, damit ich über seine Schulter blicken konnte. Inglebrook und seine neue Gemahlin tanzten ein paar Meter von uns entfernt. Die neue Mrs. Inglebrook hatte ein unauffälliges Gesicht, eine hübsche Figur und krauses blondes Haar.

„Überhaupt nicht wie Gigi, oder?"

Inglebrook flüsterte seiner Frau etwas ins Ohr. Als er sich aufrichtete, warf sie ihm einen bewundernden Blick zu.

„Nein, aber sie scheinen ziemlich glücklich zu sein", sagte Jasper. „Und wie geht es Gigi? Wie hat sie Inglebrooks plötzliche Heirat aufgenommen?"

Durch die Lücken in den Tänzern war Mr. Towers beeindruckende Gestalt und sein rotbraunes Haar leicht zu erkennen. Trotz des Größenunterschieds sah Gigi aus, als amüsiere sie sich prächtig. Sie lachte, als sie durch die Menge tanzten. „Ziemlich gut. Sie war von Claras Verhalten mehr erschüttert als von Inglebrooks."

„Ja, das kann ich mir vorstellen. Es muss ziemlich beängstigend gewesen sein zu erfahren, dass Clara versucht hat, sie zu vergiften."

„Gigi war am Boden zerstört."

„Wie hast du das herausgefunden?"

„Es war die Kamee. Als mir klar wurde, dass Clara sie nicht verloren hatte, und dass es sich um eine Art Schweigegeld für Stella gehandelt haben muss, wurde mir klar, dass Clara im Zentrum des Ganzen stand. Ich habe sie immer für die ‚arme Clara' gehalten. Sie hatte es nicht leicht. Wie es ausgegangen ist … Nun, das war schrecklich traurig."

„Unerwiderte Liebe kann verheerend sein."

Da war etwas in seiner Stimme – ein kleiner Unterton, der fast wehmütig war –, der mich veranlasste, ihn genau zu betrachten. Doch wenn in seinen Worten ein Unterton gewesen war, war seinem Gesicht nichts anzusehen. Die Musik verstummte, und wir blieben stehen. Jasper blickte auf, ein schelmisches Funkeln in seinen Augen. „Ich glaube, das ist ein Mistelzweig über uns."

„Ja, sieht so aus." Seine offene Miene veranlasste mich zu sagen: „Nun, bald ist Weihnachten." Ich legte meine Hände an sein Revers, stellte mich auf die Zehenspitzen und küsste ihn auf die Wange, während ich den würzigen Duft seines Aftershaves einatmete. Ich wollte ihm einen schnellen Kuss geben, doch als sich meine Lippen an seine glatte Wange pressten, merkte ich, wie ich langsamer wurde. Der Gedanke schoss mir durch den Kopf, dass es so einfach wäre, meinen Kopf ein wenig mehr zu neigen und ihn auf die Lippen zu küssen. Ich verweilte, mein Gesicht nah bei seinem, doch dann bemerkte ich, dass er erstarrt war und einen Ausdruck auf seinem Gesicht hatte, den ich noch nie zuvor gesehen hatte.

Ich fühlte mich, als hätte mich jemand mit einem Eimer Wasser übergossen, als mir klar wurde, was dieser Blick bedeutete. Ich hatte mich geirrt. Jasper hatte keine tieferen romantischen Gefühle für mich. Ich hatte eine Grenze überschritten und die Scherze und unbeschwerten Flirtereien zwischen uns völlig falsch verstanden. Ich hatte alles zwischen uns ruiniert, und wir würden nie wieder diese lockere Kameradschaft haben, die ich so sehr genoss.

Jetzt war ich gelähmt. Ich presste heraus: „Ich – es tut mir leid –"

Doch dann drehte er seinen Kopf, und ein kleines Lächeln umspielte seine Mundwinkel, als er meinen Namen hauchte und mich auf eine Weise auf den Mund küsste, die prickelnde Empfindungen durch meinen ganzen Körper jagte.

Ich war geküsst worden – oder ein paar Jungen hatten *versucht*, mich zu küssen –, aber das waren Pfuschereien, unbeholfene und in einem Fall schlampige Angelegenheiten. Jaspers Kuss war ganz anders. Er war entzückend. Absolut entzückend.

Er hob den Kopf. Leise Musik begann zu spielen, und die Leute redeten, doch in diesem Moment starrten Jasper und ich uns nur an. Dann zerplatzte die unsichtbare Blase um uns herum, als zwei Leute, die auf die Tanzfläche stürmten, uns auseinander drängten. Die Musik schwoll an, als das Orchester einen weiteren Foxtrott anstimmte, doch wir sahen einander noch immer noch in die Augen.

Aus der Ferne sagte jemand meinen Namen. Sie wiederholten ihn lauter.

„Ähm?" Ich wandte meine Aufmerksamkeit von Jasper ab und fand Essie an meiner Seite, ihr aufmerksamer, vogelartiger Blick wanderte von mir zu Jasper und wieder zurück. Das Letzte auf der Welt, was ich wollte, war, dass Essie begriff, was gerade passiert war, also fasste ich mich und bemühte mich, „normal" auszusehen.

„Irgendwelche Neuigkeiten für mich, Olive? Etwas so Spannendes wie die Meldung, die du mir über die

Geschehnisse in Alton House gegeben hast?" Essies Ton war fragend. „Vielleicht etwas Persönlicheres?"

„Nichts so Aufregendes. Ich lebe sehr ruhig und richte meine neue Wohnung ein. Vollkommen langweilig. Da gibt es nichts, was deine Leser unterhalten würde."

„Hmm. Irgendwie bezweifle ich das. Dein Leben ist nie ruhig."

Ich sah Jasper an, als ich sagte: „In letzter Zeit war alles wunderbar – absolut wunderbar."

Sie gab ein weiteres summendes Geräusch von sich, dann wandte sie sich Jasper zu. „Was ist mit Ihnen, Mr. Rimington? Sie haben mir versprochen, mir von Sir Archibalds Jagd zu erzählen. Ist irgendetwas Obszönes passiert?"

„Nichts Obszönes. Doch wenn Sie es skandalös wollen ..."

„Skandalös reicht zur Not."

„Dann kann ich Ihnen vielleicht eine Tasse Eierpunsch bringen, und wir können uns darüber unterhalten." Jasper bot ihr seinen Arm an, wandte seinen Kopf in meine Richtung, sodass Essie nicht sehen konnte, wie er mir zuzwinkerte.

Ich stieß einen Seufzer der Erleichterung aus, als Jasper Essie wegführte. Ich war mir sicher, dass ich mein Glück nicht mehr lange hätte verbergen können. Ein prickelndes Champagner-Gefühl stieg in mir auf, und ich konnte nicht anders als zu lächeln.

Gigi kam von der Tanzfläche, warf einen Blick auf mich und zog mich zu einem kleinen Tisch in der Ecke. „Darling, du siehst absolut strahlend aus. Diese Farbe steht dir."

„Es ist mehr als das Kleid. Ich glaube – ja, ich bin mir fast sicher – ich bin verliebt."

„In wen?"

„Jasper."

„Endlich!"

„Was?"

„Ich sagte ,endlich'. Wie gesagt, es ist an der Zeit."

„Du meinst, du dachtest, Jasper – ähm – schwärmt für mich?"

Sie warf mir einen mitleidigen Blick zu. „Darling, wir alle wissen, was er für dich empfindet. Man muss nur schauen, wie er dich ansieht."

„Aber warum hast du nichts gesagt? Ich dachte – nun, dass er vielleicht nicht mehr als ein Freund sein möchte. Er hat ein paar Andeutungen gemacht, aber nichts Bestimmtes, bis ich ihn heute Nacht geküsst habe."

„Du hast ihn geküsst?", sagte Gigi begeistert. „Gute Show, Olive. Ich hätte nicht gedacht, dass du es in dir hast."

„Es war schön und mehr noch – es war … aufregend."

„Ah, schön und aufregend?" Gigi hob ihre Augenbrauen. „Das sind die besten Küsse."

„Gigi, hör auf. Mir ist auch so schon warm genug." Ich wedelte mit den Händen vor meinem Gesicht.

Sie lachte. „In Ordnung, ich höre auf, aber ich will, dass du weißt, dass ich mich sehr für dich freue. Und ich bin sicher, Jasper ist überglücklich. Er hat so lange gewartet."

„Aber warum hat er nicht schon lange etwas gesagt?"

„Weil er ein Gentleman ist. Er hat darauf gewartet,

dass du dich entscheidest." Gigi legte ihre Hand auf die schneeweiße Tischdecke. „Wenn es bei mir nicht so schnell gehen würde, würde ich eine gemeinsame Hochzeit vorschlagen –"

Ihre Worte drangen durch das angenehme goldene Nebelgefühl, in dem ich schwebte. „Hast du gerade gesagt, dass du heiraten wirst?"

„Ja." Gigi wedelte mit der Hand, und ein riesiger Rubin funkelte an ihrem Ringfinger. „Den Mann meiner Träume. Wir werden unsere Verlobung morgen bei einer Dinnerparty bekannt geben. Du kommst doch, oder?"

„Wer?"

„Benny, natürlich."

„Wer?"

„Benny Tower."

„Mr. Tower?" Die flatterhafte, modebewusste Gigi und der solide, seriöse und etwas biedere Anwalt? „Essie hat mich gefragt, ob ich einen Knüller für sie habe, und ich habe nein gesagt, aber sie wird morgen einen für ihre Gesellschaftskolumne bekommen." Ich sprach, bevor ich über meine Worte nachdachte. „Aber du hast gesagt, dass du Mr. Tower nicht attraktiv findest." Ich wünschte sofort, ich könnte die Bemerkung zurücknehmen. Meine einzige Entschuldigung für solch ein unbedachtes Verhalten war, dass mein Kopf verwirrt war von der Tatsache, dass Jasper mich geküsst hatte.

Gigis Grinsen wurde breiter. „Benny, nicht Mr. Tower. Du musst dich daran gewöhnen, ihn beim Vornamen zu nennen. Was ich gesagt habe, war, dass Benny nicht so gutaussehend wie Captain Inglebrook ist. Und ich habe darauf hingewiesen, dass Benny schöne Schultern hat – sehr schöne Schultern." Sie seufzte zufrieden. „Ich weiß, er ist nicht wie all die anderen

Jungs, mit denen ich normalerweise zusammen bin, aber Benny ist der Eine." Sie neigte den Kopf und wandte fast schüchtern den Blick ab. „Nun, er ist wunderbar, wirklich. Solide und zuverlässig, und er liebt mich. Und er mag es, wenn ich schick aussehe", fügte sie in einer Weise hinzu, die darauf hindeutete, dass es diese letzte Eigenschaft war, die den Deal besiegelt hatte. „Weißt du, ich könnte niemals einen alten Knauser heiraten, der auf dem Geld sitzt. Benny hat sein eigenes Geld – Unmengen davon – also weiß ich, dass er mich nicht meines Vermögens wegen heiratet – oder besser gesagt Grannys Vermögen."

„Tut er nicht?" Es war eine weitere indiskrete Frage, doch Gigi war offen und schien nichts dagegen zu haben.

„Nein. Er liebt mich wirklich um meinetwillen. Erinnerst du dich an Grannys schreckliche Mordparty? Benny war der Einzige, der mir beigestanden hat – außer dir natürlich. Captain Inglebrook ist praktisch mit der Wandtäfelung verschmolzen, um sich von mir zu distanzieren, aber Benny hat sich für mich eingesetzt." Sie griff nach ihrer kleinen funkelnden Handtasche und öffnete den Metallverschluss. „Und er hat mir das hier gegeben."

Sie nahm etwas heraus, das ich zuerst für einen kleinen Stab hielt, aber dann drehte sie es, und er verlängerte sich. „Ist das deine Zigarettenspitze?"

„Ja! Benny hat sie für mich reparieren lassen. Ist das nicht süß? Er macht immer süße Sachen für mich."

„Ich hoffe, du wirst sehr glücklich sein."

„Danke." Sie schob die Zigarettenspitze zusammen und steckte sie weg, dann sagte sie: „Wie geht es Mr. Quigley?"

Die Wendung des Gesprächs war ziemlich abrupt, aber ich sagte: „Ihm geht es gut. Ich werde ihm sagen, dass du nach ihm gefragt hast. Er findet die Wohnung ein wenig eng, aber er lernt, mich zu imitieren, wenn ich ans Telefon gehe und mich mit ‚Belgrave Investigations. Verworrene und heikle Situationen sind unsere Spezialität' melde. Ich hoffe, ihm beibringen zu können, den Hörer abzunehmen und diesen Satz zu rezitieren, wenn das Telefon klingelt. Er wäre ein wunderbarer Sekretär, findest du nicht?"

„Fantastisch, aber wenn er mehr Platz braucht ..." Sie spielte am Handtaschenverschluss herum, dann kamen ihre Worte eilig heraus. „Vielleicht könnte ich ihn dir abnehmen. Es könnte ein Hochzeitsgeschenk sein."

„Willst du einen Papagei?"

„Ja. Ja, in der Tat, das tue ich. Mr. Quigley ist mir sehr ans Herz gewachsen, als ihr in Alton House wart. Ich vermisse sein Geschwätz, seit du weg bist. Benny und ich kaufen ein Landhaus. Es ist nicht weit, nur eine kurze Zugfahrt entfernt, und das Haus hat einen Wintergarten. Ein monströses viktorianisches Ding voller Palmen und Farne, und ich weiß, dass Mr. Quigley dort vollkommen glücklich wäre."

„Du kannst definitiv gut mit ihm umgehen. Er kommt zu dir, zu sonst niemandem."

„Ich habe Mummy und Daddy immer gesagt, dass ich ein Talent für die Kommunikation mit Tieren habe, aber sie wollten nichts davon hören, wenn Jeffery oder ich Haustiere wollten. Mummy ist allergisch gegen Katzen und Papa besteht darauf, dass Hunde nur zum Jagen da sind. Ich würde mich gerne um Mr. Quigley kümmern, wenn du ihn nicht zu sehr vermissen würdest."

„Oh, ich werde ihn vermissen, aber er ist viel besser dran, wenn er in einem riesigen Wintergarten herumflattern kann, als in meiner Wohnung über das Fensterbrett zu hüpfen."

„Perfekt! Oh, schau, da ist Benny mit dem Eierpunsch, und er hat auch einen für dich mitgebracht. Er ist so schlau. Er denkt an alles."

Die besten Wünsche und Glückwünsche wurden ausgetauscht, während wir an unserem Eierpunsch nippten. Mr. Tower war eindeutig vernarrt in Gigi, und sie war von der Sorte, die sich das von einem Mann wünschte. Doch er war nicht so hingerissen, dass er seinen gesunden Menschenverstand verloren hätte. Als sie mir von dem Haus erzählten, das sie kaufen wollten, sagte Gigi: „Ich wollte alles rausreißen, aber Benny hat mich davon überzeugt, dass das zu drastisch wäre."

„Umsichtige Verbesserungen", sagte er. „Das ist sinnvoll."

Gigi sagte: „Leider passen glattes Chrom und Glas nicht zu der alten Hütte. Zum Glück wird das in unserer neuen Wohnung spektakulär aussehen. Dort habe ich freie Hand, um nach Herzenslust zu dekorieren."

„Und was wird aus Alton House?", fragte ich.

„Mummy und Daddy werden dort wohnen, wenn sie von ihrer Reise zurück sind. Ich erwarte, dass sie irgendwann im neuen Jahr nach Hause kommen. In der Zwischenzeit kümmert sich Felix dort um alles, was bedeutet, dass Grannys Wunsch erfüllt wird. Ich denke, er wird mit seiner Rolle sehr gut zurechtkommen. Er steht schon in Verhandlungen mit dem Kriegsministerium, um ihnen ein Stück Land in der Nähe von Altonbury für einen Flugplatz zu verpachten. Sehr schlau von ihm. Und er ist für einen weiteren ‚Schocker' unter

Vertrag, also bin ich sicher, dass er auch weiter schreiben wird."

„Ja, er hat mir erzählt, wie du ihm dabei geholfen hast."

„Es ist seltsam, nicht wahr, wie Dinge direkt vor jemandes Nase sein können, und man sieht sie nicht?" Gigi ergriff Mr. Towers Hand, und sie lächelten einander an. Ich blickte über die Tanzfläche und fühlte mich wie der Anstandswauwau. Mein Blick fiel auf Jasper, der mit Essie tanzte.

Plötzlich sagte Gigi: „Oh, Darling, da kommt Mrs. Forscue auf uns zu. Sie ist die schrecklichste Klatschtante. Du musst sie ablenken. Wenn sie meinen Ring sieht, spricht sich die Nachricht in ganz London herum."

Mr. Tower sagte: „Ich werde meine Pflicht tun und sie zum Tanzen auffordern. Dann erwarte ich wenigstens einen Walzer als Entschädigung."

„Wenigstens", sagte Gigi in verführerischem Ton.

Als er Mrs. Forscue abfing, sagte Gigi: „Benny ist wirklich ein Schatz." Sie drehte sich mit leuchtenden Augen zu mir um. „Oh, weitere Neuigkeiten, die dich interessieren werden. Du wirst es nie glauben. Mrs. Dowd und Elrick sind zusammen ins Geschäft eingestiegen."

„Was tun sie?"

„Eine Agentur zur Vermittlung von Dienstboten. Anscheinend waren sie beide sparsam mit den Gehältern, die Granny ihnen gegeben hat. Sie haben ihre Ersparnisse zusammengelegt und ein Geschäft eröffnet."

„Du meine Güte. Wer hätte das gedacht – eine geschäftliche Partnerschaft zwischen diesen beiden."

„Ich glaube, sie sind perfekt dafür geeignet, und ich

muss sie nicht mehr in Alton House ertragen, was mir absolut passt."

„Wahrscheinlich passt es ihnen auch."

„Da bin ich mir sicher." Wir nippten an unserem Eierpunsch und beobachteten die Tänzer für einen Moment, dann nickte Gigi zu den Stühlen, die die Tanzfläche säumten. „Addie ist auch hier. Ich habe vorhin mit ihr gesprochen. Sie hat mit niemandem getanzt, außer mit ihrem Bruder."

„Ich hoffe, Rollo ist ihr genauso treu."

„Scheint so. Er ist in Paris, weigert sich jedoch standhaft, an gesellschaftlichen Veranstaltungen teilzunehmen. Er verbringt seine Tage damit, Briefe an Addie zu schreiben. Ich habe seine Mutter angerufen. Seine Eltern zögern, ihn in die Schweiz und dann nach Italien weiterzuschicken."

„Mit einer solchen Reise sind große Kosten verbunden."

„Ich habe angedeutet, dass es sinnvoll sein könnte, ihn nach Hause zu holen und das Geld für eine Hochzeit auszugeben. Ihr Bruder hat jetzt jede Menge Geld, also können sie gegen Addies Finanzen nichts mehr einwenden."

„Ich hoffe, sie lenken um Addies willen ein."

„Ich denke, es ist nur eine Frage der Zeit."

Jasper fegte mit Essie in seinen Armen an uns vorbei. Er schenkte mir ein strahlendes Lächeln, und ich spürte, wie meine Wangen heiß wurden.

Gigi sagte: „Meine Güte, ihr seid beide betört. Das dürfte interessant werden."

Mr. Tower tanzte wieder vorbei und warf Gigi einen Kuss zu, als Mrs. Forscue den Kopf abwandte.

„Gigi", begann ich, „bist du dir wirklich sicher, was Mr. Tower angeht –"

„Olive, Darling, du musst ihn Benny nennen. Der Ehemann einer deiner besten Freundinnen ist kein ‚Mister' mehr. Und ja, ich bin mir sicher."

„Aber wie gut kennst du ihn?"

„Ich kenne ihn schon ewig."

„Als Geschäftsfreund."

Gigi tätschelte meine Hand. „Es ist süß, dass du dir Sorgen machst, aber ich bin mir definitiv sicher. Außerdem kenne ich ihn so gut wie du Jasper kennst."

Eine Frau blieb stehen, um sich mit Gigi zu unterhalten, und ich richtete meine Aufmerksamkeit auf Jasper, der im Foxtrott über die Tanzfläche schwebte. Wie viel wusste ich wirklich über ihn? Er hatte eine einsame Kindheit gehabt. Er hatte Parkview in allen Ferien besucht, weil sein Vater in Indien im diplomatischen Dienst gewesen war. Er konnte ausgezeichnet Schreibmaschine schreiben. Er verschwand oft für kurze Zeit aus der Gesellschaft, und er war äußerst verschlossen darüber, was er dann tat. Er präsentierte die Fassade eines albernen Lebemanns, doch in Wirklichkeit war er ziemlich schlau.

Die Frau ging, und Gigi drehte sich wieder zu mir um. „Hast du einen neuen Fall, an dem du arbeitest?"

„Ja, ich glaube schon." Mehr sagte ich nicht.

Gigi nickte mit ernster Miene. „Darüber kannst du nicht sprechen. Vertraulichkeit. Ich verstehe."

Der Tanz endete, und Mr. Tower – Benny – kam, um Gigi auf die Tanzfläche zu begleiten. „Es macht dir nichts aus, oder, Olive?", fragte sie.

„Nein, geh nur." Es gab mir Zeit, darüber nachzudenken, wie ich meine Ermittlungen über Jasper Rimington angehen würde.

Möchten Sie informiert werden, wenn das nächste Buch über die *Detektivin mit Stil* erscheint? Melden Sie sich unter SaraRosett.com/signup für Saras Newsletter an, und erhalten Sie Empfehlungen zu ihren Krimis und Neuigkeiten zu Verkaufsaktionen und Rabatten.

DIE GESCHICHTE HINTER DER GESCHICHTE

Danke, dass Sie Olive und Jasper durch einen weiteren rätselhaften Fall begleitet haben! Wenn ich ein Buch plane, schöpfe ich Inspiration aus vielen Quellen – Büchern, Blogs, Memoiren und meinen eigenen Reisen. Als ich angefangen habe, an diesem zu arbeiten, entschied ich, dass es viel zu lange her war, dass ich England besucht hatte. Eine Recherchereise war vonnöten. Ich begann, den ersten Entwurf des Buches zu schreiben, während ich alles las, was ich über die Londoner High Society in den frühen Zwanzigerjahren finden konnte. Ich vertiefte mich in die Recherche des Lebens mehrerer Frauen, die die damalige Presse als die *Bright Young People* bezeichnete, darunter Loelia, die Duchess of Westminster, Nancy Mitford, Barbara Cartland, Elisabeth Ponsonby, Lady Eleanor Smith und die Jungman-Schwestern Zita und Teresa.

Ich entdeckte, dass viele der eleganten Londoner Stadthäuser wie mein fiktives Alton House entweder abgerissen oder in Botschaften oder Hotels umgewandelt worden waren, doch das hielt mich nicht davon ab, nach London zu reisen. Ich besichtigte einige der verbliebenen Herrenhäuser und bin durch ganz Mayfair gewandert. Ich habe auch Tee in mehreren Teeläden verkostet und das Savoy besucht, ein beliebter Treffpunkt für Jasper und Olive.

Die Inspiration für die Mordparty kam von einem realen Vorfall. Extravagante Themenpartys waren der letzte Schrei, und eine Gastgeberin stellte einen Partyplaner ein, um einen Mord zu inszenieren. Wie in diesem Roman waren nur wenige eingeweiht, dass es sich um einen vorgetäuschten Mord handelte. Zita Jungman, die wusste, dass das Ganze ein ausgeklügelter Scherz war, spielte die Rolle des Opfers, während angeheuerte Schauspieler die Rollen von Ermittlern übernahmen. Sie sammelten Hinweise und beschuldigten den Duke of Marlborough des Mordes. Die Party schaffte es am nächsten Tag mit der Schlagzeile, der Duke habe eine Frau ermordet, auf die Titelseite des *Daily Express*. Meine fiktive Mordparty fand 1923 statt, viel früher als der wirkliche Vorfall, der die Inspiration dazu war, doch als ich über die Mordparty gelesen habe, wusste ich, dass ich so etwas in meinem Buch haben wollte.

Neben der Veranstaltung übertriebener Partys unternahmen die *Bright Young People* auch eine Reihe anderer unterhaltsamer Dinge. Sie führten wirklich Schnitzeljagden durch und rasten in Autos durch London, um nach Hinweisen zu suchen. Schnitzeljagden kamen in Mode, und sie jagten nach ungewöhnlichen Gegenständen wie einer Bobby-Mütze oder der Feder eines schwarzen Schwans. Sie veranstalteten eine Ausstellung moderner Kunst eines fiktiven Künstlers, Bruno Hat, und täuschten viele der Teilnehmer. Sie verkleideten sich und nahmen verschiedene Rollen an – Reporter, Literaturpreisverleiher und sogar ausländische Adlige – alles zum Spaß.

Es war ein verrückter Lebensstil, und ich habe versucht, dieses Gefühl von Energie und Spaß in diesem Buch einzufangen. Doch unter der Frivolität gab es einen rastlosen Aspekt im Leben der *Bright Young People*. Die Realitäten des Ersten Weltkriegs waren immer noch sehr bewusst, und es scheint, dass sie nicht langsamer werden wollten, weil sie sich dann mit dem Kummer und der Trauer hätten befassen müssen, die keine Familie unberührt gelassen hatten.

Ein weiterer Leckerbissen aus dem wirklichen Leben ist die Ausgabe des Magazins *The Sketch*, die Olive in Addies Zimmer entdeckt. Agatha Christie schrieb in den Zwanzigerjahren viele Kurzgeschichten für Zeitschriften, und *Die mysteriöse Angelegenheit in Cornwall* war eine davon. Eine Vergiftung steht im Mittelpunkt der Handlung, doch ich werde die Details hier nicht preisgeben.

Bis ich anfing zu recherchieren, welches Make-up Olive und Gigi tragen würden, hatte ich keine Ahnung, dass Kosmetika eine so reichhaltige Quelle für einen Krimiautor sein konnten. Belladonna, Blei und Arsen sind nur einige der gefährlichen Inhaltsstoffe, die im Laufe der Jahrhunderte in Make-up verwendet wurden. Arsen war in den Zwanzigern ein Bestandteil vieler Kosmetika, obwohl es allgemein bekannt war, dass es tödlich sein konnte. Es erhielt den Spitznamen „Erbschaftspulver". Coco Chanel hat das Sonnenbaden und Bräunen populär gemacht, doch blasse Haut war immer noch sehr beliebt. Ich war erstaunt über die Anzahl der Anzeigen, die versprachen, Sommersprossen zu entfernen, und sie als „Makel" bezeichneten. Einige der Schönheitsbehandlungen wie das Bleichen der Haut klangen schmerzhaft, während andere, wie die, die die Vorteile von Radium anpriesen, gefährlich waren. Man konnte Radium-Tages- oder Nachtcremes kaufen oder sich eine Radium-Schlammbehandlung gönnen! Wenn Sie neugierig auf Olives Anspielungen auf ihre Zeit mit Jasper in Hawthorn House sind, finden Sie diese Geschichte in *Duplicity*, einem Roman, der in zwei verschiedenen Zeiten spielt. Ein Handlungsstrang folgt Olive im Jahr 1923, während die moderne Handlung Zoe aus der Serie *On the Run* folgt. Fast ein Jahrhundert liegt zwischen den beiden Frauen, doch beide jagen dasselbe Meisterwerk.

Die am häufigsten gestellte Frage, die ich von Lesern höre, lautet: Wird es weitere Olive-Bücher geben? Ja! Als Nächstes kommt ein Weihnachtskrimi. Ich hoffe, nach diesem Buch noch viele weitere Olive-Abenteuer schreiben zu können.

Wenn Sie die Zeit und Lust haben, eine Rezension zu diesem oder einem anderen Buch der Reihe zu schreiben, insbesondere zum ersten Buch, Mord auf Archly Manor, würde ich mich sehr darüber freuen. Rezensionen helfen Lesern, Bücher zu finden, was es mir ermöglicht, die Serie fortzusetzen.

Nochmals vielen Dank fürs Lesen! Sehen Sie sich mein Pinterest-Board an, um mehr über die Orte und Menschen zu erfahren, die das Buch inspiriert haben. Melden Sie sich für meinen Newsletter unter SaraRosett.com/signup an, um meine Leseempfehlungen sowie Updates zu kommenden Büchern und Verkaufsaktionen zu erhalten. Ich würde gerne mit Ihnen in Kontakt bleiben!

ÜBER DEN AUTOR

USA Today Bestsellerautorin Sara Rosett schreibt unterhaltsame Kriminalgeschichten für unbeschwerte Lesestunden für LeserInnen, die interessante Schauplätze, skurrile Charaktere und Rätsel mögen.

Publishers Weekly lobt Saras "gekonnten Schreibstil" und bezeichnet ihre Werke als "erfrischend" und "schillernd".

Sara freut sich über jeden neuen Stempel in ihrem Pass und egal, wohin die Reise geht, dunkle Schokolade ist stets mit im Gepäck.

Erfahren Sie mehr unter: www.SaraRosett.com

BÜCHER VON SARA ROSETT

Detektivin mit Stil

Mord auf Archly Manor

Mord auf Blackburn Hall

Der Mumienmord

Mord im Gesellschaftsanzug

Mord in Mayfair

Mord Um Mitternacht

Murder at the Mansions

Murder on Location

Death in the English Countryside

Death in an English Cottage

Death in a Stately Home

Death in an Elegant City

Menace at the Christmas Market (novella)

Death in an English Garden

Death at an English Wedding

On the Run

Elusive

Secretive

Deceptive

Suspicious

Devious

Treacherous

Ellie Avery

Moving is Murder

Staying Home is a Killer

Getting Away is Deadly

Magnolias, Moonlight, and Murder

Mint Juleps, Mayhem, and Murder

Mimosas, Mischief, and Murder

Mistletoe, Merriment, and Murder

Milkshakes, Mermaids, and Murder

Marriage, Monsters-in-law, and Murder

Mother's Day, Muffins, and Murder